# LES VOLEURS D'INNOCENCE

Patrick MENEY

# LES VOLEURS D'INNOCENCE

FRANCE LOISIRS
123, boulevard de Grenelle, Paris

Édition du Club France Loisirs, Paris,
réalisée avec l'autorisation des Éditions Oliver Orban


ISBN 2-7242-7412-1

*« Cela pourra vous sembler incroyable, parce que vous ne connaissez pas bien la vie de ce côté-là. Mais je peux vous dire que ces choses-là existent. Vous ne savez pas le dixième de ce qui peut se passer avec les enfants. »*

Un pervers sexuel.

*« Si le fait d'en parler pouvait sauver ne serait-ce qu'un enfant. »*

Le père de Delphine.

# INTRODUCTION

« J'ai enlevé des fillettes pour mes propres besoins, mais aussi pour le compte d'autres personnes, pour les revendre en Allemagne, pour la prostitution. Là-bas, à partir de neuf ans, une petite fille peut se négocier, se vendre comme prostituée. En France aussi, d'ailleurs. Chez nous, une passe, avec une gamine de dix ans, vaut dans les deux mille francs, cela dépend de la beauté de la gamine et de son état. Mais il existe aussi des parents qui, sans vouloir vendre leur fille, sont prêts à la louer contre cinq cents francs. Ce genre de pratique se développe avec le chômage. »

La confession de l'inconnu, indécente, nous est parvenue anonymement par la poste. Sans cette lettre, il n'y aurait pas eu ce livre. Mais là, impossible de ne pas s'interroger. Je me suis lancé dans l'enquête pour comprendre, pour savoir si cela — le viol d'enfants, bien sûr, mais aussi la prostitution et le trafic — était vrai... dans notre pays, en France, aujourd'hui. J'étais loin, alors, de soupçonner l'ampleur du phénomène et le monde que j'allais découvrir. Pourtant, cet homme qui revendiquait ses crimes comme autant de trophées glorieux, cet homme en liberté, il faudrait bien l'amener à douter, à se soigner... à renoncer à son *commerce*. Lui-même l'annonçait : « Si un jour j'étais pris, ça éluciderait pas mal d'affaires de ce genre. »

Au-delà du défi et de l'obscène fanfaronnade, n'y a-t-il pas, dans ses lignes, comme un appel désespéré, une volonté de se livrer, de soulager avec des mots une conscience, même s'il le nie. Mais peut-être plus : se livrer physiquement. D'autant que l'inconnu promet d'autres courriers, pour raconter son *vice* — sa perversion — qui est aussi sa raison de vivre : humilier et détruire les enfants... avoir des relations sexuelles avec des fillettes de huit à dix ans, alors que lui en avoue soixante. Chaque phrase, dans ce style dépourvu de toute émotion, caractéristique des pervers, accentue le malaise. Cet homme-là — les psychiatres le confirmeront — n'est pas un mythomane. Il dit vrai. Il raconte sa vie, comme ce tueur libanais qui s'était confié à moi, quelques années plus tôt, avec des mots et un ton similaires, qui signifient : « Ces horreurs sont notre ordinaire[1]. » Sauf que le milicien de Beyrouth avait l'excuse de la guerre. Lui, le violeur d'enfants, opère chez nous... *comme un poisson dans l'eau*. A ses viols, il n'y a pas d'autres nécessités que son propre plaisir, d'autres raisons que le dérèglement de son comportement sexuel. Tous ses actes découlent de ce besoin unique et pervers d'abuser des enfants. Et, de son propre aveu, cela dure depuis quarante ans. Imaginez les dégâts ! Tout, chez lui, s'articule autour de la seule obsession de jouir grâce à un enfant — par la vue, l'attouchement et l'acte lui-même —, obsession poussée à son paroxysme : « Avec l'expérience, je suis maintenant capable

1. P. Meney, *Même les tueurs ont une mère*, Ed. La Table Ronde, 1986.

d'enlever une gamine en pleine rue, sans que les passants ne s'en aperçoivent. Dans ces conditions, un rapt ne dépasse pas sept à huit secondes... »

Tellement simple ! Cela éclaire toutes ces disparitions d'enfants, dont on s'émeut régulièrement... avant de n'y plus penser. Il faut dire — j'en prendrai vite conscience au cours de cette enquête — qu'on leur facilite la vie, à ces *voleurs d'innocence*. Leur allié, leur complice, c'est notre silence et la honte des victimes. Comme si, dans l'inconscient collectif, le viol d'un mineur était une tache pour l'enfant souillé, mais pas vraiment un crime pour l'adulte agresseur. Le *voleur d'innocence* qui nous a écrit le dit à sa façon : « Une gamine de dix ou onze ans, bien souvent, n'avoue rien à ses parents. Elle fait croire qu'elle s'est perdue avec des camarades... certaines m'ont avoué, quand j'allais les relâcher, qu'elles ne savaient pas ce qu'elles allaient raconter. Mais elles ne parleraient pas de ça, parce qu'elles seraient sûrement battues. » Et quand bien même elles raconteraient leur enfer, ces pauvres gamines — ou ces pauvres gamins ! — comment réagirait-on, nous les adultes ? Le violeur a réponse à tout : « La majorité des parents se taisent », affirme-t-il.

Tabou social : dans la famille, dans la rue, dans la ville, dans la société, on ne voit pas, on n'entend pas ces choses-là. Comme lorsqu'un crime est commis en Sicile : omerta ! Et tant pis pour la déchirure, pour la vie brisée, tant pis pour l'enfant, pour l'innocence. Pour s'émouvoir, il faut vraiment qu'il y ait assassinat. Nous verrons, au cours de cette enquête, jusqu'où le silence peut aller... jusqu'à la connivence objective, à la « non-assistance à enfants en danger ».

Tel est bien le cas quand on laisse en liberté, sans suivi médical et sans surveillance aucune, un violeur potentiel, un pervers patenté... forcément récidiviste. Des phrases, recueillies au cours de cette enquête, font trembler. Pierre, un type jovial, sympathique, m'avoue : « Des gamins, j'ai dû en avoir une centaine, je n'ai pas compté. Parfois, je me dis : *Tiens, aujourd'hui, j'ai tenu le coup. J'ai réussi à passer une journée sans m'en prendre à un gosse.* » André, jeune informaticien aux allures de gendre idéal, raconte : « J'ai toujours ce fantasme dans la tête. Dès que j'ai un problème avec un adulte, il me faut une gamine... j'adore les petites filles. Avec elles, il n'y a pas de complications. » Ou encore Georges, fils de bonne famille : « La relation sexuelle avec l'enfant me donne un immense plaisir, c'est une possession absolue. »

Parfois, la société offre au *voleur d'innocence* ses petites victimes, en le laissant — par son métier — au contact des enfants. Comme me dit Georges : « Quand tu es professeur, éducateur ou curé, tu es dans une position de force. » Cela se produit encore, de nos jours, dans l'enseignement et dans la médecine. Quand l'adulte dérape, on préfère souvent le silence au scandale, la mutation administrative au procès, un autre poste avec d'autres enfants, plutôt que l'exclusion du corps enseignant ou la radiation du corps médical. Et ce, jusqu'à ce que l'adulte commette véritablement l'irréparable. Nous le vérifierons, faits réels à l'appui. Ainsi ce banal fait divers, en page intérieure d'un journal local : « Stupeur, hier, à l'annonce de l'arrestation de l'instituteur mis en cause dans une affaire de mœurs. Ce maître *modèle* abusait de petits enfants dans le cadre même de l'école. Huit élèves ont ainsi été violés. » Stupeur ? En réalité, avant que le scandale n'éclate, cet enseignant avait été muté... huit fois, pour « attentat à la pudeur sur des mineurs de moins de quinze ans », selon la formule consacrée. Pas de quoi condamner un adulte auquel on confie des enfants !

Etonnant, ce tabou (ou cette lâcheté) dans une société où la libido a pris tellement d'importance.

Des livres entiers, des émissions, des débats à n'en plus finir sur les traumatismes (aussi minimes soient-ils) de la sexualité. Mais rien, ou si peu, sinon le silence et la gêne, sur la pédophilie... comme s'il n'y avait pas, dans ce cas, irrémédiable blessure. Comme s'il n'y avait pas « assassinat psychique[1]. » Le phénomène, dont on ne veut pas parler, est pourtant là. Non pas marginal, mais se développant en catimini, au point de toucher en France cinquante mille enfants, chiffre avancé par de nombreux spécialistes, chiffre terrible, identique à celui des enfants battus[2].

Dans des milieux dits « éclairés », cette déviation gagnerait même le statut de *péché exquis*, voire raffiné : « La pédophilie, pour certains, est aujourd'hui ce qu'était le *joint* des années 70, qu'on se passait d'une bouche à l'autre, avec le frisson des jeux interdits et anodins », affirme la présidente d'une association de protection de l'enfance.

Le Dr Serge Bornstein, psychiatre et expert national auprès des tribunaux, confirme : « La recrudescence de la pédophilie, avec ses chantres, est alarmante. Aujourd'hui, la moitié des affaires criminelles impliquant des enfants concerne les abus sexuels... et cela se retrouve partout, dans toutes les régions, dans tous les milieux sociaux... notamment parmi une certaine *intelligentsia,* qui habille sa pédophilie d'alibi esthétique, voire éducatif. » Ceux-là prétendent même utiliser la Déclaration des droits de l'enfant pour justifier leurs pratiques, prônant que le mineur aussi a le droit de vivre sa sexualité. La sienne, sans doute. Mais celle des adultes ?

De fait, aux côtés d'une pédophilie populaire,

---

1. La formule est empruntée à *La Violence impensable,* F. Gruyer, M. Fadier-Nisse et Dr P. Sabourin, Ed. Nathan, 1991.
2. Statistiques du ministère français de la Santé. 1985.

une pédophilie que l'on pourrait qualifier de *mondaine* se développe aujourd'hui en France, dans certaines sphères au-dessus de tout soupçon, ou plutôt intouchables. Des enquêteurs, écœurés de ne pouvoir *sortir* certaines affaires de mœurs, l'affirment en tout cas. A les entendre, il y a parfois une immunité sociale, une immunité de l'argent ou par influence. On se croirait revenu deux siècles plus tôt, quand les cercles de la noblesse pédophile faisaient monter officiellement de province leurs petites victimes, abusables à merci. Dramatique, car cela banalise une attitude criminelle. Nous verrons comment et pourquoi de telles situations perdurent au pays des Droits de l'homme, à quelques années du XXIe siècle.

En attendant, le mot est lâché : pédophilie ! Une ligne et demie dans le petit Larousse. Rien, ou si peu, dans la presse, dans la chronique, dans les faits divers. On n'aime pas ce mot. On le connaît à peine : beaucoup pensent, à tort, que pédophilie (« attirance sexuelle de l'adulte pour les enfants ») rime avec pédérastie (attirance homosexuelle pour les jeunes garçons).

Quand le drame arrive, on dit qu'il y a eu mort, assassinat d'enfant. Mais on tait que l'adulte a forcé, a déchiré plus qu'il n'a défloré, la fillette ou le petit garçon. Cela fait désordre, cela met mal à l'aise... bref, cela s'étouffe, comme le cri de l'enfant que l'on abuse. Et même quand cette vérité éclate à la Une, quand elle révolte la France entière, on refuse le débat, on élude le problème. « Peine de mort ! » crie-t-on, histoire de se donner bonne conscience. La belle affaire !

Souvenez-vous de Muriel et d'Ingrid, ces deux petites filles d'Elne, dans les Pyrénées-Orientales, enlevées, violées puis assassinées par un pervers sexuel, en octobre 1991. De gros titres dans la presse, quelques émissions à la télévision, des hommes politiques qui, à l'approche d'échéances électorales, réclament la réintroduction de la peine capitale. Et puis, plus rien... pas un mot, ou si peu, sur les raisons de l'acte : par quels mécanismes un homme, par ailleurs normal, agit-il ainsi ? Rien non plus sur les responsabilités de la société, notre responsabilité à tous : l'homme qui vola l'innocence puis la vie de Muriel et d'Ingrid avait déjà été condamné pour des agressions sur d'autres petites filles. Ce n'était un secret pour personne. La probabilité de récidive était connue, tout comme le risque d'aller plus loin, jusqu'à l'irrémédiable. Mais, comme toujours, on minimisait : « rien de grave ». Ces gens-là, les pervers, on ne les surveille pas, on ne les suit pas. Au mieux, on proclame qu'ils sont « irrécupérables ». Au pire, on invoque — en toute inconscience — la liberté de ne pas se soigner.

Entre le manque d'information et le manque de courage, voilà donc le pédophile laissé à lui-même, livré à ses instincts et persuadé qu'il n'y a pas grand risque à vivre sa sexualité telle qu'il l'entend. Comment le nier en effet ? On a beau dire et beau faire, dans l'inconscient collectif, ces histoires de « touche-pipi » entre adultes et enfants, c'est anodin, presque amusant... tout au plus, un petit dérangement. Pas de quoi en faire une histoire. Tant qu'il n'y a pas mort d'enfant, pas de quoi alerter la médecine et encore moins la justice ou la police. Au cours de cette enquête, des hommes aussi ordinaires et aussi monstrueux que l'assassin d'Ingrid et de Muriel, j'en ai rencontré beaucoup...

Un commandant de gendarmerie m'a expliqué comment, en enquêtant sur l'assassinat d'un enfant par un pervers sexuel, il avait mis au jour une dizaine d'affaires très sérieuses de pédophilie qui, sans cela, n'auraient jamais été dénoncées. Les témoins directs de ces abus sexuels n'avaient pas jugé, a priori, nécessaire d'alerter les autorités. Attitude courante. Un *voleur d'innocence*, souvent sollicité pour du baby-sitting, m'a même avoué avec une belle incrédulité : « Parfois, quand les parents me confient leurs enfants, je me dis qu'ils sont fous. Ils m'ouvrent la porte ! »

Même démarche pour l'inceste : la plupart du temps, le père abuse de sa fille avec la bénédiction de son entourage, y compris de la mère, pour qui cet acte n'est pas forcément un délit. Certaines épouses, on le sait, y trouvent leur compte : « Il vaut mieux qu'il fasse cela avec sa fille... au moins, il ne nous ramène pas le sida à la maison. »

Il faut dire que, récemment encore, on se refusait à parler de l'inceste. Cela fait tout juste cinq ans qu'on ose l'évoquer à la télévision, à visage découvert. Quant à la pédophilie, à l'inverse des Etats-Unis, du Canada, des pays scandinaves ou de la Grande-Bretagne, on répugne toujours à en débattre ouvertement, publiquement. Soit que l'on minimise l'ampleur ou la gravité du phénomène, soit qu'il y ait gêne. Espérons que cet ouvrage, en posant — parfois brutalement — le problème et en proposant des solutions, fera évoluer les mentalités.

Si on avait traité à temps cette question, Muriel et Ingrid, mais aussi Delphine, Céline, Sabine et bien d'autres victimes des *voleurs d'innocence*, seraient toujours en vie. Et des milliers d'enfants dont on ne parle jamais, parce qu'ils ont « simplement » été violés, auraient été épargnés. Et eux, les « monstres » — comme on dit quand il est trop tard, alors que le problème est bien plus complexe — auraient été neutralisés. Mais non, décidément, plutôt que de prévenir, on attend le drame pour crier : A mort ! Exagération ? Reprenez les journaux de novembre 91, visionnez les émissions consacrées à Ingrid et à Muriel, vous verrez qu'on y parle de tout, sauf de *pédophilie* — le mot est honteux —, encore moins de prévention, et à peine de traitements. Sur le plateau d'une de ces émissions, diffusée sous le coup de l'émotion collective, j'ai compté six hommes politiques s'affrontant sur la peine de mort, pour un seul psychiatre, relégué en fin de débat, à l'heure où on demande à l'intervenant : « En deux mots, puisque nous sommes en retard... qui sont ces violeurs d'enfants ? En deux mots, y a-t-il des traitements ? »

Telles sont pourtant les questions essentielles ! Qui sont ces hommes, capables de violer et parfois de tuer des enfants de sang-froid, pour la seule réalisation d'une pulsion sexuelle, pour la seule satisfaction d'un besoin non pas inné chez eux, mais irrépressible ? Pourquoi cette pulsion ? Et que faire pour empêcher le crime ?

D'abord — quitte à choquer — il faut en parler. Sans cela, chez nous aussi, se banalisera le commerce honteux de ces pays pauvres où l'on peut s'offrir, en toute impunité, des enfants, pour quelques dollars. Aux délices de l'Asie, on ajoute ceux de la pédophilie. Encore un effort, et on créera la compagnie « Viol-charter ». Un auteur parisien très en vogue peut ainsi raconter sans choquer personne, dans un livre qui sera un best-seller, ses relations sexuelles avec un enfant philippin « très mignon » : « J'ai rendez-vous avec lui dans mon appartement, après ma baignade. J'aime Manille (...) j'y aime mes circuits et mes maniaqueries (...) Mon petit copain qui, après la piscine, m'a massé et sucé très agréablement... » Avec en prime cet épilogue : « J'ai congédié le petit, après lui avoir donné quinze pesos. » Faut-il, en plus, dire *merci* au gentil monsieur blanc [1] ?

Parlons-en donc. Mais en d'autres termes. Ceux de la dénonciation. Hélas ! comme le constate Joëlle Maurel, la mère de Céline, autre enfant martyre : « Quand nous en parlons, nous gênons... » Ce que confirme Gérard Rousset, dont la fillette a été tuée dans les mêmes circonstances : « On occulte le problème, on se le masque [2]. »

1. Gabriel Matzneff, *Mes amours décomposés*, Ed. Gallimard, 1990.
2. TF1, « Le droit de savoir », 7 novembre 1991.

Ce drame, j'y étais moi-même peu sensibilisé. Je l'ignorais ou je le sous-estimais : un ou deux gros faits divers par an dans la presse. Mais il y a eu cette lettre. Presque une provocation, tant les mots y sont crus et simples : « Enlever un enfant, c'est comme attraper un rat... » En réalité, ces dix pages postées en plein Paris, reçues au lendemain d'une émission télévisée dont j'assume la responsabilité journalistique, m'ont révélé une vérité cachée — la traque de détraqués — que l'enquête allait confirmer et amplifier au-delà du supportable[1]. Car j'ai retrouvé ces mots et ces fantasmes chez tous les *voleurs d'innocence* que j'ai interrogés par la suite. Je sais, aujourd'hui, qu'ils sont des milliers comme lui, malades-délinquants laissés à eux-mêmes. Je leur ai parlé comme je pourrais vous parler, sans haine. Car c'est une réalité qu'il faut d'abord connaître, essayer de comprendre, pour ensuite agir.

Ce livre ne se limite pas à une dénonciation. Il se veut également proposition. En effet, cette enquête m'a persuadé qu'il y a des choses à faire, une façon d'aborder le débat, des moyens de prévention et des traitements. La France est en retard dans ce domaine, très en retard... un retard criminel. Si les abus sexuels contre les enfants — garçons ou filles, dont certains n'ont que quelques mois — sont des délits, ils sont aussi la manifestation de maladies, de déviations, de perversions qu'il faut — et qu'on doit — prendre en charge.

Certes, il y a le diagnostic terrible du neuropsychiatre Henri Giraud, expert auprès de la Cour de cassation : « Le pervers sexuel est incurable. Il récidive toujours. Pour lui, il n'y a ni espoir de

1. Cette lettre a été reçue après l'émission, « En quête de vérité », sur TF1, consacrée aux assassinats d'enfants. Elle était tapée à la machine et non signée. Nous y consacrons le chapitre 2 de cet ouvrage.

réinsertion ni remède miracle. » Mais il y a aussi des médecins, au Canada notamment, qui obtiennent des résultats probants en traitant les délinquants sexuels. Dans ce pays, les abus sexuels contre les enfants et les crimes pervers ont diminué d'une façon significative. Notre enquête nous conduira à Montréal, au Québec, dans un institut spécialisé dans le traitement de la pédophilie. Edifiant. Nous y suivrons toutes les étapes de la thérapie, un travail à long terme, de chaque instant, où rien n'est jamais gagné. Comme me l'a résumé un patient : « La pédophilie ne se guérit pas, mais elle se soigne. C'est un peu comme l'alcoolisme, on finit par la contrôler. Ici, on nous donne les instruments pour vivre normalement en société et pour évacuer nos fantasmes. »

L'homme qui nous a écrit, sans forcément mesurer l'impact de sa lettre, le sait-il seulement ? Il préfère s'enfermer dans son vice : « Evidemment, celui qui n'a jamais tripoté une gamine ne peut pas comprendre. » Comprendre, nous allons essayer. Mais pas pour entrer dans son jeu. Plutôt pour l'en faire sortir. Et pour inciter chacun à prendre ses responsabilités. Partout : dans la famille et dans la société. Il est des scandales moins graves qui ont fait plus de bruit. Chaque mois en France, un enfant est violé puis assassiné par un pervers sexuel. Chaque année, six mille mineurs disparaissent dont un tiers — deux mille — seraient victimes de meurtres sexuels, non comptabilisés puisqu'on ne retrouve jamais leurs corps[1]. Dix mille plaintes sont déposées pour viols d'enfants. Et encore : la revue *Impact Médecin* estime que ce chiffre « cache une réalité beaucoup plus noire ». Dans un domaine aussi sensible, touchant à l'enfance, la dérobade ne devrait pas être possible. Hélas ! désespérément,

1. D'après le Dr Henri Giraud, *Le Figaro*, 17 décembre 1985.

« la France se tait », malgré l'adoption en juillet 1989 d'une loi sur les droits de l'enfant[1].

Dans ce contexte, si notre démarche permettait de sauver ne serait-ce qu'un enfant, nous aurions progressé. Car notre propos se veut positif : voyons comment de tels drames se produisent, comment ils sont vécus par tous leurs acteurs (les victimes, les agresseurs, les familles et la société elle-même) afin de trouver les remèdes appropriés. Les choses sont peut-être plus simples qu'il n'y paraît. Ces drames ne sont pas inéluctables. J'entends encore les mots d'un colosse violeur d'enfants : « Dans ma vie, personne ne m'a jamais dit *Je t'aime*. Un jour, une petite fille m'a souri et ça m'a troublé. Tout a commencé comme ça. » Et le colosse avait pleuré : « Mais pourquoi lui ai-je fait du mal ? Pourquoi l'ai-je salie ? »

Toute la question est là. Nous allons essayer d'y répondre...

---

1. *Impact Médecin*, n° 127, 6 décembre 1991.

# Première partie

# EN PARLER

# I

# QUI SONT-ILS ?

« On le voudrait ignoble, atteint d'une tare quelconque, épouvantable peut-être. Mais les stéréotypes qui rassurent volent en éclats. Il est sociable, c'est-à-dire normalement intégré, jouissant d'une situation professionnelle tout à fait honorable. Il est honnête et serviable, estimé et aimé... c'est un homme de quarante ans, marié, père de deux enfants dont un bébé de dix-huit mois. Il s'est rendu coupable, sans même être conscient de la gravité de ses actes, du viol d'une fillette de neuf ans. »

L'étonnement de ce journal de province, face à la personnalité d'un pédophile, « honorablement connu » dans la région, arrêté près de Grenoble en 1989, est la réaction légitime de chacun d'entre nous, face à ce genre de situation. D'abord, quand on prend connaissance des faits, on pense à un déséquilibré, tant l'horreur, dans ce domaine, n'a pas de limites. En l'occurrence, il s'agissait d'un bon père de famille, parfaitement inséré dans son village et dans la société en général. A tel point que, comme le souligne encore le journal local, « dans ce contexte de confiance », quand il demandait une baby-sitter pour son bébé, lorsque sa femme était absente, on lui déléguait volontiers une fillette, comme c'est l'usage entre voisins d'un même lotissement.

Et cet homme-là était tellement convenable qu'on n'a pas cru la petite fille lorsqu'elle a raconté, à ses amies d'abord, qu'il la violait depuis un an. Pas plus qu'on a pris au sérieux la rumeur quand elle est parvenue jusqu'aux adultes : « Cela paraissait tellement incroyable de sa part ! » Car ces gens-là sont d'une banalité et d'une normalité désarmantes.

Il aura donc fallu plusieurs mois encore avant que le bruit — hypothétique, diffamatoire — ne parvienne à la gendarmerie du village. Bien sûr, à l'école, la fillette affichait un comportement étrange et, à la maison, elle dormait mal. Mais cela suffisait-il à accuser un homme, un voisin que rien, dans son comportement de tous les jours, dans sa vie familiale ou professionnelle, dans son passé, ne permettait de soupçonner ? Au fond, comme souvent dans ces affaires, c'était la parole de l'enfant contre celle de l'adulte. Et nous avons tous en tête *Les Risques du métier*, ce film où Jacques Brel était injustement accusé, par une élève, d'abus sexuel.

Pour un peu, d'ailleurs, la petite fille n'aurait rien dit. Elle n'aurait pas protesté. Ce monsieur était tellement gentil, tellement respecté. Mais il y eut cette émission à la télévision, sur les enfants victimes de sévices sexuels. La fillette l'avait regardée, par accident... à cette heure-là, elle aurait dû être couchée. Le lendemain, quand l'homme a voulu la caresser de nouveau, comme il le faisait depuis un an déjà, quand il a voulu abuser d'elle, l'aimer comme une femme, la petite fille lui a simplement dit : « Il ne faut pas que tu recommences. C'est interdit. Je l'ai vu hier à la télé. »

Oui, une banale affaire d'« attentat à la pudeur sur une mineure de moins de quinze ans ». Et pourtant un cas exemplaire, à la fois par sa simplicité et son infamie. Imaginez un instant, un seul instant, l'acte lui-même : l'homme de quarante ans, nu, face à l'enfant, pénétrant la fillette. Une phrase revient : « Cela paraissait tellement incroyable de sa part. » Pourtant, au premier interrogatoire, effondré, il a reconnu les faits : « Je pratiquais cela régulièrement. Cela a commencé en novembre 88. » Et d'un coup, le bon père, l'honorable citoyen, a basculé dans l'autre camp, celui des criminels, celui des *monstres* — formule consacrée ! —, passible d'une peine de vingt ans de prison, en cour d'assises.

Exemplaire encore cette affaire par le non-dit. Par ce que j'appellerai le tabou professionnel, qui préfère le silence à la vérité, comme si la *brebis galeuse* allait éclabousser toute une profession. Disons-le : cet homme était médecin, ce que la presse traduit pudiquement par « situation tout à fait honorable ». Ah ! s'il avait été ouvrier agricole ou manœuvre, nous l'aurions su. C'eût été plus convenable, plus concevable... peut-être même rassurant.

Lui, un « monstre » ? A lire le compte rendu du journal, à écouter les voisins, il n'en est rien. La preuve : on lui donnait des enfants... sans confession. Comme pour le présumé violeur-assassin des petites Ingrid et Muriel, Christian X., un chef de famille à la vie sexuelle et affective apparemment normales. Lui aussi, à en croire ses collègues de travail, était « jovial, blagueur, mais sérieux ». Le juge Claude Gauze, après l'avoir interrogé pendant plusieurs heures, le décrit ainsi : « C'est un type vraiment intelligent, comme j'en ai rarement rencontré. » Sur Christian X., directeur commercial, marié et père de trois enfants, mais aussi Christian X. le pervers, une enquête de moralité aurait été exceptionnelle : « Je lui aurais confié mon enfant sans crainte », admet une voisine de la rue des Ecuyers, à Saint-Dizier où il résidait.

Une autre renchérit : « C'était quelqu'un de discret et de poli [1]. »

Même après le drame, même après le meurtre — contrairement aux habitudes —, on en fait ce portrait. C'est dire que rien dans son comportement extérieur ne trahissait sa déviation, son jardin secret. D'autant plus étrange que ce pervers avait déjà fauté. Il avait été condamné à deux reprises, même si cela ne fut jamais inscrit à son casier judiciaire.

A travers ces deux exemples tellement ordinaires apparaît une première évidence : ces gens-là nous ressemblent. J'ai ressenti cela à chaque interview de *voleur d'innocence.* Déroutants, les types ! Vraiment des gens normaux, avec qui on peut discuter. Hors de leurs fantasmes, ils se comportent comme nous. Ils sont nous. Le qualificatif de « monstre » est impropre, car trop réducteur. Parlant du meurtrier d'Ingrid et de Muriel, le Dr Henri Grivois, chef de service de psychiatrie à l'Hôtel-Dieu, constate : « C'est un cas classique. Bon père de famille dans la vie, il contient ses instincts. Un jour, il se retrouve seul, sans contrainte, donc libre. Et il rencontre les deux fillettes... Hasard ? Dédoublement de la personnalité ? » Nous y voilà : Mr Hyde et Dr Jekyll. Nous n'acceptons décidément pas qu'un acte aussi abominable puisse être commis par des gens par ailleurs très bien. Car tel est, paradoxalement, le cas. Les deux exemples développés sont éloquents. De la même manière, la mère de l'assassin présumé de la petite Delphine Boulay, tuée en août 1988, nous expliquait après l'arrestation de son fils pourtant récidiviste : « Je n'ai jamais rien remarqué d'anormal dans son comportement. C'était un garçon doux et gentil. Il n'aurait pas fait de mal à une mouche. » Toujours cette ambivalence ! Tenez, par exemple, le diagnostic

1. *Le Figaro*, 5 novembre 1991.

d'une incroyable lucidité que Georges, pédophile depuis vingt ans, porte sur lui-même : « J'ai un masque qui me permet de vivre en société, dit-il, et de m'introduire dans une famille. Quand j'ai gagné la confiance, on me donne les enfants à garder. Et tout à coup, c'est Dr Hyde qui surgit. Le processus se met en place. C'est plus fort que moi. »

Que le pédophile passe à l'acte ou non, qu'il se limite à être « contemplatif » ou qu'il soit violent, on retrouve toujours chez lui ce dédoublement total de la personnalité. Lewis Carroll (1832-1898), auteur d'*Alice au pays des merveilles,* en est la parfaite illustration. Officiellement, il se dote d'une double identité.

Fils de pasteur très moraliste, il s'appelle Charles Dodgson, son nom de naissance. Il signe ainsi ses travaux scientifiques. Mais écrivain, il signe de son pseudonyme les livres qu'il destine aux enfants. A la ville, professeur austère et réservé, bégayant dès qu'il s'adresse à un adulte, le voilà prolixe avec les petites filles, leur inventant des histoires extraordinaires, les abordant dans le train ou à la plage pour les séduire et les conduire chez lui... où les placards sont remplis de jouets et les étagères d'ours en peluche. Le professeur Charles Dodgson, froid et distant avec ses étudiants, se métamorphose et devient Lewis Carroll dès qu'il voit une enfant de sept ou huit ans.

Dans son journal, en date du 25 mars 1863, il transcrit cent sept noms de fillettes — ses « amies » — avec leur date de naissance. Il les a toutes photographiées, souvent nues, source de jouissance érotique, mais il ne passe pas à l'acte sexuel. Dans ses carnets, on lit ce genre d'appréciations : « Connie est la petite fille la plus extraordinairement belle que j'ai jamais vue, de visage et de corps. » Ou encore, parlant des « vingtaines d'amies-enfants » qu'il a eues : « Je fus agréablement surpris de constater qu'elles étaient prêtes à se déshabiller autant que je le voulais. Et elles paraissaient ravies de courir toutes nues dans la maison. »

Comme l'explique le Dr Yvonne Delamare, dans sa thèse de médecine sur la pédophilie : « Lewis Carroll, bien que profondément croyant, en contradiction avec la morale chrétienne, ne s'en tire que par le clivage de sa personnalité en deux identités totalement inconnues l'une de l'autre : Lewis Carroll, personnage fantasmatique, amoureux des petites filles, et Charles Dodgson, fils de pasteur, professeur de mathématiques. Il passe de l'une à l'autre à une vitesse vertigineuse[1]. »

Alors, finalement, qui sont ces *voleurs d'innocence* jonglant avec leur double personnalité et sur lesquels on n'ose pas trop s'interroger ni trop se pencher ? Au Québec, une expression populaire affirme : « Pédophile un jour, pédophile toujours. » Cela nous ramène à l'inquiétant diagnostic de ces médecins ou de ces psychiatres affirmant qu'il n'y a pas de guérison possible, pas d'amendement envisageable pour ce type de déviation sexuelle.

Cela voudrait dire que ces déviants sont — par une pulsion incontrôlable — condamnés à la récidive à perpétuité. Comme la peine de mort a été abolie, comme nulle part au monde la détention à vie n'existe dans les faits, on peut en conclure que le violeur d'enfants violera encore. Telle est la conviction du Dr Henri Giraud, neuropsychiatre : « Ces gens-là présentent une perturbation quasi totale du sens moral, dit-il. Jamais ils n'ont de repentir pour leur crime. Même en prison, chaque soir dans sa cellule, le pervers rêve de violer un enfant. Et quand il ressort, après quinze ans de détention, la pulsion est toujours là. Dans les six mois, il passe à l'acte. » Une pause et l'aveu

---

1. Yvonne Delamare, *De la pédophilie comme moyen pour remonter le temps*, Mémoire de psychiatrie, 1984, Paris, Université René Descartes, UER Cochin.

désespéré : « Nous avons tous des patients qui représentent une vraie menace pour la société et nous ne pouvons rien faire. »

Le jugement, terrible, est à prendre en compte. J'ai visité en prison une trentaine de pédophiles. Et tous m'ont dit revivre chaque soir, chaque minute, par la pensée, la parole ou la masturbation, l'acte odieux commis contre Mélanie, cinq ans, Sébastien, neuf ans, ou Anne, huit ans, qui les avait conduits là, précisément, en prison. Chez pratiquement aucun d'eux, je n'ai entendu de regrets spontanés. Témoin cette réflexion d'un jeune homme : « Si je devais renoncer à ma pédophilie, ce serait à contrecœur, uniquement parce que la société l'interdit. Mais, fondamentalement, j'aime les petites filles... les toucher, les caresser. S'il y avait un pays au monde où la pédophilie était autorisée, j'irais tout de suite. Je m'y installerais. »

Selon l'évaluation de la médecine moderne, la pédophilie est une forme de perversion. Le pédophile a une attirance sexuelle *exclusive* pour l'enfant prépubère : « Dès qu'il y a des poils chez le petit garçon ou la petite fille, dès qu'il y a des seins, ça ne l'intéresse plus », note le Dr Bernard Cordier, psychiatre, parmi les meilleurs spécialistes du problème. Lewis Carroll écrivait : « Les enfants ont la bien désagréable habitude de devenir grands (...) quand je vois une femme que j'ai connue fillette, je pense à un canari devenu dindon ou à un petit fox-terrier transformé en hippopotame. » Et d'avouer qu'il est incapable de parler à cette enfant devenue grande. Elle ne l'intéresse plus, elle ne l'inspire plus. Lewis Carroll trouve un plaisir érotique exclusivement avec des petites filles prépubères.

Mais qu'est-ce que la perversion ? La notion a évolué au cours des siècles. Au Moyen Age, le pervers était l'incarnation du diable. C'était le méchant, le dépravé, le vicieux, celui qui se plaisait à faire le mal. La définition moderne de la perversion, désignant essentiellement les déviations sexuelles, découle des travaux de Freud. Il y voit la manifestation brute, non refoulée, de la sexualité infantile. Au cours de mes entretiens, je serai effectivement frappé par le côté « enfant » de ces adultes pédophiles qui avouent, presque avec candeur : « J'aime être caressé, embrassé comme un bébé... j'ai peur des adultes car ils crient. » Ou encore : « Du côté affectif, je sens que je suis resté enfant. Avec les adultes, je ne parviens pas à communiquer. Ce ne sont que des échecs. J'ai peur qu'on ne se moque de moi. Mais avec les petites filles, il n'y a pas de décalage. » Ce sont des chefs d'entreprises, des cadres et des employés qui parlent ainsi. Comme le résume le Dr Yvonne Delamare : « Ils désirent prolonger l'enfance à l'infini, autant par amour de cette enfance que par dégoût du monde adulte. » Pour eux, rien d'infamant dans leur façon d'aimer : « On nous persécute, comme autrefois les homosexuels », plaide Henri.

Les psychiatres ont une autre vision des choses. Ils nomment la déviation sexuelle *paraphilie,* du grec *para* (contre) et *philia* (affection). On pourrait traduire : l'amour à côté, l'amour en marge. En effet, le pervers a des pulsions, des attirances, considérées contre nature, même si les critères de normalité changent selon les époques et les sociétés. Il faut souligner que le pervers, d'une manière générale, ne présente aucune anomalie mentale autre que sa déviation, et aucune lésion cérébrale. Il est donc considéré comme responsable de ses actes.

Les déviations sexuelles, ou paraphilies, ne se limitent évidemment pas à la seule pédophilie. Elles sont au contraire très nombreuses, presque illimitées, tant chacun a ses propres fantasmes. Citons le fétichisme, le transvestisme, l'exhibitionnisme, le voyeurisme, la zoophilie, le masochisme et le sadisme sexuels[1]. Dans ces déviations, l'objet du fantasme n'est pas le même, mais la démarche psychologique — son origine et son objectif — est comparable : il y a déviation de l'objet (le partenaire n'est pas celui de la norme) ou du moyen utilisé. Certaines de ces perversions sont rares, comme la zoophilie, mais d'autres relativement banalisées, comme l'exhibitionnisme. Une constante chez ces déviants : ils ne se considèrent pas eux-mêmes comme des malades. Ils ne ressentent généralement pas la nécessité de consulter un médecin ou un psychiatre. Parmi les pédophiles en traitement que j'ai rencontrés au cours de cette enquête, aucun n'avait fait la démarche volontairement, mais seulement après une condamnation. Commentaire significatif d'Henri, le « gentil garçon » condamné pour une série de viols de fillettes : « Quand j'ai découvert la nature de l'homme, toujours violent, sublimant la guerre, jouant les Rambo, ça m'a ancré dans ma pédophilie. Me retrouver ainsi marginal ne m'a pas dérangé, au contraire. C'est moi qui ai la bonne attitude. »

Dans leur grande majorité, les *voleurs d'innocence*, convaincus de leur bon droit, échappent donc à tout contrôle et à tout suivi. Comme le note le *Manuel des troubles mentaux* de l'Association américaine de psychiatrie, le DSM III : « Ces individus affirment que leur comportement n'est source d'aucune détresse. Leur seul problème est la réaction d'autrui en face de leur conduite. » Ainsi le pervers n'éprouve pas de remords, et rarement de la honte. Fondamentalement, il n'a pas conscience du mal. Comme cet homme qui nous a envoyé la terrible lettre, il semble au contraire sublimer sa pratique. Il croit appartenir à une élite, à un cercle d'initiés que nous autres, communs des mortels, ne

1. D'après la classification américaine DSM III, *Manuel diagnostique et statistique des troubles mentaux*, Ed. Masson, 1984.

pourrions pas comprendre. Hélas ! il y a l'enfant. Lorsqu'un organe adulte le viole, lui non plus ne comprend pas...

On connaît les déviants uniquement lorsqu'ils relèvent de la justice, lorsqu'ils ont commis un crime et ont été arrêtés. C'est pourquoi, contrairement à d'autres troubles, ce type de déviation sexuelle est mal connu et reste, en France du moins, peu étudié. Ainsi, ai-je été frappé par la quasi-absence d'études sur la pédophilie. Nos psychiatres admettent : « Le monde médical n'en parle pas, car il en a peur. Personne n'aime se trouver devant des situations auxquelles il n'y a pas de réponses. » Nous sommes en effet confrontés à un monde complexe, qui effraie et qui intrigue : l'univers des fantasmes. Que penser quand un adulte — normal dans tous les autres actes de sa vie — vous déclare froidement comme Jean, trente-sept ans, voyageur de commerce : « Ça me trotte dans la tête, et puis ça monte, ça monte... il faut que je tue un gamin, je ne sais pas pourquoi... mais il faut que je le fasse. C'est ça ma jouissance. » Rassurez-vous : j'ai rencontré Jean dans un pénitencier nord-américain. Il y est suivi par une équipe de psychiatres et de criminologues. Et il n'a jamais pu réaliser son fantasme.

Avant d'explorer plus à fond la psychologie du pédophile — ou plus exactement des pédophiles — il n'est pas inutile de décrire les autres types de déviations sexuelles.

Le **fétichisme** consiste à utiliser des objets, ou *fétiches*, pour obtenir une excitation sexuelle et parvenir à la jouissance physique. Cette déviation se pratique avec un partenaire ou exclusivement avec l'objet. Le fétiche consiste, la plupart du temps, en un simple sous-vêtement, en une fourrure, une chaussure ou une botte de cuir. La fixation du désir érotique peut également se porter exclusivement sur une partie du corps, comme le pied ou le sein. D'une certaine manière, le fétichisme découle d'une sexualité normale. Mais il devient perversion lorsque la fixation prend le dessus, lorsqu'elle représente l'unique voie du plaisir : ne jouir qu'à travers un sein, qu'à travers un pied. L'origine en remonte à l'enfance, l'objet adoré étant lié à une personne très proche, comme la mère ou la nourrice. Je me souviens de ce pervers adorateur exclusif du pied féminin. Il m'expliqua qu'étant enfant, il dormait dans le lit de sa mère, littéralement à ses pieds dont il sentait le contact... tandis qu'elle faisait l'amour avec ses amants de passage.

Cette dévotion exclusive pour tel ou tel objet, pour telle ou telle partie du corps, se déclare généralement à l'adolescence et elle perdure tout au long de l'âge adulte. Pour le psychanalyste, le fétichisme est la perversion type. Certains y voient « la persistance ou la réapparition d'une composante de la sexualité infantile[1] ». En ce sens, il s'agit d'une régression.

Au moins, le fétichiste, accaparé par la seule adoration de l'objet, ne cause-t-il pas de dommages à autrui. Dans le pire des cas, on le retrouve devant les tribunaux pour des vols... de petites culottes, qui ne prêtent guère à conséquences.

Le **transvestisme** (ou **travestisme**) consiste à rechercher l'excitation sexuelle par le déguisement de l'homme en femme. Il se manifeste à des degrés divers. Cela peut aller du simple port de sous-vêtements féminins, épisodique, au travestissement complet et permanent. A la différence du transsexuel, qui revendique une identité de femme et qui se fera opérer, l'adepte du transvestisme reste attaché à son sexe masculin. Cette déviation n'évolue pratiquement jamais vers le transsexualisme. Généralement accompagnée de masturbation, la perversion se pratique souvent devant un miroir,

---

1. A. Porot, *Manuel alphabétique de psychiatrie*, PUF, 1984.

mais elle peut impliquer aussi un partenaire complice. Elle apparaît dès l'enfance ou à l'adolescence. Elle est souvent liée — comme pour le fétichisme — à un événement ou à un traumatisme précoce : le petit garçon habillé en fille par sa mère, par jeu ou par punition. Avec l'âge, le déguisement devient plus fréquent, parfois même habituel. Ce type de déviants n'est pas forcément homosexuel, mais il ne connaît généralement pas plus d'une femme dans sa vie.

L'**exhibitionnisme** — l'exposition répétée de ses organes génitaux — est statistiquement la perversion sexuelle la plus répandue. C'est aussi la plus banalisée. Cette attitude est pourtant passible de trois mois à deux ans de prison. Mais au tribunal et dans la presse, on la traite plus sur le ton de la plaisanterie que comme un délit. Témoin ce titre d'un quotidien régional : « Il n'avait conservé que le haut. » Et la conclusion de l'affaire : « Présenté au parquet de Vienne, l'exhibitionniste a été aussitôt relâché. » Il faut dire que ce type de pervers n'est pas considéré comme dangereux pour ses victimes — femmes et fillettes —, excepté le traumatisme éventuellement provoqué chez les très jeunes enfants. En effet, comme le dit le Dr Roumajon : « L'exhibitionniste montre son sexe car il n'est pas capable de s'en servir. » En se montrant, le pervers obtient une excitation érotique, mais il ne cherche pas à avoir une relation sexuelle. Il est conscient de son acte et de la provocation. Ce comportement se déclare souvent à l'adolescence et il se développe vers l'âge de trente ans, pour diminuer ensuite. Certains pédophiles sont également exhibitionnistes, l'exposition de leurs organes génitaux pouvant être le prélude à l'agression sexuelle contre le mineur.

Le **voyeurisme** pourrait être considéré comme l'acte inverse à l'exhibitionnisme. Freud lui-même a établi une relation entre ces deux comportements. Il y a pourtant une différence essentielle : la distance entre le sujet et l'objet, par crainte de la castration chez le voyeur[1]. En effet, l'exhibitionniste est proche, pour choquer, presque au contact. Le voyeur est éloigné, caché. Son plaisir, répété et exclusif, consiste à regarder à leur insu des personnes nues, ou en train de se déshabiller, ou faisant l'amour, personnes généralement étrangères à sa famille. Il s'agit, là encore, de parvenir à une excitation sexuelle hors des normes habituelles. Cette stimulation érotique est purement individuelle. Elle est prolongée par la masturbation immédiate ou différée, en se remémorant la scène, pour atteindre l'orgasme. Il n'y a pas tentative d'agresser le ou les sujets observés en cachette.

Il existe de nombreux degrés dans le voyeurisme. Il faut en effet distinguer la perversion et la sexualité normale, où le plaisir visuel a une part importante. C'est pourquoi l'Organisation mondiale de la santé, dans sa classification internationale des maladies, ne cite pas le voyeurisme. A l'inverse, il faut savoir que le voyeurisme occupe une place importante dans certaines formes de pédophilie. Le Dr Serge Bornstein nous explique : « Les grands pédophiles adorent regarder, prendre en photo ou filmer les enfants nus, ou en cours d'attouchements. » Une étude, qu'il a réalisée à Paris, sur des pervers sexuels condamnés pour viol de mineurs, attentat à la pudeur, ou incitation à la débauche, fait d'ailleurs apparaître que huit pour cent d'entre eux exerçaient une profession liée à la photographie et au cinéma[2].

Selon le Dr Yvonne Delamare, inconsciemment, ce recours des pédophiles à la photographie serait lié à leur hantise de la mort : leur perversion leur donne l'illusion d'échapper au temps qui passe en restant enfant, en se tournant vers le passé, tandis

1. A. Porot, *op cit.*
2. *Journal de médecine légale*, « A propos de cent cas de pédophilie masculine », 1987, n° 5.

que « la photo fige l'instant ». Ce goût évident pour l'image de l'enfant nu ou photographié dans des attitudes pornographiques est à la base d'importants réseaux, notamment en Allemagne ou en Angleterre, où les films érotiques impliquant des enfants constituent une industrie ayant pignon sur rue.

La **zoophilie** — ou **bestialité** — est sans doute la perversion qui heurte le plus la morale collective, quelles que soient les époques ou les sociétés, puisqu'il s'agit d'un rapport sexuel avec un animal. Pratique totalement taboue, elle est mal connue : absence de statistiques, absence de réelles descriptions de la pathologie. On ignore notamment l'origine de cette déviation et l'âge du passage à l'acte. On pense qu'il y a souvent dans cette pratique un hasard, une circonstance : c'est l'histoire du berger, seul sur sa montagne pendant plusieurs mois, et zoophile. Le pauvre, il n'a que sa chèvre à aimer ! Même déviation « conjoncturelle », pourrait-on dire, pour la vieille fille avec son chien, comblant ainsi, pitoyablement, l'absence physique et affective d'un partenaire humain. Habituellement, la zoophilie se pratique avec les animaux côtoyés durant l'enfance, animal domestique ou animal de ferme.

Le **masochisme**, on le sait, est l'excitation sexuelle provoquée par sa propre souffrance. Le masochiste trouve du plaisir à être humilié, battu, attaché... allant parfois jusqu'à risquer sa vie pour éprouver une telle jouissance. Déviation grave, dangereuse, elle est le plus souvent chronique et elle peut apparaître dès l'enfance. Difficile, ici, de dénouer la relation complexe qui associe jouissance et souffrance, épreuves morales et épreuves physiques. On m'a cité le cas extrême d'un adolescent qui s'enfonçait des aiguilles dans le pénis et y trouvait du plaisir. Commentaire désabusé et désespéré du médecin traitant : « C'était devenu une véritable passoire. »

Comme pour la pédophilie, certains voudraient conférer au masochisme un statut honorable. On le voit avec la multiplication de témoignages à la télévision ou en librairie. Il s'agit soit de masochistes « bien sous tous rapports », comme cette femme « sado-maso » mondaine, racontant ses pratiques dans le détail, à « Apostrophes », soit de prostituées officiant dans cette spécialité hyper rentable, avec des alibis de thérapeutes.

Le **sadisme sexuel** consiste à infliger une souffrance physique ou psychologique à une tierce personne, afin d'éprouver soi-même un plaisir érotique. Le sadique peut impliquer un ou plusieurs partenaires complices, mais également recourir à la violence pour contraindre des victimes non consentantes. Son jeu peut être ponctuel, répétitif ou permanent. Cela revêt parfois des formes dangereuses, pouvant entraîner la mort.

Comme pour le masochisme, cette déviance apparaît parfois très jeune. Mais, d'après les observations médicales, elle ne s'installe réellement qu'au début de l'âge adulte, où elle prend alors une forme chronique. Certains viols ont un caractère sadique quand la souffrance de la victime contribue au plaisir de l'agresseur. Mais il ne s'agit pas d'une règle absolue.

A ces déviations, ou paraphilies, on pourrait en ajouter d'autres, beaucoup d'autres, tant l'homme sait être inventif dans la recherche de son plaisir érotique. Il y a ceux qui n'éprouvent une attirance sexuelle qu'avec les vieillards (gérontophilie), d'autres qu'avec les cadavres (nécrophilie). Récemment, l'employé nécrophile d'une morgue française a même... « réveillé » une jeune femme déclarée morte un peu trop vite, et avec laquelle il faisait l'amour en chambre froide ! D'autres pervers trouvent leur plaisir érotique avec les excréments ou les ordures (mysophilie), avec l'urine (urophilie), ou uniquement en se frottant (frotteurisme). Certains trouvent leur plaisir sexuel au seul moyen —

somme toute inoffensif — des propos obscènes (scatologie téléphonique)... Au-delà de cette limite, les anecdotes rapportées par les médecins ou la police des mœurs dépassent le convenable. Ainsi ces urophiles qui placent des morceaux de pain dans les urinoirs publics, les laissant macérer quelques jours, avant de venir les récupérer pour les déguster. Allez savoir d'où leur vient cette perversion ? Tous les goûts et tous les fous sont dans la nature. Pourquoi pas ?

Ce qui, au Moyen Age, était considéré comme une manifestation du Malin et conduisait directement au bûcher, ne relève plus aujourd'hui que de la psychiatrie. Il n'y a pas si longtemps, l'homosexualité figurait encore dans la nomenclature des perversions sexuelles. Quant à l'inceste, prohibé par nos lois, il n'est pas considéré comme une paraphilie par de nombreux psychiatres. Le DSM III ne le mentionne pas. Bref, la notion de perversion n'est pas un fait objectif. L'OMS le souligne : « Les limites et les caractéristiques du comportement sexuel ne sont pas établies de manière absolue dans les diverses sociétés et cultures[1]. » Et d'ajouter : « Il ne faut pas condamner ceux qui se livrent à des actes sexuels déviants lorsqu'ils sont privés des possibilités sexuelles normales. » Allusion au prisonnier, qui ne choisit pas sa sexualité. Sourire : on peut réhabiliter le naufragé zoophile.

Comment définir la limite entre le tolérable et le répréhensible ? La frontière est facile à établir. Paraphrasant une formule célèbre, on pourrait édicter : « Le plaisir finit là où commence la souffrance de l'autre. » On en revient à cette déviance suprême, celle dont il est question ici... on en revient aux *voleurs d'innocence*. Car il y a bien abus, par la force physique ou abus de

1. Classification internationale des maladies de l'OMS, 1975.

confiance. En effet, l'enfant se tourne naturellement vers l'adulte pour être protégé. Non pour être violé. Si Socrate et Platon reconnaissent la beauté du corps de l'enfant, ils en interdisent l'accès. Hélas ! il y a aujourd'hui des gens pour prôner le contraire. J'ai entendu un avocat plaider « l'acte d'amour suprême », s'agissant du viol d'un gamin de neuf ans... par son père !

Acte d'amour suprême quand le pervers exige d'être masturbé par la petite fille ou le petit garçon ? Quand il force l'enfant à la fellation ? Quand il sodomise ? Acte d'amour suprême quand le *voleur d'innocence* emploie ces mots : « Je n'ai jamais hésité à les violer, qu'elles aient trois, quatre ou dix ans. Au début, ça me faisait un peu mal au cœur de leur faire ça, mais après je me suis endurci. » Le commandant Joël Vaillant, de la Direction générale de la Gendarmerie nationale, confirme le diagnostic des psychiatres : « Les pervers sont d'une incroyable froideur. Il y a chez eux une absence totale de sensibilité. Seule compte la satisfaction de leur plaisir individuel. » Ayant traqué pendant six ans un pervers insaisissable, il constate : « Ils sont souvent diaboliquement intelligents et très difficiles à prendre, tant ils mettent de minutie à éliminer les éléments compromettants. Chez eux, tuer n'est pas une question de jouissance, mais bien de survie. Ils ne veulent pas se faire arrêter. »

A l'appui de ce constat, le commandant Vaillant évoque l'histoire d'un pervers, arrêté en 1987, qui avoua six meurtres en France, aux Etats-Unis et en Suisse. Le gendarme se souvient avec effarement : « Il m'a raconté ses six assassinats avec un détachement total, expliquant qu'il partait avec sa voiture quand l'envie de sodomiser le prenait, tout simplement. Il avait bricolé les quatre serrures de son véhicule, afin de pouvoir les verrouiller de l'intérieur et empêcher la fuite de ses victimes. Il partait *en chasse* avec ses *accessoires*, comme il disait, à savoir un jerrican d'essence, un couteau, une éponge et du sparadrap. Puis il cherchait sa proie, selon des critères très précis. Quand il avait trouvé, il embarquait le mineur dans sa voiture puis, couteau sur la gorge, il lui enfonçait une éponge dans la bouche, avant d'y coller un sparadrap. Ensuite, il passait au viol. » Ce pervers, âgé de trente ans, racontait cela sans le moindre regret, concluant sur un ton neutre : « Après, je les tuais, car je n'avais pas d'autres solutions. » L'essence servait à brûler les cadavres. Cinq ans après, le commandant Vaillant est encore bouleversé : « Ce type-là n'a pas été facile à coincer. »

Tous les cas de pédophilie ne sont pas aussi dramatiques ni aussi sauvages. Combien de fois ai-je entendu au cours de cette enquête, notamment de la part de... parents : « Ils sont très gentils avec les enfants. » Mais la pédophilie active (certains se contentent du fantasme) passe par deux conditions. La première, bien sûr, c'est l'incapacité à avoir une relation sexuelle normale avec un adulte. La seconde condition, c'est la négation du partenaire en tant qu'humain consentant. Le pervers se préoccupe rarement de la souffrance de l'autre, en l'occurrence de l'enfant. La jouissance est souvent personnelle et égoïste. Elle exclut toute autre forme de plaisir.

Au cours d'un entretien collectif avec cinq pédophiles, à l'Institut Pinel de Montréal, tous m'ont dit : « Ce sont des relations impulsives, très brèves. Ce n'est pas comme avec une femme, où cela peut durer des heures. » Et tous m'ont parlé, sans même s'en rendre compte, avec délice et complaisance, de leur propre plaisir sexuel, de leur « sentiment de puissance, de possession, de domination », mais jamais de l'enfant lui-même, de sa souffrance ou de son éventuelle satisfaction. Une seule phrase revient : « La relation sexuelle avec l'enfant me procure un grand plaisir. »

On retrouve cet état d'esprit dans toutes les

manifestations perverses : l'autre est un objet. Les femmes violées le ressentent : « Face au violeur, je n'existais plus. » A tel point que, très souvent, le violeur lui-même ne se souvient pas de la personne qu'il a agressée. Objet, l'enfant abusé par l'adulte l'est forcément. Lui qui ne comprend pas, lui qui ne sait pas. Car, même quand l'enfant a une attitude de séduction — comme se défendent certains pervers en quête d'excuses —, il ne peut imaginer le passage à l'acte. Et c'est à l'adulte de remettre les choses en place. Or la pédophilie est violente dans cinquante pour cent des cas, lorsque la victime est une petite fille[1]. Plus éloquent encore : quand un adulte pédophile a lui-même été violé étant enfant, il parle de cette expérience comme d'un terrible traumatisme.

On peut se demander, d'une façon générale, pourquoi un adulte éprouve une attirance sexuelle pour un enfant. Un fait est certain : dans tous les cas, le *voleur d'innocence* a des difficultés à aborder le monde des grandes personnes et les contraintes de la société. Soit qu'il ait échoué dans ses relations sexuelles avec les adultes, soit qu'il régresse vers l'enfance, qu'il veuille y revenir.

Ecoutons les témoignages recueillis auprès d'une dizaine de pédophiles, en détention ou en liberté. Ils parlent mieux que les spécialistes. Ils expliquent parfaitement le cheminement affectif et intellectuel des *voleurs d'innocence.* Tout est là, dans ces confessions, dans ces introspections.

Jacques, héritier d'une grande famille d'industriels, se souvient : « J'ai commencé à ressentir ma pédophilie vers l'âge de vingt-cinq ans. Auparavant, j'avais eu des relations avec des filles, mais cela ne marchait pas. Je n'arrivais pas à leur parler. Je me sentais dominé. Je retrouvais chez elles l'attitude de ma mère, très possessive. » Il hésite

1. « A propos de cent cas de pédophilie masculine », *op. cit.*

et, comme une illumination : « C'est cela, ma mère me possédait. Elle voulait tout acheter pour moi : les plus beaux vêtements, les études, tout. Elle ne me laissait jamais jouer avec les autres. Je n'avais le droit de voir personne. » Enfin, comme s'il parlait à lui-même, Jacques murmure : « Dans le monde des enfants, il n'y a pas cela. Avec les petites filles, on s'amuse bien. » Des mots et une mimique infantiles. Jacques révèle finalement qu'il a vécu « un certain temps » avec une femme : « Un jour, dit-il, j'ai compris qu'elle aussi voulait m'imposer son autorité. Alors, je me suis enfui. Je me suis réfugié chez les enfants. »

Autre scénario de refus d'un monde adulte « moche, méchant, mesquin ». Guy, un garçon plutôt timide, n'hésite pas à me confier les recoins de sa vie intime : « Enfant, j'ai été moi-même abusé par un homme. Adolescent, j'ai rencontré une fille que j'ai aimée normalement, avec qui j'ai vécu pendant six ans. Un jour, elle m'a trompé. Puis j'ai appris qu'elle avait eu de nombreux amants, avant de me connaître. Ça a été terrible. Le monde s'écroulait. J'ai perdu confiance... les femmes ont commencé à me faire peur, puis j'ai douté des adultes en général : tout n'était que mensonges et tromperies. Alors, je me suis tourné vers les enfants. Pourtant, moi-même, quand j'ai été violé, j'ai pleuré, j'ai trouvé cela dégueulasse... »

André, vingt-six ans, a une autre approche, mais toujours la même difficulté à aborder normalement la vie : « J'ai gardé des souvenirs merveilleux de mon enfance, quand on s'amusait avec des petites filles dans le garage. C'était facile, alors qu'avec les femmes, je n'y suis jamais arrivé. Je n'ai jamais eu un rapport complet avec une adulte. Adolescent, je disais à ma mère : "Regarde la belle petite fille !" Et je ne sentais pas vraiment de réprobation de sa part. Et puis mon père, quand j'étais enfant, battait ma mère. Je ne voulais pas m'identifier à cette violence des adultes. L'enfant, lui, vient gentiment vers moi. Il sait que je ne crie pas, que je suis différent. Et pour une fois, dans la vie, je suis quelqu'un d'important. » Les femmes ? Il dit les trouver belles, « bien sûr ». Pourtant André ne veut pas en voir : « Comme toujours, ce serait m'exposer à un refus, à un rejet. Et ça provoquerait la rage. »

La rage ! Le mot revient souvent. Rage d'être impuissant, rage d'être incompris, rage d'être ridiculisé... ou penser l'être. Car, bien souvent, cela ne correspond pas à la réalité présente. Cela vient d'une frustration passée, à un lointain manque affectif démesurément amplifié. Le Dr Jocelyn Aubut note : « Beaucoup de personnes ont vécu, durant l'enfance, des situations bien pires, autrement traumatisantes qu'une mère simplement possessive. Pourtant, ils ont réagi différemment. Chacun sa sensibilité, son itinéraire. La pédophilie prend ses racines très loin, et elle s'alimente de nombreuses composantes, bien difficiles à démêler. »

Mario, un grand gaillard de vingt-sept ans, menuisier, avait la sympathie de tout le village... avant qu'il ne dérape : « A sept ans, dit-il, j'avais déjà des attirances sexuelles. Je m'arrangeais toujours pour jouer au docteur ou au papa et à la maman. Il faut dire que j'étais souvent seul à la maison. J'éprouvais un grand sentiment d'insécurité et un vrai manque affectif. En plus, j'avais peur de mes parents... les enfants sont moins menaçants que les adultes. » Pourtant, Mario — beau gosse s'exprimant bien — a été marié deux fois. Toujours des femmes plus âgées : « Au début, ça allait bien, affirme-t-il. Et puis, rapidement, je devenais dépressif. Je n'arrivais plus à avoir des relations avec elles, même plus à parler. Dès que j'avais une contrariété, dès qu'il y avait un problème, je retrouvais mes attirances pédophiles. Je me réfugiais vers les enfants. Avec eux, c'est toujours plus simple. »

C'est plus simple ! L'expression revient sans cesse et toujours. Telle est la clef du comportement pédophile : la facilité des relations avec l'enfant qui admire, qui apprend, qui ne dit jamais non. Alors, au premier obstacle, le *voleur d'innocence* esquive. Il refuse d'affronter le monde des adultes, trop dur, qu'il ne maîtrise pas. Et il s'en va aux pays des enfants. Au pays d'Alice et des merveilles, là où il est un dieu... le pays des fantasmes. Comme dit Mario, quand on le force un peu à réfléchir : « Bien sûr, je leur vole leur intégrité, à ces gosses. Je leur prends une partie d'eux-mêmes. Il faudra qu'ils vivent avec cela, toute leur vie. Mais pour moi, impossible de faire autrement. »

Clément est encore plus explicite : « Un enfant, de la naissance à dix ans, c'est formidable. Tu le contrôles complètement. Il fait ce que tu veux. Il suffit d'élever un peu la voix, et il se plie à tes exigences. » Aucun remords, aucune pitié. « De la naissance à dix ans »... comme d'autres disent : « Ma Toyota est fantastique. » Clément, c'est la logique du pédophile et en même temps son paradoxe : « J'ai été abandonné à la naissance, ballotté d'une famille à l'autre. Chez l'enfant, je vais chercher toute l'affection qu'il a reçue de ses parents, l'amour qu'on ne m'a pas donné. Alors là, seulement là, je suis bien. Seul un gamin de cinq ans peut me donner de la sécurité, de la tendresse et de l'écoute. »

En l'état actuel des connaissances médicales, on considère que cette perversion n'est pas innée, et on le voit assez bien ici. En clair : on ne naît pas pédophile, on le devient, généralement à la maturité, à l'entrée dans l'âge adulte. C'est pourquoi les psychiatres accordent désormais une très grande attention aux tendances pédophiles chez l'adolescent. On ne dit plus : « Ça va passer. » On prend en charge sa souffrance.

Autre constat : la pédophilie n'est pas forcément

liée à l'homosexualité. Au contraire : le *voleur d'innocence* est attiré deux fois plus souvent par les petites filles que par les petits garçons. Et chez l'homosexuel, le recours à la brutalité est moins fréquent que chez l'hétérosexuel. Généralement, chez ce dernier, l'attirance se porte sur les fillettes de huit à dix ans, avant qu'elles ne soient formées, avant qu'elles ne prennent des allures de petites femmes... car l'image même de la femme lui fait peur et le paralyse. Sur les huit enfants violés et assassinés en France au cours de l'année 1988, cinq étaient des filles de moins de dix ans.

L'homosexuel pédophile préférera des garçons légèrement plus âgés, mais qui lui rappelleront malgré tout le petit garçon qu'il était. Le Dr Bernard Cordier explique : « Il recherche la morphologie du petit garçon, dont la peau et la voix sont proches de celles de la femme qu'il n'ose pas toucher. » D'où encore cette remarque : quand le pédophile est marié, on peut dire qu'il a été épousé plus qu'il n'a choisi sa femme. Le rapport avec sa partenaire adulte est plus celui de l'enfant à la mère que du mari à l'épouse. Quant à ses propres enfants, le pédophile n'y touche généralement pas. Ainsi, comme le confirme l'entourage de Christian X. : « Avec eux, il était correct, bien intentionné. » Le Dr Aubut introduit une remarque importante. Pour lui, il n'y a pas de hasard dans le comportement du pédophile : « Souvent, il va chercher une épouse qui a déjà des enfants, car en réalité ce sont eux qui l'intéressent. Petit à petit, il va gagner leur confiance, s'occuper d'eux, de leur bain. Il va commencer par des jeux innocents qui finiront pas dévier. »

Le père incestueux, au contraire, s'intéresse à sa propre fille en tant que femme authentique, comme « remplaçante » de l'épouse défaillante (l'inceste se produit généralement après la puberté). Il évacue ainsi son surplus de sexualité, alors que le pédophile comble ses manques ou ses pannes avec l'enfant. Pères incestueux ou pédophiles portés indifféremment sur les deux sexes sont rares. Dans ce cas, ils préfèrent généralement les enfants très jeunes, de trois à cinq ans, notamment les petites filles, presque des bébés, dont ils aiment la silhouette potelée.

En réalité, il y a une infinité de comportements pédophiles, fonction sans doute d'autant d'expériences individuelles et insondables. Ainsi trouvera-t-on des pédophiles chroniques, comme l'homme qui nous a écrit. Il avoue abuser des enfants depuis quarante ans. Pour ce type de grands pervers, bien sûr, la récidive est la règle. Renoncer à leur sexualité déviante signifierait abdiquer tout plaisir érotique, d'où leur quasi-impossibilité de se soigner. Comme le dit le Dr Henri Giraud : « Ils ne veulent pas abandonner leur jouissance. » On comprend alors l'absurdité de la question rituelle sur la récidive. C'est un peu comme si on demandait à monsieur Tout-le-Monde : « Avez-vous encore l'intention de faire l'amour avec votre femme ? » J'ai rencontré Laurent, un brave type un peu obèse, la quarantaine, un garçon qui riait tout le temps et qui avoua devant son psychiatre pas moins de cinq cents viols sur des enfants. Monstrueux ? Lui, tout en éprouvant quelques remords, avait une autre vision des choses : cinq cents gamins en vingt ans de pédophilie, cela ne faisait en moyenne que deux rapports sexuels par mois. D'où sa question : « Vous vous contenteriez de ça, vous ? »

De son côté, le Dr Roland Raboussin, psychiatre américain attaché au FBI, a cité à une mission d'étude française plusieurs cas de pervers ayant commis entre deux cents et six cents crimes sexuels chacun. Il faut dire qu'aux Etats-Unis le problème est soigneusement analysé. Il fait l'objet d'un suivi permanent, systématique et centralisé au sein du FBI. On va même jusqu'à reconstituer les déplacements des pervers à travers le pays, jusqu'à établir la carte de leurs méfaits, ce qui permet d'avoir une approche statistique rigoureuse du phénomène. Là-bas, les enquêtes se font à trois : policier, psychiatre et informaticien. En cas d'arrestation, le pervers doit répondre à un formulaire type comprenant cent soixante-huit questions. Ainsi, quand le Dr Raboussin parle de six cents crimes — viols et meurtres — attribués à un même pédophile, il ne s'agit pas d'hypothèse, mais bien de faits réels.

A la question de la fréquence de l'activité sexuelle du pédophile, la réponse est donc évidente : le *voleur d'innocence* a les mêmes besoins érotiques qu'un individu normal, sauf qu'il les satisfait avec des enfants. Comme le note un spécialiste : « Un pervers dans une colonie de vacances serait sans retenue aucune. Il serait comme le sultan dans son harem. » Après avoir étudié un groupe de cent pédophiles ayant comparu devant la justice française, cinq spécialistes concluaient : « On constate une multiplication des partenaires, dans une quête insatiable d'enfants, principalement chez les pédophiles homosexuels [1]. » Une « quête insatiable d'enfants »... la formule fait frémir. Le seul problème du *voleur d'innocence* est donc la réalisation de l'acte qui, à chaque fois, suppose des risques considérables... la prison. Une fois encore, faisons référence à la lettre parvenue au début de notre enquête. L'homme professe : « Je chasse la fillette comme d'autres chassent le sanglier... » Sauf que le tabou est là. Et le danger aussi. Si bien que le pervers doit en permanence réprimer son instinct, son envie, ou risquer sa liberté. Beaucoup se satisfont donc du fantasme, ou se limitent aux simples attouchements. Moindre mal, diront certains...

A l'inverse de cette perversion chronique, il y a une pédophilie occasionnelle, par curiosité ou par accident, en fonction des circonstances. Le Dr Yves

1. « A propos de cent cas de pédophilie masculine », *op. cit.*

Roumajon explique : « Dans ce cas-là, c'est la rencontre d'une personne, d'un lieu et d'un moment. Quand ces trois circonstances sont réunies, rendant l'acte possible, il y a une sorte de vertige ou d'impulsion, puis viol. Le pervers peut être alors d'une incroyable brutalité. » Pourtant, selon ce spécialiste, il serait dangereux d'associer pédophilie et meurtre car, dit-il, « le vrai pédophile est amoureux des enfants ».

De l'autre côté de l'Atlantique, le Dr Aubut confirme : « Proportionnellement, le pédophile qui tue est rare. » En revanche, lui ne croit pas à la rencontre accidentelle du pervers et de sa victime. D'après lui, le *voleur d'innocence,* même inconsciemment, s'arrange au contraire pour se placer dans des situations à risques : passer devant une école, circuler à la nuit tombante, s'occuper professionnellement d'enfants. Souvent, il organise sa vie autour de sa quête quasi obsessionnelle. Plusieurs pédophiles me le confirmeront : « Je prends tous les risques pour parvenir à mes fins. Je provoque toutes les situations nécessaires. Cela renforce mon triomphe. C'est plus fort que tout. Il faut que j'y aille... » Un homme, presque vieillard, m'a même confié : « Chaque occasion qui se présente est bonne à prendre et même à provoquer. C'est un besoin. C'est une excitation, une explosion. Je n'y peux rien : il faut que je trouve des fillettes pour les entraîner à l'écart. J'aime leur visage, leur corps, leur sexe. Je les choisis en fonction de leur beauté. Pourtant je suis marié. Il est vrai que parfois, avec ma femme, je pense à des gamines pour me stimuler. » Il m'avoue être *« littéralement »* attiré par les jardins publics, car il sait qu'il y trouvera des petites filles.

Le rôle de l'imaginaire est primordial chez le pédophile. Vu les dangers — « la peur de se faire arrêter, de se faire casser la gueule » —, le fantasme est une solution de rechange qui évite heureusement à certains de passer à l'acte. Dans ce contexte, un mot vedette : masturbation. Combien de fois l'ai-je entendu, au cours de cette enquête ! Car, même actif, le *voleur d'innocence* ne peut satisfaire pleinement ses envies, tant les risques encourus sont grands.

Il y a enfin cette pédophilie mondaine, déjà évoquée. Parfois favorisée par l'alcool, elle est là pour mettre quelque piment dans une vie amoureuse morne ou qui s'essouffle. Poids des ans ou choc du couple. C'est ce que le Dr Bernard Cordier appelle le « syndrome 36-15 », du nom de ces services sur Minitel où tout est permis, où rien n'est tabou : « Aller de plus en plus loin », « goûter aux fruits défendus », quitte à se donner bonne conscience en prétendant que les enfants, eux aussi, « aiment ça », qu'ils sont « consentants ».

D'après France Gublin, présidente de l'Association Enfance et Partage, ce type de pédophilie est en pleine progression, comme déculpabilisée. Phénomène inquiétant que confirment de nombreux juges. Ce sera d'ailleurs un leitmotiv chez toutes les personnes rencontrées au cours de notre enquête : les affaires de pédophilie et d'inceste se multiplient en France, dans des proportions inimaginables. Elles concernent désormais la moitié des affaires pénales où des mineurs sont impliqués. Dans certaines régions, on trouve même des villages entiers fonctionnant sur le modèle de l'inceste, affirme un magistrat. On est confronté, selon lui, à une véritable complicité dans le silence. Ou, plus incroyable encore, à une inconscience totale du délit. Exemple typique : un père de famille abusait depuis dix-sept ans de ses six filles. Dénoncé par une lettre anonyme, il fut finalement arrêté et jugé à Royan. Devant le tribunal, alors qu'il avait eu le temps de méditer sur son crime — ou plus exactement sur ses crimes perpétrés pendant dix-sept ans ! —, il se défendit, réellement offusqué : « Un père a tout de même des droits sur ses enfants ! Il n'y a pas de mal à éduquer ses filles... »

On trouve chez les pédophiles plusieurs types de personnalités. D'abord, il y a les déficients mentaux, souvent débiles légers. Ils ont un corps d'homme mais un esprit de sept ou huit ans. Incapables d'établir une relation avec un adulte, ou rejetés par ce monde-là, ils jouent — du moins le croient-ils — avec des garçons ou des filles de leur âge. Ils sont considérés pénalement comme « responsables de leurs actes ». On peut cependant leur trouver des circonstances atténuantes. Ces cas-là, ceux des déficients intellectuels, ne sont pourtant pas les plus courants. D'après une des rares études disponibles sur le sujet, ils ne représenteraient que sept pour cent des adultes agresseurs d'enfants[1].

Le Dr Serge Bornstein énonce : « N'importe qui, a priori, peut avoir ce type de conduite déviante. Il n'y a pas de prédisposition génétique, pas d'autres désordres psychiatriques. Sur tous les autres points, les pédophiles raisonnent sainement. » La lecture de la presse et les comptes rendus d'audiences nous le confirment. Qu'il s'agisse d'inceste ou de pédophilie, les auteurs sont généralement des « personnes bien sous tous rapports », comme nous l'avons déjà suggéré, parfois même ils appartiennent à des couches sociales aisées. A chaque interview de *voleur d'innocence,* ce fut pour moi le même étonnement : « Décidément, ce type pourrait être un ami. » Simplement, il s'agit de personnages immatures, bien que parfois mariés : « C'est le frère pas le père, c'est le copain pas le mari... » Ils ont peur de la femme. Ce rejet maladif du sexe féminin a un nom : la gynophobie. Les analystes proposent une hypothèse somme toute assez sim-

1. Thèse de médecine du Dr Laurent Jacquesy, *Essais de classification des pédophiles,* 1990.

ple : ces gens-là, qui aiment trop les petits garçons ou les petites filles, refusent de sortir de leur propre enfance.

Pourquoi certains passent-ils à l'acte et d'autres pas ? Tout dépend de l'environnement du sujet et de son niveau de contrainte. Cela est apparu d'une façon éclatante dans le témoignage d'André, cité plus haut : « Je disais à ma mère : *Regarde la jolie petite fille !* Et je ne sentais pas vraiment de réprobation de sa part. » Implicitement, André nous dit qu'il s'est senti autorisé à aimer les enfants. On retrouve cette sorte de bonne conscience dans l'inceste, quand l'épouse ferme les yeux.

Autre scénario : l'attitude de Christian X., Violeur et assassin d'Ingrid et de Muriel. Dans sa famille, il devait contenir ses instincts car il ne trouvait pas une telle tolérance. Mais seul, sans filet, rencontrant par hasard deux fillettes dans une rue déserte, la digue a craqué. La pulsion refoulée s'est libérée d'un coup. Il est passé à l'acte. Puis, confronté — par l'intermédiaire des médias — à l'horreur de son crime, il a tenté de se suicider, à Lourdes, dans une chambre d'hôtel. Enfin, face aux policiers, redécouvrant les règles de notre société, il a dit : « J'ai fait une bêtise. » Et pourtant, caractéristique des pervers inconscients du mal qu'ils provoquent, il demande à son fils : « J'espère que tu ne m'en voudras pas. » On imagine la douleur de cet adolescent, découvrant à dix-huit ans, avec la France entière, que son père était un *voleur d'innocence.*

Pédophilie par déficience mentale, pédophilie par régression, pédophilie par compensation (l'homme impuissant avec la femme trouve en la fillette un substitut)... Il y a aussi le cas pathétique où le *voleur d'innocence* est à la fois coupable et victime. Coupable aujourd'hui d'abuser des enfants. Victime hier d'un pédophile. Oui, lui-même a été violé par un adulte lorsqu'il était mineur. Il reproduit le modèle, un peu comme les enfants battus. C'est le cas de Julien, rencontré en prison, qui m'explique : « Quand j'ai été abusé, j'avais cinq ans et j'ai pleuré. Mais c'était aussi une époque où personne ne m'aimait. Et j'ai fini par y prendre goût. » Scénario classique, observé par tous les psychiatres. Fondamental dans la compréhension de ce phénomène. Pourtant, de cela on ne parle jamais. On ne le dit pas. La presse et la télévision ne font pas mention de ce fait essentiel. Autre tabou ? Comme si, à ces gens-là, il ne fallait trouver ni raisons ni excuses. Mais comment s'attaquer au problème, comment trouver les solutions, si on ne dit pas toute la vérité ?

D'après les statistiques, identiques dans tous les pays, d'après mes propres constatations, cinquante pour cent des pédophiles ont été violés par un adulte lorsqu'ils étaient enfants. Parfois, il faut des années au psychanalyste pour retrouver ce traumatisme : « Chez certains, c'est tellement profond qu'ils l'ont oublié. C'est l'amnésie complète, explique la thérapeute Frédérique Gruyer. Parfois, ils ignorent eux-mêmes le pourquoi de leur perversion. Ils en ont refoulé l'origine. Leur personnalité est faite de compartiments totalement séparés, comme dans un sous-marin. »

Terrible constat, cercle vicieux. Cela rend l'agression encore plus intolérable, car elle met en marche, chez l'enfant violé, un mécanisme infernal. Elle le piège. Le *voleur d'innocence* sait-il au moins qu'il « injecte » littéralement, une fois sur deux, son mal à ses petites victimes ? En quelque sorte, il lui passe le relais. Cruel héritage dont lui-même a peut-être été victime. Un de ces violeurs violés, que j'interrogeais à ce sujet, a trouvé une formule choc : « On met en garde contre le sida. Mais contre nous autres, pédophiles, il n'y a pas de préservatifs. »

On peut s'étonner d'une telle transmission de la

pédophilie, en un seul contact, comme s'il s'agissait effectivement du sida. Cela s'explique pourtant. Premier scénario : le petit garçon — devenu adulte — reproduit, pour se venger, l'acte qui l'a souillé : « Je fais aux autres ce qu'on m'a fait. Pourquoi serais-je seul à souffrir ? » Cela peut être volontaire ou inconscient, exprimé ou non. Je l'ai vérifié auprès d'un jeune homme, orphelin, qui avait été violé à l'âge de neuf ans, dans une institution : « Là-bas, le viol des enfants par les éducateurs était la règle », m'a-t-il dit. Devenu adulte, traumatisé par cette expérience, à la dérive, sans famille et sans suivi psychologique, il a lui-même violé un petit garçon... âgé de neuf ans. Est-ce un hasard ? Il raconte qu'il a agi sur une « pulsion ». Il prononce le mot en se tenant le ventre, en y serrant le poing et en le tournant comme une vis car, prétend-il : « Le mal est là. On me l'a mis. » Comme un virus, comme une maladie contagieuse.

Deuxième scénario : l'enfant violé a été véritablement initié par son agresseur. Cette première fois, pour le moins particulière, l'a irrémédiablement marqué. Plus tard, adulte, perturbé mais aussi troublé par cet acte, il va rechercher la même sensation en s'attaquant à des enfants. Il veut renouveler l'expérience, à la fois douloureuse et agréable. Le Dr Bernard Cordier, qui a souvent observé ce genre de réaction, explique : « Si l'enfant a connu sa première joie sexuelle biologique ainsi, il va presque être conditionné à ce genre de jouissance. »

Cela fait peur. Et en même temps, cela oblige à un autre regard sur le sujet. Car ces agresseurs souffrent également. D'une certaine manière, bien qu'ils soient considérés comme pleinement responsables de leurs actes, ils ont des circonstances atténuantes. Imaginez, par exemple, l'existence de cet orphelin, violé à neuf ans, devenu pédophile bien malgré lui, violeur à son tour, arrêté puis condamné à quatorze ans de prison... il sera libre en 2005. On n'aura même pas cherché à le soigner. Il sera le même... Quelle vie pour lui ? Quel choix ? Et quelle responsabilité pour nous, pour la société ! Car à la sortie, nous aurons le même *voleur d'innocence* en puissance.

Autant d'itinéraires, autant d'histoires individuelles que de cas. Mais une constante pourtant : l'héritage familial est toujours chargé. Selon l'étude déjà citée, sur cent pédophiles, trente-huit étaient orphelins de père, treize avaient perdu leur mère, quinze étaient des enfants de divorcés et quinze autres avaient été élevés par des personnes étrangères... au total quatre-vingt-un pour cent n'avaient pas connu une famille complète ou unie. Autant de situations qui fragilisent psychologiquement, mais aussi qui peuvent laisser l'enfant sans défenses, face aux *voleurs d'innocence*. D'après cette même étude, les pédophiles élevés par leurs deux parents avaient tous eu avec eux des relations très perturbées : « Une mère étouffante, peu affective et rigide, alors que le père était effacé ou terrifiant. Leur sentiment était d'avoir été mal ou pas aimé[1]. »

Chez tous les pédophiles que j'ai interviewés, soit une bonne trentaine, j'ai effectivement trouvé une enfance perturbée. Ce qui ne signifie pas forcément une enfance martyre, sordide ou même malheureuse. Mais, soit il y avait eu viol, soit il y avait eu rejet ou — plus subtil — sentiment de rejet. Exemple : la mère d'André est convaincue d'avoir donné tout l'amour nécessaire à son fils. A sa manière, elle l'a fait. Pour beaucoup, l'enfance de ce « pauvre-petit-garçon-riche » aurait été enviable. Mais voilà, lui, André, l'a perçue différemment. A cette déviation-là, il faut bien qu'il y ait une cause. Chaque homme est unique. Pourtant, globalement, le discours inconscient est le même. Il y a un

1. « A propos de cent cas de pédophilie masculine », *op. cit.*

problème de développement affectif. Il y a quête du *soi* : « Je cherche, à travers ces enfants que je visite, le petit garçon que j'ai été. » On pourrait, si le sujet n'était aussi grave, évoquer ce dessin de Sempé où l'on voit un vieil homme confesser, sur le canapé du psychanalyste, son amour pour les petites filles. Le praticien l'interroge : « Quand cette pulsion vous est-elle venue ? » Et l'homme de répondre : « Quand j'avais moi-même six ans ! »

Cette enquête m'a conduit bien au-delà de ce que j'imaginais. Au départ, une personnalité ne m'avait-elle pas suggéré : « Renoncez à écrire ce livre. Le sujet n'en vaut pas la peine. Le pédophile se contente le plus souvent de tripoter les enfants. C'est sans conséquences. D'ailleurs, certains hommes politiques sont des adeptes. » Et de conclure : « Pourquoi leur chercher des noises ? »

Pour deux raisons essentielles. La première : les dégâts causés à l'enfant, dégâts physiques et psychiques. La seconde, avancée par les auteurs d'agressions eux-mêmes : l'impossibilité de contrôler leurs instincts. Quand c'est trop fort... impossible de se retenir. La fameuse pulsion ! Sans que l'on sache trop comment et pourquoi elle se déclenche. Et c'est le dérapage. Car la pédophilie n'est pas qu'amour. Elle n'est pas qu'innocence. Le jeu du docteur, le jeu du papa et de la maman, tournent parfois à *Orange mécanique*. Il y a des instants où les besoins sont plus pressants. Des moments de rage. Des envies de vengeance. Et même des fantasmes de mort. Autant d'expressions glanées au cours d'interviews. Alors, tout explose. Parfois, cela met des jours à monter. Avec le Dr Aubut, nous écoutons, effarés, la confession d'un pédophile en état de crise, heureusement neutralisé à temps : « Mes idées de tuer un enfant revenaient sans cesse. J'imaginais tout le temps le même scénario. Je voulais l'enlever, l'emmener chez moi et le poignarder. Et plus j'étais contrarié, plus le besoin grandissait. »

Quelle que soit la gravité des faits — attouchement, viol ou meurtre —, le processus du passage à l'acte est identique. Une sorte de réaction en chaîne, qui part souvent du même point, parfois futile : des problèmes dans la vie quotidienne, une déprime, la solitude. Alors, le pédophile n'est plus capable de contrôler, de refouler son besoin sexuel vis-à-vis des enfants. Ecoutons Henri : « J'avais envie de parler à ma femme, mais je n'y arrivais pas. Et je n'avais personne à qui me confier. Je savais qu'avec un enfant, ça irait mieux, ça me soulagerait. Alors, plus je me coupais de ma femme, plus l'envie sexuelle d'un enfant montait en moi. Au bout du compte, j'ai craqué, j'ai plongé. »

Le Dr Bornstein souligne : « Pour comprendre la motivation du pédophile qui est passé à l'acte, il faut s'interroger sur son état d'esprit au moment des faits. » La sexualité a en effet une fonction antidépressive. Le pervers attend de son rapport avec l'enfant un soulagement, il espère une solution à son problème passager, à son stress... comme chacun de nous au moment de l'amour. Ce n'est pas un hasard si Christian X. a enlevé, violé puis tué Ingrid et Muriel alors qu'il était au chômage. Dans ces moments-là, de détresse ou d'abandon, plus encore qu'en période normale, la seule façon de trouver la quiétude et le bonheur, pour le *voleur d'innocence*, est d'avoir une relation sexuelle avec l'objet de son fantasme... parfois, un bébé de quelques mois.

Notons qu'il n'existe pas, à proprement parler, de femmes pédophiles, ou très peu. On parle de comportements ambigus plus que pervers, à moins qu'il ne s'agisse de *déniaisages* de petits garçons. Les médecins vous diront que la sexualité féminine, à l'inverse de la masculine, n'est pas agressive. On retrouve d'ailleurs les mêmes différences, quant à la notion d'agressivité, chez l'animal. Un spécialiste ose un rapprochement : « Chez les rats tueurs, seul le mâle est agressif. Si on le castre, il perd toute combativité. » L'allusion à la castration n'est pas forcément innocente. Nous le verrons en abordant les possibilités thérapeutiques.

S'il n'y avait pas, régulièrement et désespérément, mort d'enfants liées à ce phénomène — mort physique et psychique —, nous n'aurions pas consacré autant de pages aux *voleurs d'innocence*. Mais il y a cette réalité : pourquoi ils les tuent ? L'actualité nous oblige à poser régulièrement la question. Mais nous a-t-on réellement donné la réponse ? Sans doute pas. Comme si le châtiment comptait plus que le pourquoi. Comme si la clef de la prévention ne se trouvait pas là.

Les spécialistes sont d'accord : la plupart des assassins pédophiles ne tuent ni par folie, ni par vice, ni par plaisir. Ils tuent généralement pour supprimer le témoin de leur acte. Voilà pourquoi, devant les tribunaux, les *voleurs d'innocence* sont considérés comme pleinement responsables : au moment du viol et au moment du meurtre, ils sont conscients. Parfois même, ils agissent avec préméditation.

Contrairement au Japonais cannibale, Isseï Sagawa, qui a tué, dépecé puis mangé une jeune étudiante hollandaise, à Paris, en 1981, contrairement au jeune schizophrène, Christian Dornier, qui a tué à coups de fusil, le 12 juillet 1989, dans un moment de folie, quinze personnes à Luxiol, dans le Doubs, contrairement à ces déments, le pédophile ne bénéficie pas, devant les tribunaux, de l'article 64 du Code pénal. Pour cela, il lui faudrait être « reconnu en état de démence au temps de l'action », ou « soumis à une force à laquelle il n'a pas pu résister ». Il n'y aurait alors ni crime ni délit. Il n'y aurait même pas procès. Ainsi, le cannibale japonais n'a-t-il jamais été jugé. Il vit aujourd'hui à Tokyo, libre et donnant des conférences sur son « expérience ». Affaire purement médicale. Le bénéficiaire de l'article 64 est en effet confié à un centre psychiatrique et libéré, sur simple avis préfectoral, lorsque les médecins le jugent guéri.

Pour le pédophile, l'avocat pourrait arguer : « Il a tué sous l'emprise d'une force irrésistible. » Mais l'expert psychiatre refuse systématiquement cette interprétation. En effet, si le désir sexuel pédophile peut s'apparenter à une telle pulsion, plus forte que lui, il n'en est rien pour le meurtre. L'assassinat est un acte raisonné, dans ce cas précis. Le Dr Cordier dit n'avoir jamais rencontré de pédophiles tuant par folie ou par perversion. Le Dr Bornstein confirme : « Le pédophile qui tue par plaisir est extrêmement rare. Cela n'arrive pratiquement jamais. » Le Dr Yves Roumajon, qui a interrogé plusieurs centaines de criminels, va dans le même sens : « En trente ans de carrière, je n'ai pas vu un seul assassin d'enfant qui soit un vrai sadique. »

En fait, le *voleur d'innocence* tue en croyant se sauver, pour échapper à la justice. Une seule fois, un pédophile a proclamé à un de ces psychiatres : « Un jour, je tuerai vingt gamins... j'en ai assez de leur être soumis ! » Dans ce cas précis, exceptionnel, il y avait un désir de vengeance : ne plus être à la merci de l'enfant, éliminer l'objet de l'attirance maudite. Mais, d'une manière générale, quand il y a assassinat d'enfant, il faut différencier le crime sexuel (attouchements, viol), répondant à la pulsion perverse, et le meurtre lui-même, froidement calculé (éliminer l'enfant en tant que témoin pour échapper au châtiment).

Nous avons vu que certains pervers s'en tiennent au seul fantasme, qu'ils ne concrétisent jamais leur désir sexuel vis-à-vis de la petite fille ou du petit garçon. Un élément essentiel va jouer dans la décision du pervers de passer ou non à l'acte : c'est l'environnement — la famille — mais aussi la société elle-même. Lewis Carroll, croyant, fils de pasteur, vivant dans l'Angleterre moraliste du XIXe siècle, sent peser la réprobation sociale sur sa pédophilie. Il se limite donc à contempler l'objet de ses fantasmes et il compense avec la littérature : « Dans un contexte plus libéral, nul doute qu'il serait passé à l'acte », me dit un psychiatre.

Le Dr Henri Giraud s'insurge : « Dans notre société, la répression sociale ne remplit pas son rôle. Il y a un tel laxisme que tout cela a été terriblement banalisé. Il faut que le viol d'un enfant soit considéré comme un grand crime. » A la Brigade de protection des mineurs, à Paris, le commissaire Patrick Schneider tempête lui aussi : « Quand je vois le laxisme de certains juges face aux publications pédophiles, sous prétexte de liberté de la presse, ça me rend fou. En effet, face à cette tolérance, le pervers se dit qu'il est normal et qu'il peut donc agir à sa guise. » C'est un des grands reproches que nous font les Nords-Américains : impensable dans un pays comme le Canada d'éditer certaines revues, impensable de tenir certains propos, ouvertement pédophiles, à la télévision, comme ceux qui provoquèrent la colère de la journaliste québécoise Denise Bombardier, à « Apostrophes », face à un Gabriel Matzneff chantant ses *Amours décomposés.*

Quand les interdits moraux sont puissants et les risques élevés, le pédophile a tendance à intérioriser sa pulsion. Non pas qu'il se sente coupable, mais il connaît le danger. Il vivra donc sa sexualité particulière par le seul imaginaire. Si au contraire le climat général ne lui paraît pas menaçant — soit qu'il y ait relâchement du tabou social, soit qu'il n'y ait pas véritablement sanction —, le pervers n'aura pas de frein. Il va donc passer à l'acte. Là encore, nous pouvons nous référer à la lettre évoquée plus haut. Voici son argument, en substance : « Il n'y aura jamais assez de policiers pour surveiller tous ceux qui s'intéressent aux petites filles (...) Je n'ai jamais été pris (...) Les enfants n'osent pas parler, les parents non plus. Et la police préfère ne pas savoir, car elle n'arrêtera jamais le violeur. »

Suivons, une seconde, le raisonnement de ce *voleur d'innocence*. Implicitement, il se dit : « Pourquoi m'en priver, puisque je ne risque rien ? » Et comme il fait état, par ailleurs, de la complicité de certains parents qui louent leurs enfants à des pervers. Comme il prétend — excuse suprême — qu'elles *« aiment ça, les petites salopes »*, le voilà absous et à l'abri. Au passage, on notera combien la police est présente dans son discours. Comme s'il n'y avait pas d'autre entrave à sa pulsion.

C'est pourquoi, face à la banalisation des rapports sexuels entre adultes et enfants — réclamée ouvertement par les pédophiles militants —, la société doit être extrêmement vigilante. Certes, chez certains, notamment en cas de débilité du sujet, le passage à l'acte est banal. Il ne donne lieu à aucun état d'âme. Mais chez les autres, malgré l'absence de culpabilité, il y a la peur de l'arrestation. S'il perçoit un risque évident, immédiat, un risque disproportionné par rapport à l'enjeu, le *voleur d'innocence* cherchera une autre issue que le passage à l'acte. Il refoulera sa pulsion ou, de lui-même, il réclamera l'aide du médecin. Hélas ! chez nous, il y a encore un long chemin à parcourir...

Cette nécessité d'en parler, mais aussi de culpabiliser le *voleur d'innocence,* concerne également l'inceste qui représente vingt-cinq pour cent des agressions sexuelles subies par les jeunes de moins de dix-huit ans. Or, là encore, même si une prise de conscience s'est nettement esquissée, il faut aller plus loin. Ainsi, le Code pénal français ne fait pas explicitement référence à l'inceste, lui préférant la notion de viol avec circonstances aggravantes. Il y a « lâcheté du législateur, du médecin et des hommes en général », accuse le professeur Léon Schwartzenberg. Celui-ci remet en cause la légitimité du secret médical bénéficiant aux *voleurs d'innocence* : « Respecter le secret professionnel, face à une telle situation, serait de la non-assistance à personne en danger », dit-il. Pour lui, les conséquences de ces agressions sont indélébiles : « Les pauvres gosses ne pourront jamais avoir, sauf cas exceptionnel, de rapports sexuels normaux dans leur vie d'adulte. C'est l'assassinat d'une personnalité. Il ne doit pas y avoir prescription pour ce crime[1]. »

Puissent de telles prises de position être entendues. Car il y a toujours une réticence du corps médical à révéler les cas d'incestes ou d'abus, sous prétexte que son rôle est d'apporter une aide aux victimes, pas de dénoncer les coupables. La revue spécialisée *Impact Médecin*, dans un article pourtant intitulé « L'enfance violée » résume le point de vue habituel du praticien : « Pas question de jouer le rôle du gendarme[2]. »

Le problème est-il réellement là ? N'est-il pas plutôt dans le devoir d'assistance ? Question de bon sens, de simple humanité. Il doit bien y avoir, en France, des sujets comme celui-ci, où le consensus est possible. À moins que... l'omerta, la loi du silence. Saviez-vous par exemple que dans la seule région d'Elne, la petite localité où Ingrid et Muriel ont été enlevées, soixante-deux « détraqués sexuels » étaient connus des gendarmes ou des policiers, soixante-deux pervers susceptibles d'avoir commis le viol et l'assassinat des deux petites filles, selon les enquêteurs ? L'opinion publique ne l'a pas su. Et qu'a-t-on fait depuis ? Y a-t-il eu seulement prévention ? On laisse les déviants sexuels livrés à eux-mêmes, à cette pulsion qui les dépasse. Pourtant, on estime que un pour cent de la population totale souffre de tels maux.

---

1. *France-Soir*, 20 novembre 1991.
2. *Impact Médecin*, n° 127, 6 décembre 1991.

# II

# LA LETTRE

« Cela pourra vous sembler incroyable, parce que vous ne connaissez pas bien la vie de ce côté-là. Mais je peux vous dire que ces choses-là existent. Vous ne savez pas le dixième de ce qui peut se passer avec les enfants... »

L'avertissement émane de l'homme qui nous a écrit pour confesser son vice. Et il est vrai que nous sommes allés, au cours de cette enquête, de découvertes en découvertes, souvent hallucinantes, d'étonnements en étonnements, jamais heureux. Ce *voleur d'innocence* a raison au moins sur un point : nous ne connaissons pas le dixième de ce que certains enfants victimes subissent de la part d'adultes. Souvent, dans notre métier de journaliste, nous sommes confrontés à ce genre de situation : nous hésitons à révéler des faits portés à notre connaissance, tant ils paraissent incroyables. Mais quand ils éclatent enfin au grand jour, nous nous apercevons que nous étions bien en deçà de la vérité. La réalité était pire encore.

J'ai connu cela dans des contextes très différents : dans l'Iran magnifique du Chah, qui cachait une arrière-cour de tortures, dans l'URSS du communisme triomphant et vertueux, qui recouvrait misère et corruption, en France même, dans le scandale des transfusions sanguines. Sans doute, en sera-t-il de même pour cette enquête : nous aurons mis le doigt sur une plaie, sachant que le mal qu'elle recouvre est beaucoup plus profond.

Ce constat, maintes fois vérifié, m'a incité à publier la lettre de ce pédophile revendiquant sa déviation. Certes, les mots sont abrupts et les faits cruellement décrits. Mais, face à la lâcheté de la société, à la démission parfois des institutions, sous prétexte qu'on ne sait pas, il faut dire la vérité. Il y a, dans cette lettre authentifiée, trop de révélations sur les crimes sexuels contre les enfants, pour se taire. Le silence serait de la complicité. Au-delà de la folie d'un individu, il y a l'horreur à laquelle beaucoup d'enfants sont confrontés. Serions-nous incapables d'affronter, par la lecture, ce que des fillettes et des petits garçons, des bébés parfois, endurent dans notre propre pays ? Comme me l'a dit le Dr Aubut : « Des hommes comme celui-ci sont plus nombreux qu'on ne le pense. » Au cours de cette enquête, je l'ai moi-même vérifié.

Dans cette lettre, il y a la révélation d'une prostitution infantile, dès l'âge de cinq ou six ans, en France, avec la bénédiction de parents indignes, sous prétexte que les fins de mois sont difficiles. Il y a l'aveu d'un trafic d'enfants, toujours chez nous, pour alimenter des réseaux structurés, enfants promis à la prostitution et parfois à la mort.

Toutes ces informations m'ont été confirmées par les sources les plus sérieuses : policiers, gendarmes, magistrats, associations de parents... Pourra-t-on rester muet au plus haut niveau ? La loi du silence ou de l'indifférence, qui permet à ce genre de pratiques non seulement d'exister mais de se développer — cela aussi tout le monde le confirme —, va-t-elle enfin voler en éclats ?

Quand la mère d'un enfant abusé par un père ou un beau-père, quand un frère ou une sœur, mais aussi un médecin, un voisin, un magistrat, quelquefois un enseignant, jusqu'alors silencieux face au calvaire d'une petite fille ou d'un petit garçon, sous prétexte que tout cela paraît bien anodin, quand tous ces gens-là auront lu ces lignes, quand ils sauront ce qui se passe dans la chambre close du violeur, pourront-ils encore se taire ?

Quand ces pédophiles militants — « mondains », comme je les ai appelés — voudront nous convaincre qu'il y a, dans l'amour physique avec un enfant, beauté de l'acte, du sentiment et peut-être même consentement ou épanouissement de la petite victime, les mots de l'homme qui nous a écrit s'imposeront à notre logique : « C'est un acte qui rabaisse (l'enfant) au rang de l'animal. » Ou encore : « Je ne considère pas cela comme un crime, si ça me donne du plaisir. » Tout cela — mots, constats, révélations — imposait la publication de la lettre, à l'exception des passages les plus insupportables que nous avons censurés[1]. Elle choquera ceux qui refusent de voir et de savoir. Les autres comprendront que le scandale est ailleurs. Non pas dans les mots, mais dans l'existence de telles pratiques.

Je sais bien qu'on s'est offusqué, jusqu'au secrétariat d'Etat chargé de la Famille, d'une campagne de sensibilisation lancée en 1990 par l'agence Bélier-Wcrs contre les abus sexuels. On qualifia la campagne d'« excessive et de choquante ». Elle montrait, sur une affiche, une fillette enceinte avec cette légende : « Son beau-père l'aimait beaucoup. Mais les voisins attendaient une preuve. » Ironie du sort, la campagne s'intitulait : « Merci de vous mêler de ce qui ne vous regarde pas. » On renvoya donc le publicitaire à ses poudres à lessive. Les mots avaient plus dérangé que les faits. A propos

1. Les passages censurés sont indiqués par (...).

de la lettre dont il est question ici, je reprendrai l'argument du directeur de l'agence par qui le « scandale » est arrivé : « Certes, notre campagne est violente, mais cette violence est bien en deçà de ce que subissent les enfants. »

Au-delà de cette conviction, une image m'a également persuadé de reproduire la lettre du pervers anonyme. C'est l'image d'une femme, jeune et belle. Avec pourtant quelque chose de brisé dans les yeux. Avec une insondable lassitude dans les mots. Quand elle s'emporte, c'est de l'indignation. Mais l'élan retombe avant d'avoir pleinement gonflé, comme une vague qui n'aurait pas la force d'atteindre la plage ou le rocher. Face à elle, un avocat. Il défend un *voleur d'innocence* et soutient le regard. Cet homme-là est inébranlable. Il a plaidé, depuis vingt ou trente ans, toutes les causes dans tous les prétoires. On sent bien que la femme, trop frêle, ne fait pas le poids. Elle a la sincérité mais pas la pratique. Lui attend. Il devine, il anticipe l'argument. Il connaît déjà sa réplique. Quelque chose comme : « Madame, je comprends votre douleur... la douleur d'une mère qui a perdu son enfant. Je la comprends et je la respecte. Mais en aucun cas, la justice ne peut se transformer en vengeance. » Pour lui, c'est presque la routine. Pas pour elle. Vengeance ? Il n'en est pas question. Elle n'y a même pas pensé. Pas plus qu'à la justice d'ailleurs, car à ce stade du désespoir, il n'y a ni réparation ni compensation. Simplement elle demande à l'avocat — parce qu'elle aussi connaît la réponse : « Avez-vous imaginé une seconde, une seule seconde, le regard de ma fille, ma chère petite fille, pure et innocente, quand lui, le monstre, l'a violée puis l'a étranglée ? Avez-vous songé à l'enfant au moment du viol et de la mort ? »

Et lui, l'homme du métier — le ténor comme on dit — n'a pas su répondre. Forcément. Car on ne pense jamais aux yeux de l'enfant qui pressent la mort. On n'ose pas. La panique, la douleur de la petite fille ou du petit garçon abusé par l'adulte — celui-là même qui devrait les protéger — nous sont insoutenables. Cette lâcheté, que nous avons tous, m'a également convaincu de la nécessité de publier cette lettre. Les enfants martyrs ont le droit de nous déranger, de nous hanter, au même titre que les victimes des autres enfers.

Avec la publication de cette lettre, le mot presque anodin de *pédophile*, parfois sublimé ou déculpabilisé, présenté comme un péché mignon et à moitié pardonné, recouvrira une tout autre réalité, moins romantique, moins ludique... l'horreur, à vrai dire. Désormais, face au drame des enfants victimes, des images s'imposeront et nous serons bien obligés de répondre à la question de cette mère : « Avez-vous imaginé une seconde, une seule seconde, le calvaire de ma fille ? »

Voilà pourquoi je vous livre cet aveu tel quel, abrupt. Il a été authentifié par plusieurs psychiatres de renom. Il est attesté par les faits eux-mêmes, quand l'auteur revendique certains actes dont lui seul pouvait connaître les détails, confirmés par les enquêteurs. Comme l'explique un psychiatre, à la lecture de ces pages : « Ce qu'il dit, il faut l'avoir vécu pour le décrire. » Alors, face à ces mots terribles, puissent les langues se délier, puissent les responsabilités de chacun enfin s'exercer[1].

Quelle est l'histoire intime de cet homme ? Par quelles voies, claires ou obscures, en est-il arrivé là, à ce comportement et à cette structure déraisonnable ? Je l'ignore. Un cas d'espèce pour les psychiatres !

---

1. La lettre, tapée à la machine, est adressée nommément au présentateur de l'émission télévisée. Elle est publiée ici avec son autorisation et après divers avis de spécialistes.

« Monsieur,

Je n'ai jamais été pris. Pourtant je me livre aux viols de fillettes depuis l'âge de vingt-deux ans... et je vais aujourd'hui sur mes soixante ans. Je peux vous dire qu'il y en a pas mal qui sont passées entre mes mains. Tous les petits minables qui se font arrêter pour deux ou trois viols ne sont rien à côté de ce que j'ai pu faire, moi, comme viols et comme enlèvements. Je peux dire que je suis un spécialiste.

Avec l'expérience, je suis maintenant capable d'enlever une gamine en pleine rue, sans que les passants ne s'en aperçoivent. Dans ces conditions, un rapt ne dépasse pas sept à huit secondes. Parfois, c'est tellement rapide, que la gamine est dans la voiture avant même d'avoir pu réaliser quoi que ce soit. Depuis plusieurs années que je fais cela, je me suis aguerri à ce genre d'exercice. Je me suis même entraîné avec une de mes propres filles.

J'ai enlevé des fillettes pour mes propres besoins, mais aussi pour le compte d'autres personnes, pour les revendre en Allemagne, pour la prostitution. Là-bas, à partir de neuf ans, une petite fille peut se négocier, se vendre comme prostituée. En France aussi, d'ailleurs. Chez nous, une passe avec une gamine de dix ans vaut dans les deux mille francs, parfois plus. Cela dépend de la beauté de la gamine et de son état. Mais il existe aussi des parents qui, sans vouloir vendre leurs filles, sont prêts à la louer contre cinq cents francs. Ce genre de pratique se développe avec le chômage.

Moi, pour la vente des filles, je préfère travailler avec les Allemands, car ce sont des gens sérieux. Ils savent tenir leur langue. Les Français, eux, sont trop bavards. J'ai même fait passer des fillettes en France, en provenance d'Italie... Je ne vais pas vous raconter ma vie. Mais, c'est pour vous faire comprendre : vous ne pourrez jamais lutter contre cela, contre le rapt et le trafic d'enfants. »

Incroyable ? Nous aurons pourtant la confirmation de ces pratiques dans les chapitres suivants, consacrés notamment aux circuits pédophiles et à la prostitution infantile en France. Le commissaire Ernest Lefeuvre, qui dirigea pendant vingt ans la Brigade de protection des mineurs à Paris, et son successeur, le commissaire Patrick Schneider, corroborent ces affirmations. On a l'impression que les *voleurs d'innocence*, d'une façon presque militante, lancent des défis à la société. Celui qui nous écrit parle même de « guerre ». Mais il y a aussi des associations structurées qui jouent ouvertement sur la menace. Ainsi, dans un tract récent, *Tantale Magazine*, revue pédophile éditée et diffusée en France depuis 1987, partait en guerre contre la société en affirmant : « Nul ne saurait empêcher la pédophilie. » Et encore : « Si la société choisit de rester sur ses positions de répression et d'exclusion, libre à elle. Mais qu'elle n'attende de nous aucune complaisance. » Est-on si loin des propos de notre *voleur d'innocence* ? Après avoir évoqué les réseaux, celui-ci raille la prévention, à la suite d'une émission télévisée que nous avions consacrée aux assassinats d'enfants.

« Dans votre émission, vous avez dit qu'il fallait prévenir les enfants, dans les écoles, des dangers qu'une petite fille peut encourir dans la rue, leur dire par exemple de ne jamais parler à un homme seul, de ne pas monter dans une voiture, etc. Moi, je peux vous dire que cela ne sert absolument à rien ! Je l'ai vérifié. Une fillette peut être au courant de tout, cela ne l'empêchera pas de se faire enlever, si cela doit tomber sur elle. Avec moi, une fillette peut être avertie de tout et se méfier des hommes qui l'abordent, elle est quand même obligée de tomber dans mon piège, si je l'ai choisie.

Pour les enlèvements d'enfants, on n'en est plus à les aborder dans la rue ou à la sortie de l'école, avec une sucette ou un baigneur pour exciter leur convoitise. Cela arrive encore avec des petites de quatre ou cinq ans. Mais à partir de neuf ans, la gamine est moins niaise qu'il y a une dizaine d'années. Alors, les procédés de rapt ont changé. C'est comme pour attraper les rats : maintenant, il y a des pièges électroniques. Pour les enfants, c'est pareil. Et la police reste à la traîne. Voilà pourquoi informer les filles du danger qu'elles courent ne sert à rien. Cela peut au contraire jouer contre elles. Enumérer tous ces dangers peut terroriser la fille, la traumatiser. J'en ai eu la preuve plusieurs fois.

Je vais vous raconter l'histoire d'une de ces petites filles qui a vraiment été victime des mises en garde de sa maîtresse d'école. Cela s'est passé il y a cinq ou six ans, je ne me souviens plus, pour la bonne raison que des enlèvements comme celui-là j'en ai fait des dizaines. Je ne me doutais pas qu'un jour je voudrais raconter cela. C'était en été, dans le village de S. »

Dans la lettre, le nom du village et le département sont indiqués, ainsi que le jour, le mois et l'année du forfait. Après vérifications auprès de la gendarmerie, aux niveaux national et local, les faits rapportés se sont révélés exacts, dans toute leur précision. Or, à l'époque, les détails de l'affaire n'avaient pas été divulgués. L'auteur de ce courrier est donc bien — hélas ! — l'auteur de l'agression qu'il décrit. Ce n'est pas un mythomane. Ecoutons-le.

« C'était dans l'après-midi et j'étais à la recherche d'une gamine, poursuit notre homme, car moi, je chasse la fillette comme d'autres chassent le sanglier. C'est pour cela que j'ai un tableau de chasse impressionnant, de viols réalisés sur place ou en embarquant les gamines dans ma voiture. Je ne suis donc pas le simple employé de bureau qui attend d'avoir son dimanche libre, pour aller fureter dans les HLM, à la recherche d'une petite fille qui lui tomberait dans les pattes par accident. Moi, j'ai toujours eu la chance d'avoir de l'argent et de pouvoir me consacrer à la *chasse* aux enfants, chaque jour, sans me soucier du lendemain.

Pour moi, c'est méthodique. Je pars à ce genre de chasse, comme d'autres vont à leur bureau. Je pars de chez moi à cinq heures du matin, pour me rendre à deux ou trois cents kilomètres de là, et essayer de trouver une gamine vers les huit heures, sur le chemin de l'école, seule sur une petite route de campagne. De cette façon, j'en ai trouvé pas mal. Je me souviens de l'une d'elles, qui avait onze ans. Elle m'a supplié de ne pas lui faire ça, parce qu'elle devait faire sa communion. Je suis à peu près sûr que cette gamine-là ne s'est jamais vantée de ce qui lui est arrivé avec moi, pour pouvoir faire sa communion... J'en ai embarqué aussi quelques-unes qui étaient toutes seules au bout d'un chemin de terre et attendaient, sur la route nationale, le car de ramassage scolaire. En fait, c'est moi qui les cueillais.

Bref, j'aime bien partir loin de ma base, parce que pour moi c'est une partie de plaisir, un jeu. Je me dis que je vais en expédition ou à la guerre. Et c'est un peu cela : traquer une gamine et la garder prisonnière avec moi, quelques heures, le temps de me régaler avec elle, avant de la ramener pas trop loin de chez elle. Ainsi, on la retrouve facilement si elle est petite. Si elle est plus grande, elle retrouve son chemin toute seule. Je n'ai jamais laissé une gamine dans la nature, loin de tout.

En reconduisant les gamines à proximité de leur domicile, il m'arrivait parfois d'apercevoir un car de police ou une voiture de la gendarmerie devant chez elles. Alors, je continuais un peu plus loin, pour surveiller et attendre que la police s'en aille. Et puis je lâchais la gamine. Elle partait en courant et moi, je rentrais chez moi. Mais bien souvent, les parents n'avaient pas encore signalé la disparition de leur fille. Quand ils voyaient revenir la gamine, ils étaient contents. S'ils s'apercevaient qu'elle avait été violée, ils lui mettaient des compresses et ils ne disaient rien à personne, car ce n'est pas très honorable, pour des parents, de dire à tout le monde que sa fille a été violée. Ça la fiche mal. Quoi qu'on en dise, les voisins en parlent dans votre dos. Ça devient la risée des chaumières. Alors, pour éviter d'être le point de mire, pour éviter que la gamine ne se fasse foutre d'elle à l'école, ils lui interdisent de répéter ce qui s'est passé.

Vous avez beau dire que les familles doivent signaler ce genre de choses, la plupart des parents se taisent, pour ne pas avoir honte de ce qui est arrivé à leur enfant. Même les policiers préfèrent ne pas être au courant, surtout quand la fille est ramenée à bon port, car ils savent qu'ils ne prendront jamais l'auteur. On sait que l'enfant est souvent retrouvé dans les quarante-huit heures. Même s'il a été violé, la police ne fait pas de main courante. Et une gamine de dix ou onze ans, bien souvent, n'avoue rien à ses parents. Elles font croire qu'elles se sont perdues avec des camarades. Je vous en parle, car elles me l'ont dit. Certaines m'ont avoué, quand j'allais les relâcher, qu'elles ne savaient pas ce qu'elles allaient raconter. Mais, en tout cas, elles ne parleraient pas de ça, parce qu'elles seraient sûrement battues. Une fois, j'en ai violé une dans les toilettes d'un cinéma. C'était l'anniversaire de ses dix ans et c'était la première fois que ses parents la laissaient sortir toute seule. Eh bien, je suis à peu près sûr que celle-là n'a jamais rien dit à ses parents. »

Les policiers et les gendarmes que j'ai interrogés à ce sujet confirment que, très souvent, les enfants n'osent pas avouer les abus sexuels dont ils ont été victimes. A la Brigade de protection des mineurs, on me revèle : « La plupart du temps, ce sont les parents qui découvrent le pot aux roses. Soit le pédophile a offert quelque chose à sa victime pour acheter son silence. Soit le mineur a un comportement perturbé qui alerte les parents. » En revanche, on dément un quelconque laxisme des enquêteurs face à ce phénomène. Le chef d'escadron Jean-Philippe Ster, de la Direction générale de la gendarmerie, affirme : « Aujourd'hui, nous sommes au contraire très sensibilisés à ce problème. Dès qu'une affaire d'inceste ou de pédophilie est portée à notre connaissance, nous réagissons très vite. » Il explique que, désormais, la protection des mineurs fait partie de la formation des gendarmes, en particulier les conditions d'accueil des victimes d'agressions sexuelles. Jean-Philippe Ster note enfin que la présence, récente, de femmes dans la gendarmerie — elles sont mille deux cents en France, pratiquement toutes sur le terrain, dans les brigades — permet d'apprendre des faits qui, autrefois, n'étaient pas connus : « Les petites filles, mais aussi les mères en cas d'inceste, se confient plus facilement à une femme qu'à un gendarme traditionnel. »

Revenons à la lettre. Le *voleur d'innocence* explique qu'il tournait depuis un « bon moment » dans les rues du village à la recherche d'une fillette, objet de ses fantasme et de sa perversion. Avec ses mots crus, il dit qu'il voulait « embarquer une gamine », tout simplement. Et, tout à coup, à la sortie de l'agglomération : « J'en ai vu une, au loin, qui traversait la rue, raconte-t-il. J'ai vite accéléré pour aller à sa hauteur, pour l'examiner de près et voir ce qu'elle valait. Je l'ai suivie un peu, en la regardant, puis j'ai ralenti à sa hauteur. A ce moment-là, elle est devenue ma victime potentielle. C'était une gamine (elle me l'a dit plus tard) à qui la maîtresse d'école répétait sans cesse : "Surtout, ne parle jamais à des hommes seuls dans la rue.

Si quelqu'un t'invite à monter dans sa voiture, il faut toujours refuser..."

La gamine marchait au bord de la route nationale. A sa droite, il y avait une rangée de pavillons assez éloignés. Quand elle a vu ma voiture à sa hauteur et que je la regardais, elle m'a regardé aussi. Alors son visage a changé de couleur. Elle ne rougissait pas comme rougit une petite fille. Elle est devenue subitement verte et, d'un seul coup, elle s'est mise à marcher, comme si elle serrait les fesses. J'ai vu qu'il se passait quelque chose en elle et j'ai cru, un moment, qu'elle était malade. Elle avait un filet à provisions à la main. A moins de trente mètres, il y avait une épicerie. C'était la dernière maison avant la campagne. Evidemment, j'ai compris qu'elle allait là et j'ai tout de suite su que je pourrais la cueillir quand elle ressortirait du magasin.

J'ai garé ma voiture dans un chemin de terre. Il longeait le magasin et allait dans les champs. C'était un endroit idéal. J'ai tourné ma voiture dans le bon sens, prête à démarrer. Puis je suis allé à la porte de l'épicerie et j'ai contemplé la vitrine. A peine trois ou quatre minutes plus tard, la gamine est sortie. Elle m'a aussitôt regardé. Mais, au lieu d'essayer de continuer son chemin, elle est venue directement à côté de moi. Alors je lui ai fait un sourire et je lui ai dit bonjour. Elle m'a regardé sans rien dire. Elle avait un visage vraiment transformé : elle était verdâtre. J'ai vu à ses yeux qu'elle était pour ainsi dire terrorisée. Ça se voyait à la peur de son visage. Alors, je lui ai proposé d'aller cueillir un bouquet pour sa maman, derrière l'épicerie, vers ma voiture, car il y avait des petites fleurs des champs, sur le talus. »

Psychiatres et enquêteurs soulignent que la première approche de l'enfant par le pédophile est rarement violente. Il s'agit seulement d'emmener la fillette ou le petit garçon dans un lieu tranquille, loin des témoins. Le pervers a souvent un don pour repérer les proies faciles. Il s'attaque en priorité aux enfants souffrant de troubles affectifs ou fragilisés pour des raisons familiales, des enfants enclins à écouter les discours de tendresse. D'autant que ces enfants-là, laissés à eux-mêmes, sont rarement avertis des dangers qu'ils encourent. L'auteur de la lettre entre dans ce schéma.

Il dévoile en effet sa stratégie en écrivant :

« Pourquoi ai-je dit à la gamine que nous allions cueillir des fleurs ? Avec une autre, j'aurais agi autrement. Elle ne s'est pas rebiffée, elle a marché à côté de moi. Je voyais toujours sa peur, elle se tenait raide comme un automate. Une fois arrivé à la hauteur de ma voiture, dans le chemin, j'ai vu un homme qui sortait du champ. Il venait dans notre direction. Alors, à voix haute, j'ai répété à la gamine : "Viens, on va cueillir des fleurs pour maman."

Je me suis mis à arracher des bouts d'herbe, et elle a fait comme moi. Quand l'homme est parti, j'ai dit à la gamine : "C'est bon maintenant. On va mettre les fleurs dans la voiture." Une fois encore, elle m'a suivi comme un pantin. J'ai ouvert la porte du passager, pour la faire monter. Sans même essayer de réagir, ou de se défendre, elle a mis la première jambe dans la voiture. A ce moment-là, elle a pissé dans sa culotte. Moi, je lui ai dit : "Allez, monte, t'en fais pas !" Je suis à peu près sûr qu'elle ne se rendait même pas compte qu'elle pissait dans sa culotte. Bref, elle est bien montée toute seule dans la voiture et là, je l'ai fait asseoir à l'endroit où on met les pieds, côté passager, pour qu'on ne la voie pas. C'était vraiment la première fois que je réalisais un enlèvement dans ces conditions. Ce n'était même pas un rapt puisque je ne l'ai pas forcée. Elle est vraiment montée toute seule, sans s'en rendre compte. Et personne autour pour voir quoi que ce soit. Bref, je suis parti avec la gamine, direction la campagne pour la violer.

J'avais fait à peine deux ou trois kilomètres que je suis tombé sur un barrage de gendarmerie. Quand je m'en suis aperçu, c'était trop tard, je ne pouvais pas faire demi-tour. Alors là, je me suis dit : "Depuis le temps que tu passes au travers, cette fois tu es cuit !" Mon cerveau carburait à toute vitesse pour justifier la présence de la gamine dans ma voiture, surtout avec son air apeuré. Heureusement, j'étais déjà bien organisé à cette époque. J'avais toujours sur moi des extraits de naissance d'enfants de quatre ou cinq ans, de sept ou huit ans et de dix ou onze ans. Mais jamais je n'avais été contrôlé avec une gamine à bord, même si, une ou deux fois, j'avais eu chaud. Là, je me demandais comment la gamine allait réagir. Je pariais plutôt sur la passivité de sa part, mais il fallait aussi compter avec l'attitude des gendarmes.

Ils m'ont fait signe de ralentir, mais pas de m'arrêter. Ils ont vraiment manqué de jugeote. Ils se sont approchés et, aussitôt, ils m'ont fait signe de continuer. Le fait d'avoir ralenti les avait mis en confiance. Ils en ont déduit que je n'avais rien à me reprocher et, d'ailleurs, ils recherchaient les infractions au code de la route... Ils ne se doutaient pas qu'un homme comme moi venait d'enlever une gamine et de leur échapper. Voyez, il faut peu de chose. Mais c'était limite. Je me suis d'ailleurs mis à parler tout seul, en me répétant : "Tu reviens de loin." Puis, malgré moi, j'ai parlé à la gamine, en lui demandant si elle avait vu les gendarmes sur la route. Elle a semblé se réveiller. Au mot "gendarme" elle s'est relevée d'un coup, elle a regardé en arrière, et elle a crié : "Papa, papa." Cela m'a étonné. En général les gamines appellent plutôt leur mère. Je me suis demandé si elle n'était pas la fille d'un gendarme, mais non.

Avec elle, je voulais faire comme avec les autres : l'emmener à cinquante kilomètres de là, trouver un endroit tranquille et la violer. Mais quand elle s'est relevée pour regarder en arrière, elle a tendu son cou. J'ai pensé à un piaf, car elle avait un cou assez long. Et je me suis vu en train de tordre le cou à un oiseau. Là, j'ai pensé : "Après tout, c'est peut-être son destin, à cette gamine." Et je me suis dit : "Direction la maison." J'ai décidé de la ramener chez moi, pour la violer évidemment, mais aussi pour la tuer. Je dois vous avouer franchement que, là non plus, je n'en étais pas à mon coup d'essai. Je vous le dis : si un jour j'étais pris, ça éluciderait pas mal d'affaires. »

L'aveu de cet homme est capital. Il montre en effet comment les circonstances peuvent jouer, comment un homme peut soudain basculer dans la monstruosité. Notre *voleur d'innocence* le proclame sans appel et par expérience : « Vous voyez comment le destin d'une fillette de huit ans peut changer d'une minute à l'autre, écrit-il. J'avais emmené celle-ci pour simplement la violer. Il a suffi qu'elle ait une certaine attitude pour que sa route prenne une autre direction. »

Dans la plupart des crimes d'enfants, on retrouve le même scénario, le même aveu de l'assassin : au départ, il ne pensait pas tuer. Il voulait simplement parler, s'amuser, toucher la fillette ou le petit garçon et se faire toucher. Et c'est vrai que les meurtres d'enfants sont relativement rares : « Dix ou vingt par an », diront certains, presque avec détachement. Et il est vrai que, majoritairement, « les pédophiles ne sont pas des monstres, ni des violeurs », comme le proclame *Tantale Magazine*[1]. Nous l'avons dit au chapitre précédent : le pédophile sadique tuant par plaisir, par dessein, est une exception. Mais, au-delà du sadisme, il y a les accidents, les impondérables, les imprévus et les circonstances... j'allais dire les « nécessités »,

1. Supplément au n° 3 de *Tantale Magazine*.

notamment celle de ne pas se faire prendre. L'homme qui nous écrit le montre parfaitement. Et la petite fille qu'il embarqua un matin, pour lui ordinaire, ne dut son salut qu'au hasard.

« Nous sommes arrivés dans ma maison de campagne. Mais il y eut un autre changement. Au lieu de rester là, où c'était plus approprié pour la tuer, j'ai décidé d'aller à mon domicile parisien. Je ne me souviens plus exactement pourquoi. Cela remonte à trop longtemps. Toujours est-il qu'une fois arrivés à l'appartement, je l'ai emmenée dans ma chambre et je l'ai allongée sur le lit. Je me rappelle très bien qu'au moment où j'ai voulu la déshabiller, elle a tenté de retenir sa culotte et elle m'a lancé : "Eh bien ?" Avec l'air de me dire : "Eh bien, qu'est-ce que tu fais ?" Mais quand je lui ai donné une claque, elle s'est tout de suite résignée et elle s'est laissé déshabiller. Alors j'ai commencé à la lécher. C'est une chose que je fais toujours en premier avec une petite fille. C'est mon vice. Quand j'ai le temps de tout faire à une gamine, je préfère, et de loin, la lécher plutôt que de la violer. Que ce soit une gamine de trois ou quatre ans, ou une gamine de huit ou dix ans, mon vice c'est de la lécher tout en me masturbant. J'aime faire cela quand elle vient de pisser. J'aime aussi mettre sa culotte dans ma bouche et aspirer. Après avoir fait ça, j'aime lui mettre mon sexe dans la bouche (...) c'est très excitant (...) je sais que je l'avilis. Ma fille, par exemple, à l'âge de deux ans, me suçait comme une petite putain professionnelle... »

Voilà la réalité des choses. Elle choquera ? Espérons-le ! Car il faut rappeler qu'une fille sur quatre et un garçon sur huit sont victimes de sévices sexuels durant leur enfance, selon les chiffres fournis par le ministère des Affaires sociales. Ce que nous venons de lire n'est pas le simple fantasme d'un dément. Ce n'est pas seulement le comportement d'un individu isolé. C'est l'attitude de milliers de pervers dont la jouissance sexuelle passe par ce genre de pratiques. C'est aussi et surtout le calvaire de leurs petites victimes. Et encore, avons-nous expurgé de cette confession les aveux qui nous semblaient les plus insupportables.

Psychiatres et policiers m'ont dit que ce récit est conforme aux aveux qu'ils ont l'habitude de recueillir. J'ai moi-même entendu plusieurs confessions similaires, notamment dans une prison-hôpital réservée aux pervers sexuels, au Canada. L'excitation par l'onanisme en présence de fillettes ou de petits garçons, ainsi que la fellation sont pratiques courantes chez les pédophiles. On comprend aisément que le traumatisme chez l'enfant est réel, profond et durable, après de telles expériences. On comprend aussi le silence de la victime dans de nombreux cas : comment dire cela aux parents, aux magistrats... aux adultes en général ? Et avec quels mots ? Or on connaît les conséquences à long terme : cela peut détraquer la sexualité à vie, cela peut conduire à la psychose, « à un véritable arrêt de mort psychique[1] ». Je me souviens du témoignage d'un père, rencontré lors de cette enquête : « Mon fils est devenu autiste à la suite d'un viol. Il avait neuf ans. » Le *voleur d'innocence* se moque de ce genre de conséquences. Au contraire, il semble y trouver un supplément de jouissance.

Pour lui, l'enfant n'est qu'un moyen de parvenir à l'orgasme. A preuve : « Je les lèche parce que j'aime ça. » Et il ajoute, presque comme un constat d'impuissance : « Je ne vous cache pas que c'est vraiment avec les enfants que j'ai appris la sexualité. » De toute évidence, avec les adultes, avec sa propre femme — puisqu'il est marié — cela n'a

1. « Les abus sexuels à l'égard des enfants », dossier technique, ministère des Affaires sociales et de l'Intégration, 1991.

pas marché. Nous avons affaire à un prototype parfait de pervers, comme le constate un psychiatre.

Etonnant, notre correspondant anonyme se considère comme un bon père. Il écrit avec une sorte de fierté : « Ma fille, j'ai commencé à la lécher dès qu'elle avait dix-huit mois. A cet âge-là déjà, elle réagissait bien. » Il s'étend alors longuement sur ses pratiques incestueuses. Il parle de son bébé comme d'une femme, comme d'une adulte. Il en fait une description presque clinique, sans émotion et sans émoi. La confession devient impubliable. Nous en censurons une dizaine de lignes.

Enfin, l'homme conclut, tel *Superman* : « Moi, ma fille, je l'ai dressée. » Dans son esprit, ce n'est plus une femme, plus une enfant, plus un nourrisson. C'est un petit animal. Pauvre gamine ! Elle a subi cela. Elle a commencé sa vie ainsi, sur cette expérience. Elle est adulte maintenant. Et elle porte ce fardeau. Tout cela paraît tellement hallucinant. Comme le note le ministère des Affaires sociales : « En France, on a encore tendance à vouloir ignorer le problème et à taxer les enfants de fabulation[1]. »

Revenons à la lettre :

« Vous savez, ce sont des expériences curieuses à faire avec des enfants, poursuit l'auteur de la confession. Si on n'ose pas leur faire du mal, on ne peut pas connaître toutes les joies que cela procure. Quand vous avez une petite fille de quatre ou cinq ans, allongée sur une table, et que vous poussez votre sexe tout doucement (...) que vous la regardez se tordre, pleurer et faire des grimaces... seul un homme qui n'a pas peur de faire souffrir un enfant peut s'offrir ce plaisir sexuel. Si on veut vivre à cent pour cent, on doit être capable de pouvoir accomplir ce que vous, vous appelez des

1. « Les abus sexuels à l'égard des enfants », *op. cit.*

crimes sur des enfants. Moi, je ne considère pas cela comme un crime, si cela me donne du plaisir. Une petite fille peut être aussi bien un instrument de jouissance sexuelle qu'une femme adulte. Mieux même, car une petite fille toute nue est plus belle qu'une femme (...) Evidemment vous n'avez jamais osé, je suppose, toucher une fillette de cette façon. Un homme qui n'a jamais essayé de faire ça pense qu'une gamine ne peut pas éprouver de plaisir sexuel. Mais moi, je parle en connaissance de cause. Bien souvent, quand j'avais du temps, quand ça se passait chez moi et que je n'étais pas poussé à faire vite, la gamine se décontractait, elle oubliait presque que je l'avais embarquée de force dans ma voiture, elle commençait à me considérer comme un copain. Dans ces cas-là, tout se passait bien. Je ne violais même pas la gamine. Je la reconduisais chez elle, en bon ami, après m'être amusé avec elle. Et elle n'osait pas en parler à ses parents. J'en ai même vu qui, lorsqu'elles me quittaient, m'embrassaient. »

De nouveau, le *voleur d'innocence* revient à la petite fille dont il était question au début du récit :

« On était pour ainsi dire devenus copains. Elle se baladait toute nue dans l'appartement. Elle se servait des jus de fruit dans le frigo... Certains devraient bien réviser leurs thèses, quand ils disent que cela traumatise une fillette. Moi, j'ai vu des gamines qui, une fois mises en confiance, se comportaient comme de vraies petites femmes, pour ne pas dire comme des putains. Je vous assure qu'elles ne faisaient pas de manières pour me sucer le sexe. Je leur disais : "Si tu ne suces pas bien, tu vas avoir droit à une fessée." (...) et je leur donnais des claques de plus en plus fortes.

A un moment, la gamine que j'avais ramenée chez moi s'est mise à rire. Je lui ai demandé pourquoi. Alors, elle m'a expliqué : "Je pense à ma maîtresse d'école. Elle m'a dit souvent qu'il ne faut pas parler à des hommes seuls dans la rue, ni monter dans leur voiture. Si elle me voyait en train de faire ça, elle ferait une drôle de tête." Entendre une réflexion pareille dans la bouche d'une gamine de huit ans, je n'en revenais pas. Il fallait qu'elle ait une sacrée dose d'humour pour rire de sa situation. Ça l'amusait sûrement de pouvoir se dévergonder. Ainsi, il y a des gamines qui, une fois en confiance, me laissaient faire ce que je voulais (...) dans ces cas-là, je vous l'ai dit, je ne les violais pas. Je les baisais sans violence. Pour ces gamines-là, ça a été une expérience sexuelle qu'elles n'auraient jamais eue sans moi. Et je pense qu'elles n'en ont pas gardé un mauvais souvenir. »

L'argument de l'initiation ! Argument suprême souvent utilisé par ceux que j'ai nommé les « pédophiles mondains ». Faut-il leur rappeler, avec les psychanalystes, que tout rapport sexuel avec un enfant constitue « une intrusion qui perturbe le processus de maturation tant affectif qu'intellectuel du mineur » ? Le traumatisme peut reposer « autant sur l'aspect brutal ou choquant d'une expérience isolée que sur des expériences peut-être moins intenses mais répétées [1] ». Au-delà de l'idéalisation de ses propres actes, le *voleur d'innocence* admet d'ailleurs les réticences de ses victimes et parfois leur résistance pathétique.

« J'ai été obligé de frapper à coups de poing certaines gamines qui refusaient de monter dans ma voiture, écrit-il. Après cela, elles se résignaient. Elles comprenaient qu'il valait mieux se laisser faire. Il est arrivé aussi que l'enlèvement ne se passe pas comme prévu. Elles se défendaient, elles

---

1. D'après le psychanalyste Albert Crivillé dans « Les abus sexuels à l'égard des enfants », *op. cit.*

s'agrippaient aux montants de la portière et elles tenaient bon. Pour les faire lâcher prise, j'étais obligé de leur taper sur la tête et même de leur donner des coups de pied dans le ventre. Le plus radical, c'était les coups de poing dans la figure, pour les faire saigner du nez. Dès qu'une fille s'aperçoit qu'elle saigne, ça lui fait peur. En général, elle ne résiste plus. Quand elles sont dans la voiture, je leur dis : "Maintenant, tu te tiens tranquille ou je t'étrangle." Alors, elles disent tout de suite : "Je m'arrête !" Et elles ne bougent plus. Seules les gamines de dix ou onze ans continuent de se débattre. Celles de neuf ans ne sont pas capables de se défendre. Parfois, elles font des réflexions qu'on n'attend pas. Par exemple, une gamine m'a dit : "Mais moi, je suis une petite fille. Je n'ai pas l'âge de faire ça." »

Une nouvelle fois, l'homme revient à la fillette qu'il a enlevée dans un village du centre de la France. Il s'étonne de son absence totale de résistance. Cette enfant était pourtant avertie des dangers. Et il propose une explication dont il faut bien tenir compte :

« Longtemps après, j'ai compris, dit-il. Si elle était montée avec moi, malgré les mises en garde de sa maîtresse, si elle m'avait suivi comme un automate, aussi docilement, c'est qu'elle était incapable d'échapper à mon emprise. Elle a tout de suite pensé aux conseils de l'institutrice et elle s'est retrouvée paralysée par la peur [1]. Il n'empêche que cette gamine a été sauvée par son humour, car j'ai été touché au cœur. Je me suis dit que je ne pouvais pas tuer une enfant aussi intelligente. Je ne l'ai donc pas tuée. Je l'ai laissée dormir

1. Pour une meilleure compréhension, j'ai reformulé cette phrase, en en respectant strictement le sens.

jusqu'à trois heures du matin. Puis je l'ai réveillée pour lui dire que je devais la ramener chez elle.

Je l'ai baisée une nouvelle fois, avant de partir, et nous avons pris la voiture. On est arrivés à cinq heures du matin. A une vingtaine de kilomètres de son village, je me suis arrêté sur le bord de la route, car je voulais la baiser encore une fois, avant de la relâcher. Elle avait dormi durant tout le trajet. Elle était roulée en boule à la place du passager. J'avais beau lui parler, lui dire de se réveiller, elle était complètement dans les vapes. Au lieu de perdre du temps, je lui ai mis mon sexe dans la bouche. Elle me regardait un peu hébétée, alors je me suis branlé. Ça l'a fait suffoquer et elle a repris ses esprits. Je lui ai dit : "Avale !" Ce qu'elle a fait tant bien que mal (...).

Nous avons repris la route. J'ai longé des HLM. J'avais enlevé la fillette la veille, mais il n'y avait pas de voitures de police. Les rues étaient désertes. Je n'y voyais rien de suspect. Un moment donné, la petite m'a dit qu'elle habitait par là. Alors je me suis arrêté et je l'ai laissée partir. Moi, j'ai fait demi-tour pour rejoindre la nationale et rentrer sur Paris (...).

Quand je suis arrivé chez moi, il était presque sept heures. J'ai aussitôt allumé la radio, comme tous les matins. C'était le journal. Quand j'ai entendu la nouvelle de la libération de la gamine, j'ai bien failli tomber par terre. Je vous assure que cette information avait de quoi me bouleverser. Voilà ce que j'ai entendu, textuellement : "Curieuse affaire d'enlèvement. Une petite fille de huit ans, qui faisait ses courses hier après-midi à S. a été mystérieusement ramenée près de son domicile, ce matin à cinq heures, par son propre ravisseur. La fillette n'a subi aucune violence. La police enquête."

Là, je suis vraiment tombé des nues. Quand vous avez fait quelque chose et que, à peine rentré chez vous, on vous l'annonce à la radio, ça surprend. Quand le speaker a raconté cela, ça ma donné un coup au cœur, comme s'il s'adressait directement à moi. Je m'attendais presque à le voir entrer chez moi. Ou que la police frappe à la porte. Alors, j'ai eu un petit moment de panique. J'avais en effet laissé la gamine déambuler dans l'appartement. Je me suis demandé si elle n'avait pas posé les yeux sur quelque chose qui pourrait me faire prendre. Assez vite, j'ai réalisé que ce n'était pas possible : il n'y avait rien, dans la chambre ou la cuisine, qui puisse donner des indications sur mon domicile. Après avoir tout examiné, je me suis rendu compte qu'il n'y avait même pas la possibilité de localiser l'appartement. Tout ce qu'elle pouvait dire, c'est qu'elle avait roulé assez longtemps. Mais à aucun moment elle n'avait pu se rendre compte que je l'avais conduite à Paris (...). Une fois bien réfléchi, il n'y avait aucune raison de m'inquiéter. La police pourrait toujours enquêter. Dans ce genre d'affaire, si on n'est pas pris sur le fait, la police n'arrête jamais l'auteur, à moins de tomber sur un type un peu débile, ou sans expérience, ou déjà fiché, ou qui a un comportement louche.

Pourtant, dans ce cas précis, je n'étais pas content car le speaker avait prétendu à la radio : "La fillette n'a subi aucune violence." C'était un peu comme si on voulait minimiser ce que j'avais fait. Je l'avais quand même baisée plusieurs fois et je lui avais fait sucer mon sexe. Dans mon esprit, ça méritait quand même d'être dit. Alors que là, c'était comme si je n'avais pas juté dans sa bouche. Or juter dans la bouche d'une enfant, c'est quand même un acte qui la rabaisse au rang de l'animal (...) c'est avilissant. Ça la déshonore, ça la salit. »

Ceux qui présentent la pédophilie comme « une véritable forme d'amour entre deux êtres consentants et libres [1] » ne pourront pas se dérober à la

1. *Tantale Magazine*, supplément au n° 3.

description de l'acte par ce *voleur d'innocence*. Cet homme est bel et bien un pédophile. Mais la petite fille n'était ni consentante ni libre. Et ce n'était pas de l'amour. A preuve :

« Quand j'ai entendu à la radio qu'elle n'avait subi aucune violence, que je ne lui avais rien fait, c'était comme s'ils me prenaient pour un minable. Ça m'a presque vexé. Et vraiment, j'ai regretté de ne pas lui avoir défoncé la chatte comme aux autres, parce qu'en ayant été gentil avec elle, après coup, on me prenait pour un con. Après, j'ai réalisé que le type de la radio avait repris la version des gendarmes ou de la police. Ils se sont estimés heureux, parce que la gamine avait été retrouvée vivante, quelques heures après son enlèvement. Ils auraient très bien pu la retrouver étranglée dans un bois, quelques jours plus tard (...). »

Le *voleur d'innocence* évoque ensuite le trafic d'enfants à des fins pédophiles, trafic dans lequel il prétend être impliqué. Nous ne pouvons évidemment pas vérifier l'authenticité de ces affirmations. Pourtant notre enquête montrera que tout cela est plausible : policiers et gendarmes confirment l'existence de telles filières, ainsi que de la prostitution infantile. Il faut donc accorder du crédit à ce qui suit :

« Maintenant, nous dit le *voleur d'innocence*, j'ai trouvé la filière. J'expédie les gamines en Allemagne, où elles en prennent plein la chatte tous les jours. Elles sont tout de même condamnées. Dès qu'elles ont atteint quatorze ans, elles ne peuvent plus servir pour la prostitution enfantine. Elles ne plaisent plus aux hommes en quête de plaisir avec des fillettes. Elles sont donc retirées de la circulation, proprement, sans laisser de traces. Parce que ça serait dangereux de les transférer dans le réseau des prostituées adultes, qui sont des volontaires ou presque.

Une adolescente qui a passé trois ou quatre ans dans le milieu enfantin peut se trouver déjà bien défraîchie par les cigarettes, l'alcool ou même les drogues douces qu'on lui administre pour lui faire tenir le coup. En plus, elle peut représenter un danger pour ceux qui l'ont en tutelle, parce qu'une fois adulte, elle peut s'échapper, parce qu'elle est moins surveillée. Elle peut fraterniser avec un client qui risque de s'émouvoir et d'alerter la police. Donc, c'est dangereux de la laisser en circulation quand elle a terminé son séjour à la *pouponnière*, comme on dit. Et moi, la vente d'une gamine me rapporte plus que de l'étrangler. Pour vous donner une idée, une fillette de dix ans rapporte plus de dix mille francs par jour. Et les hommes à qui je fournis des gamines savent maintenant que je suis quelqu'un de sûr, prudent, qui maîtrise parfaitement la technique de l'enlèvement. Quand je les contacte pour les approvisionner, il n'y a pas de lézards, comme on dit. D'ailleurs, la technique pratiquée avant de se rencontrer est celle du sas ou du labyrinthe, permettant de vérifier que je n'ai personne sur mes basques. Après cela, la gamine est mise en condition pendant près d'un mois, par une femme très maternelle qui sait parfaitement éduquer la fillette pour ce à quoi on la destine.

Bref, si ce n'était pas la première fois que la radio parlait de mes forfaits, jamais auparavant elle n'avait minimisé mes actes. Pourquoi cette fois-ci le faisait-elle ? Pour éviter aux parents, vis-à-vis des voisins, la honte d'avoir eu leur fille violée par un homme. Pour que la gamine ne se fasse pas foutre de sa gueule à l'école. Ainsi les parents pourraient garder la tête haute et personne ne pourrait reprocher aux gendarmes de laisser courir un dangereux violeur. L'affaire était jouée. En tout cas, maintenant, je prends bien soin de laisser des traces sur les gamines pour qu'on ne puisse pas dire qu'elles n'ont rien subi (...).

Depuis un certain temps, j'utilise une autre méthode sans risques, plus facile et presque légale : on trouve de plus en plus de parents qui sont prêts à prostituer leur gamine. Dans le circuit clandestin de la prostitution enfantine, il faut payer vers les deux mille francs pour baiser une gamine de neuf ou dix ans. En cherchant bien, on peut trouver des parents dans le besoin, au chômage, qui acceptent de laisser baiser leur fille pour cinq cents francs à chaque fois. Je connais une fillette qui posait pour des catalogues de mode enfantine quand elle avait huit ans. Maintenant elle va vers ses onze ans et elle ne pose plus. Mais si vous donnez de l'argent au père, elle vous fait une pipe. Pour huit cents francs, vous passez une heure avec elle et vous pouvez lui faire l'amour. J'ai connu des gamines de huit et dix ans qui faisaient ça en toute connaissance de cause. Elles étaient contentes de gagner de l'argent pour leurs parents.

Moi, j'ai commencé pour ainsi dire à l'âge de vingt-deux ans à abuser des gamines. Maintenant je vais sur mes soixante ans. Je peux vous dire qu'au cours de ma carrière, je suis tombé sur des mères célibataires ou divorcées, seules pour élever leurs enfants, qui n'ont pas hésité à me confier leurs gamines pour améliorer leurs finances. Au début, elles renâclent un peu. Pour certaines, j'ai été obligé de convaincre, d'employer pas mal de diplomatie. Cela a pris du temps. Mais pour d'autres, ce fut très facile, je vous l'assure.

Cela pourra vous sembler incroyable, parce que vous ne connaissez pas bien la vie de ce côté-là. Mais je peux vous dire que ces choses-là existent. Vous ne savez pas le dixième de ce qui peut se passer avec les enfants. Il y a des gamines de huit ans qui sont prêtes à se dévergonder avec l'accord de leurs parents. Je me rappelle une petite fille de cinq ans que sa mère m'avait confiée. Dès que je l'ai prise sur mes genoux et que j'ai commencé à lui caresser les cuisses, tout de suite elle m'a demandé : "C'est vrai que tu vas donner de l'argent à maman si je suis gentille avec toi ?"

Evidemment, celui qui n'a jamais tripoté une gamine ne peut pas comprendre. Il ne peut pas se douter de tout cela. Pourtant, c'est vrai. Je peux vous dire aussi que certaines sont de vraies petites salopes (...) il y en a, je vous jure, qui n'ont vraiment pas peur d'écarter les cuisses. C'est pour cela que moi, je n'ai jamais fait de cadeaux à une gamine quand j'en tenais une entre mes mains, quel que soit son âge, parce que même à cet âge-là, ce sont déjà des petites salopes. Et dans les cas rares où j'ai sympathisé avec les gamines, je n'ai jamais hésité à les violer, qu'elles aient trois, quatre ou dix ans. Au début, ça me faisait un peu mal au cœur de leur faire ça. Mais après, je me suis endurci et je n'ai plus eu pitié. Au contraire, ça me donnait du plaisir de les voir souffrir et pleurer, car je sais que certaines vont se rappeler toute leur vie d'être passées entre mes mains. (...)

Voilà ! Je vous ai écrit cette lettre pour vous raconter l'histoire de cette petite fille. Je vous ai démontré que cela ne sert à rien de prévenir les enfants des dangers qui les menacent, en matière de sexe. Inutile de leur dire qu'elles ne doivent pas monter dans la voiture d'un inconnu. (...) De toute façon, maintenant, on n'enlève plus les enfants dans la rue, pour les violer, ou en furetant dans les cours des HLM. Il y a d'autres méthodes pour obtenir des enfants... sauf pour les petits violeurs à la semaine. »

Que dire de plus ?

Citons simplement le commentaire d'un psychiatre qui voit dans la personnalité de ce *voleur d'innocence* un cas typique, exemplaire même, de pédophile. Cet homme rassemble toutes les caractéristiques de cette forme de perversion sexuelle, poussée ici à l'extrême. Seule la relation incestueuse avec sa fille, qu'il revendique, n'entre pas dans les schémas habituels, le pédophile ne touchant généralement pas à ses propres enfants. Ce même psychiatre note chez l'auteur de la lettre « une transgression de plus en plus grande des interdits ». Il a débuté à l'adolescence par des actes anodins, puis il a été de plus en plus loin, grisé par une apparente impunité, passant au viol, puis au meurtre et au trafic.

Ce psychiatre, comme les autres spécialistes que j'ai interrogés, estime que l'inconnu a réellement commis les actes qu'il décrit. Son récit est confirmé, comme nous l'avons dit en préambule, par les événements auxquels il fait référence. On trouve également chez cet homme une tendance paranoïaque, une haute idée de lui-même : « Il est le meilleur, il est détenteur de la vérité et il essaie de convaincre les autres, de nous entraîner dans sa déviation. » C'est cette phrase : « Celui qui n'a jamais tripoté de gamine ne peut pas comprendre... » Bref, lui sait. Nous pas.

Pourtant, on note également une tentative de se justifier, comme s'il y avait non pas un doute, mais une sorte de mauvaise conscience. Pour s'affranchir, l'argument est simple : « Les petites filles dont j'abuse aiment ça. » Les psychiatres et les psychanalystes que j'interrogerai à ce sujet me diront qu'un tel raisonnement est fréquent. La plupart des pédophiles prétendent qu'ils ont été provoqués par l'enfant. Combien de fois, lors d'interviews, ai-je entendu ce genre de phrase ? Ainsi cette réflexion d'un pervers sexuel : « C'est elle qui m'a séduit, c'est elle qui m'a cherché. Je marchais tranquillement dans la rue, et elle s'est baissée... je suis sûr qu'elle voulait me montrer sa culotte. » Précisons que la fillette en question était âgée de six ans ! Parfois, les pères incestueux tentent de se justifier de la même manière, ou ils invoquent « le droit à l'éducation des enfants ».

On peut se demander pourquoi cet homme a écrit une telle lettre. Deux explications possibles, liées à l'âge. Il dit avoir la soixantaine. Soit, il y a chez lui un besoin — peut-être inconscient — de soulager une conscience, après une vie chargée de crimes. Soit, plus vraisemblablement, il se considère au contraire comme une sorte de héros (implicitement il nous dit : « Ce que j'ai fait est hors du commun. ») et, dans ce cas, il ne peut pas supporter l'oubli. Il veut que ses actes passent à la postérité. Comme le formule un psychiatre : « Dans son esprit, une telle biographie ne doit pas partir dans la tombe. »

Saura-t-on jamais qui a écrit cette lettre ? Une forte présomption : cet homme a vécu une enfance totalement déstabilisée. Un traumatisme au début de la vie, une déviation minime à l'adolescence, et c'est le gouffre à quarante ans. Une certitude enfin : il est libre, il est parmi nous. Et aux yeux de la société, il s'agit sans aucun doute d'un bon voisin, d'un excellent père, d'un citoyen parfaitement intégré. Bref, d'un personnage au-dessus de tout soupçon. Comme tous ceux que j'ai rencontrés au cours de ces mois d'enquête. Je m'attendais à voir des monstres. Et je trouvais des « types sympas », des fonctionnaires ou des employés, des cadres ou des P-DG. Rarement tourmentés et toujours prêts, comme celui-ci, à conter leurs exploits. Ils m'ont dit les mêmes horreurs avec le même aplomb. Et j'ai compris : oui, ces choses-là existent. Et elles ne sont pas marginales.

A ce *voleur d'innocence,* tellement persuadé du « bien » qu'il procure aux enfants, je voudrais seulement soumettre ce témoignage de Gilles, neuf ans, enlevé, séquestré et violé par un pédophile, en 1990. Immédiatement après les faits, le petit garçon raconte aux policiers ce qu'il a vécu :

« Le monsieur, que je ne connaissais pas, m'a

demandé si je voulais un walkman. Je lui ai dit que oui, alors il m'a dit de venir chez lui. Mais là, il ne m'a pas donné le walkman. Il a tout fermé à clef et il m'a tout de suite demandé : *Mets-toi à poil.* Moi je ne voulais pas. J'ai pleuré. Je lui ai dit que je voulais voir ma maman. Mais il m'a répondu qu'il me tuerait. Il m'a mis sa main devant la bouche et il m'a couché sur un lit. Il m'a dit : *Ecoute-moi, sinon je prends un couteau et je t'ouvre la gorge.* Il m'a forcé à me déshabiller et lui aussi, il s'est mis tout nu. Il était dégoûtant. Il m'a dit de me coucher sur le ventre et il m'a ôté ma culotte. Je ne voulais pas, je pleurais. Alors il m'a encore dit qu'il allait prendre un couteau et m'ouvrir la gorge. Il m'a dit de me taire. Alors, je lui ai obéi, parce qu'il allait me tuer. Après, il s'est allongé sur moi. Il était tout nu et il m'a touché partout, y compris le zizi. Pendant qu'il était sur moi, il m'a donné trois cachets orange. Après, il a fait des choses. Il était dégueulasse... Il m'a fait dix fois des choses au derrière. Il m'a rentré son zizi dans mon derrière. Je voulais pas. J'ai dit : *C'est pour faire des bébés.* Il m'a dit : *C'est ça.* Je pleurais. Alors, il a dit qu'il allait me tuer. Et il a continué avec son zizi. Ça m'a fait mal. Et après, il m'a sucé le zizi. Et puis il m'a mis sur moi de la pommade qui sortait de son zizi à lui. Ensuite il s'est relevé et il s'est rhabillé. Il m'a donné un yaourt. Après, il m'a laissé partir mais vivant. »

Un an après, la mère du petit garçon explique :

« Depuis cette histoire, Gilles est complètement perdu, totalement perturbé. Il ne tient plus en place. Il a des difficultés à s'exprimer. A l'école, il a décroché. Il s'éparpille. Très souvent, lui qui était si gai, si joueur, il fait des crises d'angoisse. En permanence, il a peur qu'un homme vienne le chercher. La nuit, il dort mal. Il n'arrive pas à s'endormir. Il se réveille en criant. Il fait des cauchemars, toujours les mêmes, toujours centrés sur des crimes, sur des gens qui meurent ou qui tuent, sur des hommes qui veulent le prendre. Durant la journée, il nous parle sans cesse de la mort. Les psychiatres disent qu'il manifeste une *angoisse importante, avec obnubilation sur la sphère sexuelle et fantasme de mort.* Parfois, assez difficilement, il nous parle de ce qui lui est arrivé. Pour lui, c'était quelque chose d'incompréhensible, un traumatisme épouvantable. Il nous demande : *Pourquoi le monsieur a voulu me tuer ? Pourquoi il s'est mis tout nu sur moi ? Pourquoi il m'a fait si mal ? Pourquoi il y avait une pommade qui sortait de son zizi ?* Ce sont des crises de larmes sans fin. Impossible de le consoler, impossible de lui parler. Il s'enferme sur lui-même, il ne veut plus nous voir. Et il veut tout casser. Il a une vision du monde qui nous fait peur : très négative, très hostile. Et il devient agressif. »

En décembre 1991, l'agresseur de Gilles a été condamné à quatorze ans de détention. Nous l'avons rencontré en prison (nous reviendrons longuement sur son cas), où il nous a déclaré : « J'ai détruit la vie d'un pauvre gamin. » Lui-même, enfant, avait sexuellement été abusé par des adultes. Sans le savoir, il me fit du viol dont il fut victime, le même récit que Gilles : les mêmes mots (« la pommade qui sortait du zizi »), les mêmes angoisses de petit garçon... et cette envie de tout détruire, de fuir un monde où les adultes ont trahi l'enfance, ont volé l'innocence.

Telle est la réalité, abrupte. Loin des fantasmes sublimés de l'homme qui nous a écrit.

# III

## UN BON MARI

Christine est une grande femme brune, cheveux longs, pleine de vie, pleine de joie... toujours le sourire, souvent le rire. Elle parle en chantant, comme ces gens du Midi qui sont nés avec de la poésie dans la voix. Elle rit, en une sorte de ponctuation à ses phrases. Vingt-cinq ans, mais déjà une assurance, une prestance de grande dame, élégamment vêtue, fière et pourtant chaleureuse. Ses mots et ses attitudes trahissent la bonne éducation, une grande famille, comme elle me le confirmera assez vite. Des yeux bleus qui vous regardent avec franchise. Jean et pull en cachemire, mélange de moderne et de classique. Une femme bien dans sa peau, bien faite de corps et d'esprit. Cela saute d'autant plus aux yeux que notre rencontre a pour cadre un lieu incongru : la prison.

Nous sommes face à face, tous les deux, dans un petit bureau mis à notre disposition par l'administration. Tout de suite, elle a accepté l'idée du rendez-vous car, dit-elle, « il n'y a pas de honte à parler de cela ». Une fois par semaine, depuis plusieurs années, elle fait le voyage jusqu'à cette prison, où Jacques, son mari, est interné. Il doit y rester deux ans encore. Elle attendra. Un aveu : « Je n'ai jamais eu d'autres partenaires. » Et une évidence : elle l'aime. L'homme de sa vie. On devine qu'elle pourrait l'attendre dix ans de plus : « Dans notre couple, il est tellement gentil. »

Jacques, je l'ai rencontré le matin même, de l'autre côté du sas, du côté des détenus surveillés en permanence par une caméra. Il m'a fait visiter les cellules et la salle commune, où les condamnés jouent aux cartes à longueur de journée. Un homme jeune, affable et résolument calme, comme si la détention ne parvenait pas à ébranler une sérénité à toute épreuve. Nous avons parlé de l'emprisonnement, de l'organisation communautaire, du comportement des uns et des autres, de l'attitude de l'encadrement. Jacques n'est pas homme à se plaindre. Il s'est présenté non pas comme un résigné, mais plutôt comme un fataliste : il paie une dette. Normal.

Attitude pas si courante en prison : on y rencontre beaucoup de types qui « n'ont rien fait », beaucoup de victimes d'un « incroyable malentendu ». C'est du moins ce qu'ils disent, à soixante-dix pour cent, prétend un gardien. Jacques, lui, ne triche pas. Il ne joue pas les innocents. Du coup, il m'apparut sympathique. Quelqu'un de sincère qui, pour une raison ou une autre, s'est mis dans le pétrin. Il reconnaît qu'il a « fait une bêtise » et qu'il doit purger sa peine. C'est dans l'ordre des choses. Il dit cela avec une telle évidence qu'on le tient pour un honnête homme. A tel point que j'ai oublié d'interroger Jacques sur les motifs de sa condamnation.

Plus tard, dans l'après-midi, au hasard d'une discussion avec un psychiatre, j'appris la vérité : Jacques, le gentil garçon... est un pervers sexuel particulièrement dangereux. Un récidiviste sans grand espoir de guérison. Sa victime, par on ne sait quel miracle, s'en est sortie après des mois de souffrances. Marquée à vie. Après l'avoir violée, Jacques l'a tout simplement aspergée d'essence, puis il a craqué une allumette. Je dus me faire confirmer : « Nous parlons bien du même Jacques, du type que j'ai vu ce matin ? » C'est bien le Jacques de Christine.

Avec Christine en face de moi, joie de vivre personnifiée, Christine qui avait tout — moralement et physiquement — pour satisfaire un homme, jusqu'au désir pathétique de « bien faire », de le rendre heureux « également physiquement, car c'est important », avec cette épouse tellement parfaite qui me regarde droit dans les yeux, l'éternelle question revient, plus forte que jamais : que peut-il bien se passer dans la tête d'un pervers ? Pourquoi un homme, apparemment normal et parfaitement intégré, commet de tels actes ? Après avoir vu Jacques et écouté Christine, l'idée de Mr Hyde et du Dr Jekill s'imposa définitivement. Insondable énigme du pervers en général, et du pédophile en particulier. Car, jusqu'à l'arrestation de son mari, Christine n'a rien soupçonné. Rien, sinon que Jacques était « la crème des hommes ».

Elle en rit encore : « J'avais seize ans, et son frère était un bon copain. Jacques était très timide, il osait à peine me parler. Pourtant, il avait dix ans de plus que moi... et puis, petit à petit, il a commencé à me dire que je lui plaisais. Ça a été long. Au début, à cause de la différence d'âge, ça me faisait un peu peur. Et puis, un jour, il m'a dit qu'il avait été en prison... Je n'ai pas osé demander pourquoi. Il prétendait que ce n'était pas grave. J'ai pensé à une bêtise de jeunesse, quelque chose comme un vol dans un magasin... Nous n'en avons plus jamais parlé. »

Christine secoue la tête. C'est de l'attendrissement, sur leur propre histoire : « De toute façon, il était incapable d'être méchant. C'était un grand doux, avec une demande incroyable de tendresse.

Il faut dire que notre relation, au départ amicale, avait tourné à la passion, et finalement au grand amour. Je n'avais jamais connu de garçons avant lui, et je n'imaginais pas en rencontrer d'autres. Nous nous sommes mariés, nous avons acheté une voiture, une maison, et tout ce dont nous avions besoin... moi, j'étais architecte. Lui, au plan professionnel, avait plus de difficultés. Je ne comprenais pas vraiment pourquoi, car il était intelligent, il avait envie de réussir. Mais il y avait un problème quelque part. Ça, je n'arrivais pas à comprendre. Nous en parlions, nous pouvions parler de tout avec lui. Mais, dès que les choses se compliquaient, dès qu'il y avait un petit problème, une contrariété, il dramatisait, il grossissait les difficultés. Et là, bien souvent, nous n'arrivions plus à communiquer. Il se refermait sur lui-même. Il s'éloignait. Petit à petit, il y a eu des conflits avec ma famille, car mon père était inquiet. Il reprochait à Jacques de ne pas avoir assez d'ambition. Mais chez nous, entre nous, ça ne posait pas de problèmes. Notre couple marchait bien, et j'étais heureuse. »

Au ton de la voix, à l'éclat du regard, je comprends que Christine ne ment pas. Elle revit les moments délicieux dont elle est aujourd'hui frustrée. A aucun moment, dans leur vie de couple, elle n'a soupçonné ce qu'elle appelle pudiquement le « problème » de Jacques. Traduisez : sa perversion. Plus : avec lui, elle revendique une vie amoureuse riche et complète, une relation sexuelle normale et épanouie. Nul fantasme qu'elle n'aurait pu assumer, nulle pratique qui l'aurait choquée : Jacques, au lit comme à la ville, était un bon mari. Christine en atteste. La nostalgie qui émane de son récit nous en persuade. Ce n'est point l'épouse blessée d'un criminel sous les verrous que j'entends. Ce n'est point la femme humiliée d'un pervers sexuel. C'est l'amoureuse privée de son amant, impatiente de son retour. Durant toutes ces années de mariage, visiblement, elle n'a rien su de la double vie de Jacques. Il la comblait et il paraissait comblé.

A cet instant du récit, le visage de Christine s'assombrit. On en arrive à l'arrestation : « On est venu me prévenir au travail, se souvient-elle. Un inspecteur de police. Il m'a annoncé que Jacques avait été arrêté. J'ai tout de suite pensé à un vol, une bêtise comme ça. Rien de grave. Je me suis souvenue qu'il avait déjà été en prison étant jeune. Je me suis dit : "L'idiot, il a replongé." J'ai pensé à mon père, à ce qu'il allait dire. Mais j'étais prête à défendre Jacques. Nous allions nous en sortir, je serais à ses côtés. » Un silence, et puis : « Enfin, j'ai appris. Ce n'était pas un vol, pas une petite bêtise. C'était... »

Les mots ne viennent pas. Christine explique : « J'ai commencé par refuser la vérité. J'ai rejeté la faute sur la victime. Elle avait tout inventé, forcément ! Jacques — j'étais bien placée pour le savoir — était un type normal, pas un salaud, pas un détraqué. Je connaissais sa vie sexuelle. C'était formidable pour moi, donc forcément pour lui. Pourquoi aurait-il fait cela ? Pourquoi aurait-il été un violeur ? C'était absurde, complètement fou. Non, pas mon mari. Il était tellement gentil. »

Il faut dire que Jacques niait son crime. Un jour pourtant, il a tenté de se suicider... et finalement il a avoué. A la justice. Mais surtout à Christine : « Ce fut l'écroulement de ma vie, l'humiliation, dit-elle. Jacques m'avait menti et trompée depuis toujours... alors, j'ai craqué. Je ne voulais pas subir cela jusqu'à la fin de mes jours. C'était trop lourd. Je pensais à ce que nous avions vécu ensemble. Tout cela avait été faux. Des images m'obsédaient : ses actes, son crime... alors que nous étions mariés. Comment cela avait été possible ? Cette double existence ? Ce dédoublement de la personnalité ? Notre couple et, parallèlement, sa déviation... »

Ecœurée, montrée du doigt, détruite, Christine lance une procédure de divorce, encouragée par Jacques lui-même : « Je ne suis pas un mari pour toi. » Si elle vient encore à la prison, c'est pour parler de la vente de la voiture et de la maison, pour préparer la liquidation de leur couple. Quand ils se voient, ils n'évoquent pas les faits. Elle ne veut pas savoir. Lui ne désire pas parler. Comme si le crime relevait d'un autre homme, du second Jacques, son double.

Et puis un jour, l'imprévu, l'improbable : Christine est revenue à Jacques. Elle explique, comme pour s'excuser : « Petit à petit, en prison, il a changé de comportement. Nous avons pu parler à nouveau. Alors, j'ai repris mes visites... et nous nous sommes retrouvés, comme avant. J'ai compris que je l'aimais encore. Que je l'aimerais toujours. Je me suis dit : Jacques est ton mari. C'est le même qu'avant. Simplement, il est malade, il a un problème. Ce n'est pas une raison pour le laisser tomber. Bien sûr, ce n'est pas une maladie physique, c'est mental. Nous allons nous serrer les coudes pour nous en sortir, ensemble. »

Je suggère à Christine que ce genre de « maladie » — comme elle dit — n'est pas forcément guérissable. Rien ne l'ébranle. On devine qu'elle a mûrement réfléchi. Surtout, on comprend qu'elle n'a pas le choix : elle aime. Elle l'avoue : « Oui, mon mari est un pervers... mais j'accepte le risque. Il peut recommencer. Maintenant, je le sais. J'espère pouvoir prévenir le mal, le désamorcer quand je verrai pointer certains symptômes. »

Je reste interloqué. N'a-t-elle pas vécu des années avec Jacques, sans rien voir, sans rien soupçonner ? Tout comme l'épouse de Christian Van Geloven, l'assassin d'Ingrid et de Muriel ? Et Jacques n'a-t-il pas avoué son crime avec les mêmes mots que Van Geloven : « Je suis un monstre. »

Un monstre ? Christine ne le croit pas : « Dans deux ans, Jacques va sortir de prison, et j'en suis très heureuse. Il a plein de qualités. C'est quelqu'un de très attachant. » Elle se laisse aller à la confidence : « Jacques aime passionnément. Il aime trop peut-être. Il aime faire plaisir aux gens... si bien qu'on a du mal à lui en vouloir. » J'interromps Christine, pour lui rappeler que Jacques sait également provoquer la souffrance, qu'il blesse profondément, au-delà du supportable parfois. Je lui dis que, moi aussi, après l'entretien de ce matin, je lui aurais donné le Bon Dieu sans confession. Que moi aussi, je le croyais bon et généreux. Sauf qu'il y a les « faits »... Impossible d'effacer l'image du corps violé, puis brûlé. Jacques, c'est également cela. L'horreur.

Christine ne se dérobe pas. Tout cela, elle le sait. Cette image l'obsède par-dessus tout. Elle non plus ne comprend pas. Pourtant, parce qu'elle a vécu avec lui, parce qu'elle l'a épousé et qu'ils ont été heureux, elle insiste : « Les choses sont plus compliquées qu'on ne le croit. Je vous jure qu'à la maison, dans notre vie de tous les jours, dans notre vie de couple, il était parfait. Vraiment le mari idéal, dont beaucoup de femmes doivent rêver. Son vice n'empiétait pas sur notre vécu. » A nouveau, je corrige : « Il vivait ses fantasmes ailleurs, parallèlement. » Elle assume : « Vous avez raison. C'est une situation classique, un dédoublement de la personnalité. Dans notre couple, Jacques vivait une sexualité douce. A l'extérieur, il avait une sexualité déviante et agressive. »

Pourquoi ? Christine pense avoir une réponse : « Au départ, quand j'ai appris cela, j'ai culpabilisé très fort. J'ai pensé que j'étais responsable de ce qu'il avait fait, car je n'étais pas parvenue à le satisfaire, d'autant que je n'ai eu aucune expérience avec d'autres hommes. Peut-être n'avais-je pas été à la hauteur ? Lui m'a dit que je n'y étais pour rien. Qu'il était heureux avec moi et que, sexuellement, je n'avais rien à me reprocher. Ça venait d'ailleurs. Les psychiatres me l'ont confirmé. En fait, Jacques a été lui-même agressé quand il était enfant. Lui aussi a été violé. Son entourage a très mal réagi. Quand il en a parlé, soit on a ri de lui, soit on l'a traité de *tapette*. Ça l'a terriblement marqué... Il a accumulé une énorme frustration, une immense rage. Dès qu'il a un problème, dès qu'il croit ne pas être compris, il réagit ainsi. »

Aujourd'hui, Christine admet des choses qu'elle ne concevait pas autrefois : « Maintenant, je sais d'où vient sa déviation. Je ne l'accepte pas, je ne l'excuse pas. Mais je sais son origine. L'acte est monstrueux, mais pas Jacques. C'est plus fort que lui. » Elle soupire : « Ça vous étonne, n'est-ce pas ? Notre passé est très noir, c'est vrai. Et quand on apprend cela, quand on découvre que son mari est un pervers sexuel, qu'il a commis des crimes — même si Jacques n'a jamais tué —, l'orgueil en prend un sacré coup. Mais, quand on aime vraiment quelqu'un, il faut aller plus loin... Je me dis tous les jours : il faut qu'il s'en sorte, et je l'aiderai. » A nouveau le rire de Christine, pour un constat sans appel : « Jacques est bourré de qualités. Il n'a qu'un seul défaut... mais celui-là prend une sacrée place dans son existence ! »

Etonnante, quand même, cette double vie des pervers mariés. Etonnante leur capacité au silence, quand on sait l'importance de leurs fantasmes. Christine avance une hypothèse : « J'ai demandé à Jacques pourquoi il ne m'en avait jamais parlé. Il m'a répondu qu'il avait eu peur de ma réaction. Peur que je le laisse tomber. Peur que je ne le méprise... comme les autres l'ont fait quand il a été lui-même agressé, durant son enfance. »

Dans deux ans, Jacques sera libre. Christine sera là, à la sortie de la prison, candidate pour un nouveau voyage. Simplement, malgré ses vingt-cinq ans, elle ne veut pas d'enfant : « Par rapport à lui, dit-elle. Si jamais il recommençait. » Car, au-delà des projets — la vie à deux, les loisirs, les amis peut-être —, il y a l'inquiétude. Christine a peur que le passé ne revienne, peur de la récidive. Elle y a souvent pensé. A vrai dire, c'est son obsession. Pour la première fois depuis le début de notre entretien, la voilà ébranlée : « S'il devait rechuter, honnêtement, j'ignore quelle serait ma réaction... Je partirais sans doute, car aucune vie de couple ne serait plus envisageable. Mais je resterais quand même proche de lui, car il a des qualités. C'est quelqu'un d'attachant. Ce n'est pas un monstre. » L'éternel constat.

Après une telle épreuve, une relation sexuelle est-elle possible avec Jacques ? Christine veut y croire : « Pour moi, et pour lui aussi, l'amour physique est important. C'est une façon de s'aimer, même si ce n'est pas la seule. Bien sûr, ce qu'il a fait aura une influence. Ce n'est pas comme s'il avait volé. Pourtant, je veux aborder nos rapports amoureux comme au premier jour, comme avant... même si j'ai très peur que le souvenir de ses agressions me reviennent, dans ces moments-là. J'ai peur de voir sa victime, quand nous ferons l'amour. Cela ne se contrôle pas. Ce serait dramatique. »

Que de détresse, à cet instant, dans le regard de cette femme ! Voilà qu'elle me confesse : « Vous savez, on s'adapte à tout. » Puis, avant de se lever, avant de disparaître, elle me dit : « Je ne raconte pas cela à n'importe qui. Il faut que les gens puissent comprendre. Il ne faut pas qu'ils aient de préjugés. » Un instant, dans le petit bureau de la maison d'arrêt, à un étage de Jacques, je reste seul à méditer. Sur le parking, je vois s'éloigner la voiture de Christine. Vers quel avenir ?

Durant notre conversation, cette femme a adressé à Jacques sa plus belle déclaration d'amour. Toujours, elle sera à ses côtés. Mais je réalise que lui, Jacques, lorsque nous nous sommes vus, là-haut dans sa cellule, ne m'a jamais parlé de Christine. Il ne m'a même pas dit qu'il était marié. Qu'il avait une femme dont il pouvait être fier. Une femme qui l'épaulait. Qui l'attendait et lui était fidèle.

Maintenant, je sais : Christine ne fait pas partie de l'univers de Jacques. Ses jours et ses nuits d'attente, il les remplit avec d'autres fantasmes. Toujours cette ambivalence, toujours ce décalage. Les propos d'un autre détenu, pédophile de quarante-cinq ans, me reviennent alors. Cet homme évoquait sa prochaine sortie de prison, son avenir : « Il faudrait que je me trouve une femme, disait-il. Sans cela, tôt ou tard, je vais rechuter... C'est comme un ivrogne à qui on propose une bonne bouteille. Nos bouteilles, à nous, ce sont les enfants. Et des enfants, il y en a partout, dans la rue, dans les bus... vraiment partout. » Un autre détenu avait corrigé : « Moi aussi, je me suis souvent dit que j'allais trouver une femme et que ma pédophilie allait passer... mais c'est faux. Au bout du compte, j'aime mieux toucher le sexe d'un enfant. C'est un besoin. Il faut que j'y aille. C'est comme une explosion, même si ça ne dure jamais plus de vingt minutes. » Jacques était présent. Je n'avais pas prêté attention à sa réflexion : « Nous avons un masque. » Maintenant, je comprenais. Christine avait vécu toutes ses années de mariage sans soupçonner la déviation de Jacques. Sans voir son masque. Demain — dans deux ans — ils vivront à nouveau ensemble, et les choses reprendront sans doute comme avant.

Le récit de Christine — mélange d'émotion et de lucidité — et la réaction de Jacques — affable et secret — venaient de m'apporter la réponse à la question rituelle : comment un homme apparemment normal, parfaitement intégré à la société, peut-il se transformer en monstre ? C'est simple. C'est l'histoire de Christine et de Jacques. C'est l'histoire de centaines d'autres couples. Un homme peut parfaitement vivre deux existences à la fois, selon deux structures mentales différentes. Dans sa première vie — officielle —, il se soumet aux règles de la société. Il peut même y trouver quelque bonheur et aussi en donner. C'est le « bon mari » que connaît Christine. Dans sa seconde vie, il obéit à ses fantasmes venus de très loin et irrépressibles. Il y puise d'immenses plaisirs, en provoquant de vrais dégâts. C'est Jacques le violeur.

Avec le Dr Jekill, les choses étaient plus simples. Il avait le bon goût de changer de visage. Mais il n'y a que le cinéma pour donner une sale tête aux méchants. Alors, ne dites pas à Christine qu'elle vit avec un pervers. Elle le trouve tellement bon.

## IV

# DELPHINE

23 août 1988. Il est des jours qui ne devraient jamais exister. Pour Nicolas, le frère, Marie-José, la mère et pour Alain, le père, la date ne s'effacera jamais. 23 août 1988, c'est le jour où Delphine a quitté la maison...

Ce devait être une belle journée. Delphine, la petite dernière, s'était levée très tôt, dès six heures. Elle avait même ouvert les volets : « Je ne veux surtout pas rater l'autocar. » Les enfants ont de ces lubies ! Puis Delphine avait secoué, bien trop tôt, ce « gros paresseux » de Nicolas, son frère d'un an son aîné. Cela ressemble à une rédaction de CM1 : l'excitation du départ, sans les parents, pour le camp des Scouts de France, la préparation du sac à dos — on vérifie que la lampe de poche est bien là —, le petit déjeuner à la va-vite, comme une formalité, et puis bientôt, en bas, sur la place encore endormie de la petite ville, Issy-les-Moulineaux, le grouillement des enfants qui se retrouvent, impatients d'être entre eux, sans les adultes.

Ces gamins, ce sont des « grands » puisqu'ils partent tout seuls. Mais, à les voir ainsi, ce sont tout de même des « bouts de choux », comme disent les passants avec attendrissement. Il n'empêche : les petits font comprendre aux adultes qu'ils ne sont plus vraiment utiles. Ils peuvent s'en aller. Parole de scouts ! Delphine n'échappe pas à la règle. Trois ans après, ses parents mi-attendris mi-bouleversés, se souviennent encore : « Elle nous a à peine dit au revoir. » Ce sera la dernière image de Delphine. Marie-José — des yeux très bleus, des cheveux blonds, un visage doux — et Alain — cheveux bruns, homme posé, lunettes de cadre — s'en souviendront toujours. C'est une photo qui ne veut pas jaunir. Un instantané figé pour l'éternité. En évoquant ce souvenir, Marie-José nous a semblé très loin, avec Delphine peut-être, à qui elle parle encore... malgré la mort. Elle a murmuré : « Tu nous as fait un petit signe de la main et une mimique pour nous dire : *Ne vous inquiétez pas, parents trop anxieux ! Tout ira bien !* Et tu es montée dans le car, avec Nicolas et les autres... dans cet autocar que tu avais si peur de manquer ! Vous étiez vingt-sept enfants, dont deux filles seulement, de huit à onze ans. Vingt-sept petits Isséens qui partaient pour la mer, encadrés par quatre adultes, les *chefs* et les *cheftaines*, comme tu disais. Alors, nous sommes allés au travail. Et moi, loin d'imaginer le drame épouvantable qui nous attendait, je ne pensais qu'à des petites choses matérielles. Je me demandais si tu avais bien emporté ton pull-over et Nicolas son K Way. »

Ainsi va l'existence...

Deux jours plus tard, les parents Boulay reçoivent deux cartes postales. Nicolas parle de la vue sur la mer, depuis le camp, et des premières balades. Delphine est plus pratique : « Nicolas a oublié les enveloppes timbrées pour vous écrire. Pourriez-vous nous les envoyer ? » Mais l'essentiel n'est pas là. Il est dans la vie sous la tente. Il est dans les jeux, les copains et les copines : « Je m'amuse bien », écrit Delphine. C'est court, mais tout est dit. Marie-José et Alain, à deux cents kilomètres de là, à Issy-les-Moulineaux, n'en demandent pas plus. Leurs deux enfants sont heureux et en bonnes mains. Ils respirent le grand air. Enfin, il paraît que la vue est magnifique : le camp a été planté juste à la sortie de Villerville, joli village normand, sur la mer, avec une plage de sable encadrée de falaises. Pas très loin de Deauville, sept ou huit kilomètres peut-être.

Bien sûr, les parents Boulay n'ont pas vu l'installation, mais ils l'imaginent assez bien. Il y a un an, Nicolas avait déjà participé à un camp, avec le même groupe. Il en avait tellement parlé que Delphine avait voulu, à son tour, vivre l'expérience. D'autant qu'elle aussi avait goûté aux joies des Jeannettes, par le passé. Nicolas avait décrit une propriété, un château, où on avait planté les tentes. C'était dans un parc entouré de hauts murs. Rassurant pour Delphine mais aussi pour les parents.

Les trois premiers jours étaient passés très vite à Villerville, mais également à Issy-les-Moulineaux. Marie-José et Alain, tous deux informaticiens, s'étaient retrouvés seuls et en avaient profité pour avancer dans le travail, pour ranger l'appartement avant la rentrée... une fin d'été comme les autres, dans une famille sans autres histoires que les petits riens de la vie.

Et puis le coup de tonnerre !

La brisure laissera dans les yeux de la mère et dans la voix du père une indéfinissable lassitude, une irrémédiable tristesse. Pas d'agressivité, toujours cette retenue et cette douceur de deux êtres blessés, une sorte de résignation, comme si le malheur les avait laissés sans espoir... Parfois, on dirait qu'ils marchent dans la vie comme des somnambules dans la nuit. Mais comment oublier, comment émerger ? Le coup de téléphone est arrivé le 27 août 1988, quatre jours après le départ des enfants. Un samedi. Marie-José a décroché. Cinq mots seulement. Elle s'en souvient. Ils reviennent encore, comme un disque rayé. Elle se rappelle aussi de la voix sans intonation d'Eric, le chef scout : « Delphine n'est plus au camp. »

C'est ainsi que l'on apprend la disparition de son enfant...

Alain s'est précipité. Il a pris l'écouteur. Plusieurs fois, Marie-José fait répéter : « Comment cela, Delphine n'est plus au camp ? » Toujours la même réponse, la terrible confirmation : « Ce matin, quand sa camarade s'est réveillée, vers sept heures, Delphine n'était plus là, elle n'était plus sous la tente... On ne comprend pas. » Ni la mère ni le père n'ont la force de protester, encore moins le cœur aux reproches. Simplement, ils implorent : « Où est-elle ? Où est Delphine ? » Le responsable du camp ne sait pas : « Nous avons appelé. Nous avons fouillé les alentours. Tous les scouts ont cherché... On ne l'a pas trouvée... Delphine a disparu... »

Une hésitation. Enfin Eric annonce : « Nous avons prévenu les gendarmes. Ils sont arrivés avec un maître chien. » L'aveu se voudrait apaisant. Il anéantit les parents. Imaginez ! les gendarmes, le chien... Aussitôt, dans l'esprit de Marie-José et d'Alain, les images se bousculent, ces images vues à la télévision, lors de disparitions d'enfants, quand ils croyaient — comme nous tous — que ces drames-là n'arrivent qu'aux autres.

Eric a encore cette phrase qui reviendra dix fois, cent fois, avec les parents, avec les enquêteurs, avec tout le monde : « On ne comprend pas. » Marie-José et Alain, eux, ont tout compris : « Nous avons immédiatement pensé que c'était très grave. Ça ne pouvait pas être une fugue. Il n'y avait aucune raison à cela. Ce n'était pas du tout dans le tempérament de Delphine. Nous avions totalement confiance en elle. Pour nous, dès le départ, il n'y avait qu'une hypothèse : on nous avait enlevé notre fille. »

Eric déconseille fortement à la mère et au père de se déplacer. Comme pour conjurer le sort, il leur répète : « Ce n'est pas grave, nous allons retrouver Delphine. » A moins qu'il n'ait peur d'affronter la mère et le père. Peu importe : ceux-ci, complètement paniqués, ne peuvent pas rester là, impuissants et inactifs, à deux cents kilomètres du drame.

Alain téléphone partout : aux gendarmes, à la mairie, à tous ceux qui pourraient le renseigner. Il veut savoir s'il y a du nouveau. Puis, n'y tenant plus, il décide de partir pour Villerville, en voiture : « Delphine avait besoin de nous, dit-il. Il fallait que j'y aille. Marie-José resterait à la maison, à guetter le téléphone... au cas où on lui apprendrait : *Delphine est revenue. Il ne lui est rien arrivé.* Cet espoir-là, malgré le terrible pressentiment, on le garde toujours, jusqu'au bout, jusqu'à la preuve absolue que non, décidément non, Delphine ne reviendra jamais. »

Alain est donc parti, avec son beau-frère. Marie-José est restée, avec sa sœur et des amis accourus dès l'annonce de la disparition. Hélas ! ce samedi matin, à Issy-les-Moulineaux, le téléphone ne sonne pas. Un silence pour signifier que là-bas, à Villerville, là-bas dans un village de Normandie que Marie-José ne connaît pas, qu'elle ne parvient même pas à situer sur la carte, mais qu'elle essaie d'imaginer, on cherche toujours, mais on ne trouve pas. Dans son appartement où déjà flotte le souvenir de Delphine, la mère se représente la battue. Elle voit les scouts et son petit Nicolas, lui qui est si proche de Delphine, le « grand » qui sans elle est perdu. Elle voit les gendarmes. Et son mari qui maintenant doit être sur place : deux cents kilomètres, ce n'est pas si loin.

A peine arrivé, Alain a couru vers la tente de Delphine. Là, il a dressé l'inventaire rapide des affaires de la petite fille, avant de se lancer dans les recherches, au milieu des gendarmes et des bénévoles. Certains parlent encore de fugue, mais lui, le père, il n'y croit pas. Il n'y a jamais cru. Déjà, il a porté plainte pour « enlèvement d'enfant ». Pour lui, c'est une évidence : « Delphine était trop contente de faire ce camp, trop contente de vivre. » Et puis, mille indices font penser au rapt : Delphine a disparu en pleine nuit. Elle est partie en pyjama et on n'a toujours rien trouvé. Quant à Nicolas, il a témoigné : « Au camp, tout allait bien. Delphine ne m'a rien dit de spécial... elle était heureuse. Si elle avait eu des ennuis, elle me l'aurait confié. On se disait tous nos petits problèmes. »

A Issy-les-Moulineaux, dans l'appartement des parents Boulay, c'est toujours le silence. Pourtant, Marie-José entend comme l'écho des recherches, les appels des gendarmes et des scouts, les appels d'Alain et de Nicolas, bientôt des pompiers, des villageois, de tous ceux qui, là-bas, implorent « Delphine », ce prénom qui, hier encore, n'appartenait qu'à elle, la mère, seulement à elle. Ce prénom, très vite, toute la France allait le connaître. Déjà Europe 1, RTL et France Inter ont annoncé : « Delphine Boulay, une petite fille de dix ans, a mystérieusement disparu, cette nuit, d'un camp scout, en Normandie... » Quand on entend cela à la radio, on sait que le malheur est entré dans la maison. Bientôt, de Deauville à Marseille, chacun aura mémorisé la petite frimousse ronde de Delphine, avec ses cheveux bruns mi-longs et ses yeux noisette, avec son sourire, son petit air espiègle et peut-être même têtu. Elle ouvre les journaux télévisés, partout elle est à la Une. Un mois auparavant, jour pour jour, à l'autre bout de la France, dans les Alpes de haute Provence, on avait retrouvé le corps de la petite Céline Jourdan, sept ans, atrocement mutilé. On ne le sait pas encore, mais ce sera le terrible été des Céline, Delphine, Sandrine et Ludivine...

Vingt-quatre heures sans fait nouveau. Vingt-quatre heures sans manifestation de Delphine. Pour Alain, la première nuit a été terrible. Il a « pisté » jusqu'à deux heures du matin avec les chiens. Aucun résultat. Il a essayé de dormir, mais impossible : « J'imaginais Delphine, seule dehors, dans la nuit. J'avais peur pour elle. Quelques instants plus tôt, avec six personnes et trois chiens, nous avions traversé le camp endormi... oui, tout le monde dormait, les scouts et les chefs... Personne ne nous a entendus ! Alors, imaginez, la veille, quand Delphine a disparu... » Sur ce constat terrifiant, dès six heures du matin, Alain est reparti à la recherche de sa Delphine.

A Issy-les-Moulineaux, pour Marie-José, les informations sont de plus en plus inquiétantes : « Quatre cents personnes mobilisées pour retrouver Delphine », « L'espoir s'amenuise », « Toujours pas de nouvelles de la petite disparue ». Le dimanche matin, Marie-José n'y tient plus. Elle veut y aller, être sur place, participer aux recherches... idée folle : elle pense qu'elle, avec son instinct de mère, réussira mieux que les gendarmes, mieux que les policiers. C'est sa fille !

De toute la nuit, elle n'a pas dormi. Elle a vu Delphine, elle l'a imaginée. Elle s'est inventé un parcours, un chemin, une cachette. N'importe quoi, pour garder l'espoir. Maintenant, elle sait que le téléphone ne sonnera plus. Oui, c'est bien là-bas qu'elle doit être, avec Alain et Nicolas, avec les autres, pour battre la campagne. Alors, elle ferme l'appartement et elle s'en va...

En début d'après-midi, Marie-José est à Villerville. Une mer sereine, les reflets gris-vert de la Manche. Un village où rien ne devrait évoquer le malheur... Mais Alain est là, aux premières maisons, à l'attendre, visage décomposé. Et puis tous ces gens venus des environs, de Deauville et de Trouville, à l'appel des municipalités. Et puis les militaires qui se sont joints aux recherches. Et puis l'hélicoptère de la gendarmerie, posé dans un pré.

Marie-José et Alain se rendent au PC des recherches. A cette heure-là, les hommes sont sur le terrain. Il n'y a que deux ou trois gendarmes, à l'écoute des talkies-walkies. Dès l'aube, secteur par secteur, les secouristes ont ratissé les alentours, en des cercles de plus en plus larges. Jamais Marie-José n'aurait espéré une telle mobilisation. Elle interroge simplement : « Et alors ? » Le gendarme évite le regard : « Rien, toujours rien. » Comment ne pas pleurer ? Et toujours cette question — on appelle cela l'angoisse — simple et sans réponse : « Mais où est-elle ? Où est Delphine ? » Et toujours ce refus : « Une enfant ne peut pas disparaître ainsi ! Pas à dix ans ! Pas au milieu des autres, pas à côté de vingt-six petits camarades et de quatre adultes ! Elle ne peut pas se volatiliser sans un mot et sans un cri ! »

Et pourtant si...

A son tour, la mère veut voir la tente de Delphine. On la conduit dans un pré et là... stupeur : « Tout de suite j'ai compris, dit-elle. Et j'ai paniqué. » Ça, un camp scout, un camp pour enfants ? Où sont les murs de la propriété ? Où est le château ? N'écrivait-on pas à Delphine et à Nicolas au « Château de Villerville ». Voilà qu'à l'angoisse s'ajoute le sentiment d'avoir été trompée. On explique à Marie-José que « le château, c'était une adresse ». En réalité, les scouts s'étaient installés dans un pré, avec l'autorisation d'un agriculteur, un pré entouré de fils de fer barbelés. Les vaches n'étaient pas loin, comme témoignait une auge remplie d'eau, le long de la petite route. Mais à vrai dire — les parents Boulay le constataient amèrement —, c'était « un endroit inadapté et dangereux pour de si jeunes enfants ».

En contrebas, près du village, il y avait en effet les tentes du *chef* (quarante-deux ans) et des trois moniteurs (de dix-sept à vingt ans). Elles étaient ouvertes vers la mer, c'est-à-dire qu'elles tournaient le dos aux enfants. Puis il y avait une pente, une colline plutôt abrupte, avec en haut une dizaine de tentes dispersées, à l'orée d'un bois. Les vingt-cinq garçons, dont le plus âgé avait onze ans, et les deux fillettes dormaient là-haut. Les *chefs* et les *cheftaines* ne pouvaient pas les voir, à peine apercevaient-ils le toit de deux tentes, affirment les parents. Ils s'étonnent : « Jamais une mère ou un père n'auraient commis une telle erreur. En découvrant cela, notre sang s'est glacé. Nous avons réalisé ce qui avait pu se passer. »

Folle de rage et de détresse, Marie-José escalade la colline pour atteindre les tentes des enfants : « Et là, en voyant la disposition du campement, nouvel abattement. La tente de Delphine était à une dizaine de mètres du sous-bois et à environ trente mètres des moniteurs. Quant à celle de Nicolas, elle était totalement invisible depuis le bas. Non, décidément, l'encadrement ne pouvait pas savoir ce qui se passait là-haut. » L'appréhension se transforme en conviction absolue : Delphine n'a pas fugué. Elle a bien été enlevée. Or, cela fait maintenant plus de trente heures qu'elle a disparu. Que s'est-il passé durant ces trente heures ? Pourquoi un tel rapt ?

Marie-José se précipite sous la toile de Delphine : ses vêtements sont là, avec le sac à dos et toutes ses petites affaires. Il ne manque que son pyjama blanc à pois bleus, ses tennis et sa torche. Les premières vraies larmes, celles de l'émotion devant des objets qui évoquent Delphine, celles du désespoir devant un scénario qui s'échafaude : dans la nuit ou au petit matin, la fillette a dû se lever pour aller faire pipi, elle s'est éloignée à peine... mais quelqu'un guettait, attendant la sortie du premier enfant pour l'enlever. Qui ? Un détraqué, assurément. Pourquoi ? Les parents n'osent pas y penser...

Pour eux, « on retrouvera Delphine, saine et sauve ». Le contraire paraît tellement injuste. Et puis tout ce monde qui recherche Delphine : amis, parents ou inconnus, policiers, militaires, gendarmes, pompiers ou volontaires, élus d'Issy-les-Moulineaux, estivants... tous se joignent aux battues qui débutent et finissent avec le jour. Personne ne veut renoncer. Et pourtant, comme si de rien n'était, la vie du camp scout continue, avec ses jeux et ses veillées. Surréaliste.

Le soir, à la gendarmerie du village, petit local qui n'ouvre que l'été, tout le monde se bouscule : enquêteurs, secouristes, reporters. Au début, les parents de Delphine fuient la presse. Ils voudraient qu'on les oublie, qu'on les laisse « à part ». Certains journalistes sont très pressants. D'autres, au contraire, n'osent pas aborder ces parents d'une dignité exemplaire et dont la douleur paraît insondable. Finalement, le contact sera établi : « Après avoir évité les journalistes pendant plusieurs jours, nous sommes allés vers eux, raconte la mère. Nous avons compris que la presse pouvait nous aider à retrouver Delphine. En effet, il nous fallait des témoins. »

Marie-José et Alain ont également demandé aux enquêteurs à être associés à toutes les recherches. Ils veulent être informés de toute évolution, de tout témoignage... même en cas de mauvaise, de très mauvaise nouvelle. Après une brève hésitation, surpris par une telle requête plutôt inhabituelle, le colonel Paturel, responsable des recherches opérationnelles sur le terrain, et le commandant Thureau, coordinateur des opérations, acceptent la collaboration : « Au fond, disent-ils, selon quels critères pourrions-nous exclure les parents de l'enquête ? » Le père et la mère participeront donc à tous les « briefings » avec le préfet, les gendarmes, les enquêteurs et les élus locaux.

Avec quatre ans de recul, Marie-José et Alain expliquent : « Cela nous a permis de tenir le coup et de reprendre pied. Nous n'étions plus seuls avec notre douleur, mais épaulés par une équipe d'enquêteurs. Nous servions à quelque chose et il y avait une confiance réciproque. Ce que nous disions était pris en considération. Désormais, pour nous, il n'y avait qu'une seule question : en quoi pouvions-nous être utiles ? »

Les battues vont durer une semaine entière. Le week-end, quatre autocars sont affrétés par la municipalité d'Issy-les-Moulineaux et tous répondent à l'appel, tant l'émotion est grande. Deauville et Trouville offrent l'hébergement. Les repas sont gratuits. Amis ou anonymes, employés, commerçants ou directeurs de société, tous vivent au seul rythme des recherches. Marie-José avoue : « Nous avons appelé tout le monde au secours, notre famille, nos amis, nos collègues, nos patrons. Tous sont venus. Alain et moi, nous étions complètement perdus et nous avions besoin d'eux. Ils ont répondu au-delà de nos espérances »

Qu'on en juge ! Dès le vendredi matin, la municipalité d'Issy-les-Moulineaux avait mobilisé la population par haut-parleurs. Dans les sociétés où travaillent Marie-José et Alain, après accord des directions générales, les employés se sont réunis et ont décidé de se rendre à Villerville. L'entreprise d'Alain, cent salariés, a fermé ses portes le vendredi après-midi, pour permettre aux volontaires d'être plus vite sur place, avec enfants et conjoints. Alain se souvient : « Vers quinze heures, le vendredi, nous avons vu arriver deux cent cinquante collègues. Et le lendemain, à sept heures, cent cinquante habitants d'Issy-les-Moulineaux nous ont rejoints. Aussitôt, sur la place de Villerville, il y a eu un briefing des gendarmes, avec les quatre cents bénévoles. Des zones ont été définies pour ratisser toute la région. Plus de dix mille affiches d'appel à témoins ont été placardées un peu partout. »

Pendant deux jours, ensemble, sous une pluie battante, on fouille les bois, les buissons, les maisons abandonnées, les anciens blockhaus — nombreux sur la côte normande —, les églises, les falaises, les bateaux dans les ports. Tout ce qui peut abriter une petite fille en fugue — certains veulent encore y croire ! — ou cacher un corps : des hommes-grenouilles sondent les châteaux d'eau. La mère, cent fois, mille fois, essaie d'imaginer un itinéraire pour Delphine. Puis elle suit le chemin où l'entraîne son intuition. La voilà revivant la dernière journée de l'enfant disparue... l'excursion en autocar, à Lisieux d'abord, puis la visite de l'aquarium de Trouville et le musée des pompiers... enfin, malgré la fatigue, de retour au camp, la veillée, le feu de bois... Cette nuit-là, Delphine s'est couchée vers minuit, avec son amie, toutes les deux sous la petite tente...

Delphine s'est réveillée. Personne n'a rien entendu. Ni l'amie, ni les garçons dans la tente voisine, et évidemment pas l'encadrement, en bas de la colline, trop loin... Au petit matin, on a fait renifler les vêtements de la fillette à un chien policier. Il a suivi un chemin qui menait à une départementale. Après, plus rien... les suppositions. Cinq, six et sept jours plus tard, on verra Marie-José, bouleversée et impuissante, devant cette route de campagne où s'arrête la piste, où bute le flair de l'animal. Le père, lui, se souvient : « Plusieurs fois, je me suis levé avant le jour. Je suis parti sur les chemins, pour essayer de comprendre. Je voulais savoir si Delphine avait pu s'en aller seule, dans le noir, dans la forêt. » Alors, il va dans les bois et dans les champs de maïs à l'heure supposée de la disparition de son enfant. Il y va pour vérifier ce que Delphine a pu voir, avec la même lune. Il y va parce qu'il ne peut pas dormir.

Malheureusement le temps passe et on ne trouve

rien. Malgré l'incroyable mobilisation, malgré les affiches placardées dans toute la région. Certes, plusieurs personnes prétendent avoir vu Delphine. Certains l'ont reconnue près du marché de Deauville, d'autres à la gare, d'autres encore la signalent dans une voiture à une station-service... A tel point qu'un journal et une radio annoncent, quatre jours après la disparition : « Delphine se joue des enquêteurs. » Marie-José raconte : « Cette phrase m'a fait très mal. C'était tellement loin de Delphine et il y avait un tel décalage avec ce que je pressentais. »

Il n'empêche : pour certains, Delphine-la-Jeannette se livre à un diabolique jeu de piste avec les gendarmes et la police. Une sorte de Rambo en jupe plissée. L'avenir — hélas ! — apportera un terrible démenti à cette hypothèse rocambolesque.

En attendant, Alain Boulay voudrait se persuader que Delphine est vivante. Il s'accroche à un... espoir : celui du rapt. A l'inverse, la mère est convaincue que Delphine est morte, qu'elle a été tuée par un fou, par un sadique : « Mais, explique-t-elle avec le recul, je ne voulais pas le dire, même pas à mon mari, car j'avais peur qu'on arrête les recherches. Le pire, dans ces cas-là, c'est l'incertitude. Je voulais qu'on nous rende son corps. »

A ce stade, tout était envisageable... même la culpabilité des responsables du camp. N'a-t-on pas, à plusieurs reprises, assisté à des affaires de pédophilie dans des colonies de vacances ou des camps scouts ? Un peu trop vite, la presse voit en Eric un coupable possible. Il faut dire qu'il a été placé en garde à vue, pendant quarante-huit heures, avant d'être innocenté. Aujourd'hui, Mme Boulay dit elle-même : « Nous ne voulions écarter aucune hypothèse. » Et d'ajouter, quatre ans après : « Eric n'est pas coupable mais, d'une certaine manière, nous le considérons comme responsable de ce qui est arrivé, par manque de sécurité. Nous l'avons d'ailleurs assigné en justice. » Au tribunal de trancher.

Vendredi 2 septembre 1988. Sixième jour de recherches. Et toujours rien. Pas le moindre indice. Impossible de maintenir plus longtemps plusieurs centaines de personnes sur le terrain. A la tombée du jour, les pompiers et les militaires renoncent. Alors, le week-end, les parents font à nouveau appel aux volontaires. Mais le dimanche soir, avec la dernière marée, il faut se rendre à l'évidence : on ne retrouvera pas Delphine. Pas comme cela, en tout cas. Les parents de la petite disparue doivent se résigner. Ils sont les derniers sur le terrain, les derniers à remonter la colline et à errer au milieu des tentes vides. Elles sont toujours là... au cas où l'enfant reviendrait.

Un dernier regard sur la mer et le village, sur cette vue ultime qui émerveilla Delphine. Depuis longtemps, un à un, les sauveteurs sont partis. Les voitures, et les autocars, et l'hélicoptère ont disparu... Marie-José et Alain veulent encore passer la nuit là, au cas où Delphine, effrayée par tout ce remue-ménage, apparaîtrait enfin, et leur dirait en leur sautant au cou : « Papa, maman, j'étais là, je m'étais cachée ! »

Delphine, évidemment, ne se montrera pas.

Le lundi matin, sans un mot, hébétés, Marie-José et Alain repartent sur Paris. Ils ont compris que, désormais, ils doivent affronter leur nouvelle vie, sans Delphine. Pourtant, ni la mère ni le père n'osent l'avouer tout haut. Alors, chacun reste cloîtré dans ses pensées. Par exemple : comment aborder Nicolas ? Il a été confié à la famille. Lui aussi est sonné et il ne semble pas totalement réaliser la situation. Le voilà jaloux de l'absence des parents, tout « accaparés » par Delphine. Demain, le pauvre gamin entre en sixième. Au téléphone, il a dit à sa mère : « Il va bien falloir que tu rentres, maman, et que tu t'occupes de moi. Mardi, c'est le lycée. »

Remarque étonnante. Instinct de conservation peut-être, au moment où les trois survivants allaient sombrer. Marie-José admet aujourd'hui : « C'est vraiment lui, avec cette réflexion, qui m'a fait retomber sur terre. J'ai compris que, Delphine absente, je devais malgré tout m'occuper de Nicolas. Avec ce malheur, il avait d'autant plus besoin de nous... et pour lui, nous devions continuer à vivre. »

L'entrée en sixième ! Un événement dans l'existence d'un enfant ! Ce jour-là pourtant, c'est encore Delphine qui a la priorité. Alain appelle la gendarmerie de Caen pour savoir s'il y a du nouveau. Impossible de penser à autre chose. Marie-José et Alain y songent en permanence. Le jour, ils parlent à Delphine. La nuit, ils rêvent de Delphine. Sans elle, la vie n'est plus la vie : « Plus rien n'existe autour de nous. » L'esprit est incapable de formuler la moindre pensée, sinon : « Que s'est-il passé exactement ? »

Au téléphone, le colonel de gendarmerie hésite. Lui aussi vit avec Delphine. Il veut retrouver cette enfant comme si elle était sa propre fille : « Vous le savez bien, monsieur Boulay... on a fait tout ce qui était possible. » Alain s'étonne de la remarque. Il sollicite le gendarme : « Pourquoi... tout ce qui *était* possible ? » Le colonel trouve enfin le courage d'annoncer : « Nous avons retrouvé un corps d'enfant, dans un bois, à Saint-Pierre-du-Val, à vingt-cinq kilomètres du camp... » Silence d'Alain. Le gendarme ajoute : « Rien ne prouve qu'il s'agit de Delphine. Le corps est méconnaissable. » Alain raccroche. Marie-José l'observe, elle attend... Il n'a pas la force d'annoncer la nouvelle. Pas comme cela. Il voudrait la ménager. Pensez ! Le corps de leur enfant, de leur petite fille... carbonisé. Leur histoire à eux tous et sa petite vie à elle ne peuvent pas s'achever ainsi. D'ailleurs, le colonel a bien précisé : « Ce n'est peut-être pas elle. »

Marie-José, une fois encore, a compris. Les yeux d'Alain ont parlé. Elle se précipite dans la cuisine, sur la radio qui reste toujours allumée. Et là, Marie-José reçoit l'information comme une gifle : « Le corps carbonisé d'un enfant a été retrouvé, ce matin en Normandie, par un ramasseur de champignons, dans un taillis. La dépouille a été transportée à l'Institut médico-légal de Paris pour autopsie. Il pourrait s'agir du corps de la petite Delphine Boulay. »

Marie-José raconte : « Je suis restée paralysée... A partir de cet instant, on a décidé pour moi. J'étais absolument incapable de me prendre en charge. Alain a immédiatement appelé un médecin et on m'a droguée pour toute la journée. Il n'y avait pas d'autre solution. Sans cela, je n'aurais pas pu résister à un tel choc. C'était au-dessus de mes forces. J'étais tombée dans un gouffre d'où je ne ressortirais jamais. »

Nicolas apprend la terrible nouvelle en rentrant du lycée, après sa première journée de sixième. Il réagit presque avec sérénité : « Rien ne prouve que c'est ma sœur », dit-il. Et c'est le début d'un autre calvaire : la reconnaissance du corps, l'attente des résultats de l'autopsie... la peur d'une vérité qui ne peut pas être belle. Marie-José explique : « Depuis onze jours, j'essayais d'imaginer les derniers instants de Delphine. Je voulais savoir exactement ce qui lui était arrivé. Depuis onze jours, mon cerveau n'avait fait qu'imaginer des hypothèses. Je voulais que la moins dramatique soit la bonne. Cette fois, nous étions arrivés à l'échéance, mais je n'étais pas certaine de pouvoir accepter la réalité. »

Alain raconte : « A l'annonce de la découverte du corps, j'ai voulu aller sur place pour voir, pour savoir... J'espérais que tout le monde se trompait. Mais j'ai été incapable de conduire, tellement la nouvelle m'avait assommé. Le maire d'Issy a mis sa voiture et un chauffeur à ma disposition. Sur place, j'ai retrouvé le colonel Paturel, le commandant Thureau et le juge d'instruction. Ils ne m'ont pas autorisé à voir le corps et ils ont eu raison... Dans le même temps, ils m'ont laissé peu d'espoir. Pour eux, pas de doute, c'était bien de Delphine qu'il s'agissait. Mon esprit tournait à vide. Je n'ai même pas eu la force de pleurer. J'ai simplement demandé au capitaine Thureau : *Trouvez vite le coupable, trouvez-le avant qu'il ne recommence. Delphine doit être la dernière. Le monstre qui a fait cela ne doit pas rester en liberté.* Le gendarme m'a fait la promesse qu'il trouverait le coupable. Alors, mon seul souci a été de savoir si Delphine avait souffert. »

La vérité, il faudra encore l'attendre puisque l'identification officielle durera plus de deux mois. Les parents de Delphine refusent en effet de reconnaître le corps sans certitude scientifique absolue : « Nous voulions qu'il n'y ait jamais aucun doute dans notre esprit », disent-ils. Les parents d'un autre enfant disparu les avaient mis en garde. Ils prétendaient qu'on les avait forcés à reconnaître le corps de leur fils, dix ans plus tôt. Maintenant, ils étaient persuadés que ce n'était pas leur garçon.

Marie-José et Alain exigent donc une analyse génétique, mais le laboratoire de la police scientifique échoue. Il ne parvient même pas à déterminer le facteur rhésus de l'enfant retrouvé. La reconnaissance absolue sera finalement possible en novembre, essentiellement grâce à l'analyse de la dentition. Mais rien qui puisse aider les enquêteurs, pas même la date de la mort.

Autre épreuve pour les parents : les obsèques. La cérémonie a été préparée en détails, avec des textes, des chants et des musiques qu'aimait Delphine. Et des milliers de fleurs. Pourtant, Marie-José raconte : « Nous aurions préféré enterrer Delphine dans l'intimité, entre nous. Mais il fallait associer tous ceux qui nous avaient soutenus, qui nous avaient aidés. Ils étaient nombreux. Notre cérémonie à nous, nous l'avons donc eue le matin, dans une petite salle du presbytère. Nous y avons veillé le corps de Delphine, plusieurs heures, seuls, mon mari et moi... toutes les images, tous les souvenirs des jours heureux dans la tête. »

L'après-midi, ils étaient des milliers sur la place de l'église, à Issy-les-Moulineaux : « Mais moi, je vivais cela sans y être, avoue la mère. Simplement, devant ces centaines de personnes, je ne voulais surtout pas craquer... sans cela, nous aurions tous flanché... la famille, Nicolas, Alain et les autres. Alors — je ne sais pas comment — j'ai tenu. »

C'était le 23 novembre 1988. Une vie trop courte pour Delphine Boulay, née le 11 septembre 1978. Une vie volée. Comme le dit sobrement Alain : « Elle ne connaîtra jamais les joies et les peines d'une jeune fille et d'une femme. »

Quatre ans ont passé.

« Depuis ce jour-là, nous ne voyons plus rien de la même façon », affirment Marie-José et Alain Boulay. Impossible par exemple de regarder la télévision, « où chaque scène de violence évoque immanquablement Delphine, les derniers instants de sa vie ». Quand on parle avec eux, parents inconsolables, on voit bien que leur pensée s'en va. Elle décroche du monde réel pour imaginer les moments heureux aussi bien que la fin tragique de Delphine, leur fille sublimée, pour lui inventer une adolescence et une existence qu'elle n'aura pas. Comme le dit Alain : « Elle est avec nous, elle grandit avec nous. »

Dès qu'ils ont su, les parents Boulay n'ont eu qu'une obsession : l'arrestation et la condamnation du coupable. Marie-José explique : « Impossible d'admettre que l'assassin est en liberté, qu'il vit normalement, qu'il rit et se promène, qu'il peut récidiver. Cet homme-là doit finir ses jours en prison. » C'est devenu le combat de la mère et du père.

Après Delphine, en cinq mois, cinq enfants ont été enlevés, violés et tués par des *voleurs d'innocence*. Le 26 septembre 1988, Sandrine Avrillon, six ans, disparue à la sortie de l'école, à Reims, est retrouvée assassinée dans une cage d'escalier. Le meurtrier a vingt ans. Le 28 septembre, on retrouve le cadavre de Ludivine Passet, neuf ans, dans une cave d'immeuble, à Clermont-Ferrand. Elle a subi des sévices sexuels. Un jeune homme de vingt-deux ans avoue le crime, avant de se pendre dans sa cellule. Le 13 janvier 1989, Fabrice Ledoux est enlevé à Grenoble, violé puis étranglé. On retrouve son corps deux jours plus tard, mais pas l'auteur du crime. Enfin, le 25 janvier 1989, à Metz, c'est l'assassinat de Christelle Burbach. Elle n'avait que... trois ans.

Autant dire que tout va être fait pour identifier l'homme qui a tué Delphine. En mai, neuf mois après le drame, les parents de la petite fille multiplient les appels à témoins : presse écrite, radio et télévision. La mère explique : « La mort de Delphine avait soulevé une telle émotion en Normandie, la population s'était tellement mobilisée lors des recherches, que tout le monde se sentait concerné. » Régulièrement, les journaux régionaux font le point de l'enquête. En juillet et en août 1989, un an après la disparition de la fillette et alors que les vacanciers sont de retour, nouvelle campagne d'affichage : « On recherche tout renseignement susceptible de permettre l'arrestation de l'assassin de la petite Delphine Boulay... » Le commandant Thureau ne lâche pas prise. Pendant six mois, il laissera vingt-huit enquêteurs exclusivement sur cette affaire.

Beaucoup de parents de victimes, mais aussi des policiers et des juges, nous diront que de tels moyens sont exceptionnels. Souvent, faute d'hommes, les recherches s'arrêtent trop rapidement. Ainsi les parents de la petite Sabine Dumont, neuf ans, retrouvée morte en juin 1987, le corps à moitié carbonisé, nous ont-ils affirmé, remplis d'amertume : « Tout n'a pas été mis en œuvre pour identifier le meurtrier de Sabine. Cinq ans après, le coupable court toujours. C'est un dangereux pervers et il peut récidiver à tout moment. Les enquêteurs se sont trop vite démobilisés. Quand nous nous en sommes émus auprès d'un commissaire, il nous a répondu que nous n'étions pas dans un feuilleton américain. » Puis, presque sur le ton de l'excuse, Mme Dumont rappelle : « Nous avions quand même perdu notre fille. »

Le commandant Thureau estime cependant qu'en cas de disparition d'enfants le maximum est tenté : « Pour un adulte c'est différent, dit-il. Il y a toujours la possibilité d'une disparition volontaire. Mais pour un mineur, on met le paquet. A preuve, selon nos chiffres, quatre-vingt-douze pour cent des assassins d'enfants sont arrêtés. » Le commandant Joël Vaillant, de la Direction nationale de la Gendarmerie, renchérit : « En cas de disparition d'enfant, il faut réagir vite. Tout retard est catastrophique, car le pédophile, lui, passe très rapidement à l'action. » Il cite le cas d'une fillette de six ans, récemment enlevée à la sortie d'une école, dans les Ardennes. L'alerte a été immédiate. En quelques minutes des barrages routiers ont été dressés, et l'homme a pu être arrêté dans un bois, alors qu'il s'apprêtait à abuser de l'enfant.

Pour Delphine Boulay, l'enquête fut exemplaire, de l'avis général. Chaque information, chaque indice a été recoupé. Au total, cinq mille personnes ont été entendues, cinq mille témoins ou suspects potentiels. Les gendarmes ont notamment vérifié l'emploi du temps, le jour du rapt et du meurtre, de tous les pervers recensés dans un rayon de plusieurs centaines de kilomètres. Cela a représenté, selon les calculs de la gendarmerie, quelque cinquante-cinq mille heures de travail ! Pourtant, pendant deux ans, on n'obtient aucun résultat. Les parents Boulay s'en inquiètent. Le commandant Thureau leur révèle alors l'incroyable : « Dans la seule région de Caen, deux cents individus sont susceptibles d'avoir tué votre fille. » La mère et le père de Delphine restent pantois : « Deux cents tueurs d'enfants potentiels ? » Oui, deux cents pervers sexuels, deux cents récidivistes, sont fichés dans cette seule région de France. Ils sont libres, ayant purgé une première peine pour viol ou sous prétexte qu'on ne peut pas arrêter tout le monde. Certes ! Mais ces deux cents pervers sont livrés à eux-mêmes, sans surveillance policière et sans aucun suivi médical.

D'après les enquêteurs et les psychiatres, ils ont le profil du *voleur d'innocence* de Delphine. Et encore, on ne comptabilise pas les détraqués qui sont passés entre les mailles du filet. Effarant. A ce titre, cette affaire est exemplaire. Elle suggère à la fois un certain laxisme et la complexité du problème. Elle montre en tout cas, au-delà de toute polémique, que la France n'est pas du tout armée pour faire face au phénomène de la pédophilie. Conclusion : ils courent, ils courent, les *voleurs d'innocence.*

Et là, deuxième constat : quand on s'en donne les moyens, on gagne. Le commandant Thureau nous révèle en effet : « Grâce à l'enquête sur la mort de Delphine Boulay, nous avons pu découvrir et résoudre une dizaine d'autres affaires de mœurs très graves, dans cette même région, ayant pour victimes des enfants. Parmi ces cas, plusieurs viols et plusieurs incestes dont nous n'aurions jamais eu connaissance sans cela ! » Les coupables auraient été à la fois impunis et en état de récidiver. Autre preuve que le phénomène est très répandu et sous-évalué. En effet, pour découvrir ces affaires, il a fallu forcer bien des réticences. Il a fallu l'émotion provoquée par l'assassinat de Delphine. Il a fallu lancer, pendant deux ans, tous ces appels à témoins qui finiront par confondre le meurtrier présumé de Delphine Boulay.

Le commandant de gendarmerie nous avoue d'ailleurs qu'il avait, durant cette traque au détraqué, une véritable obsession : « Ma hantise était que l'assassin de Delphine ne commette d'autres crimes avant que nous puissions l'arrêter. Je n'en dormais plus. Pendant deux ans, nous sommes restés dans le noir le plus complet. Nous n'avions aucun témoin et l'autopsie n'apportait pas d'éléments susceptibles de nous éclairer. Lui, pendant ce temps, était en liberté... sans doute un homme ordinaire que nous croisions tous les jours. »

A Issy-les-Moulineaux, on voudrait réapprendre à vivre. Marie-José va tenter de trouver l'apaisement dans les mots, le dialogue posthume avec Delphine, dans l'écriture... Mais non, décidément, c'est impossible. Devant la feuille blanche, elle cale puis renonce. Quelque chose la bloque. Alain est là, qui la soutient. Mais, le jour comme la nuit, il y a toujours ces trois mêmes questions : Qui ? Comment ? Pourquoi ? Qui a tué Delphine ? Comment et pourquoi ? On ne sait toujours pas. En attendant cette hypothétique délivrance, ou du moins ce soulagement, rien n'est comme avant. Ni la famille, réduite à trois personnes, ni le monde qui paraît bien mesquin, ni l'entourage qui se comporte différemment, tant le malheur des autres met mal à l'aise.

D'abord, il y a ceux qui s'éloignent car ils ont pitié. Ceux-là, les gens heureux que la vie a épargnés, ne trouvent pas les mots ni les regards pour affronter le frère, la mère et le père à qui on a volé Delphine. Ils évitent les Boulay et puis s'en vont. Ensuite, il y a ceux qui croient bien faire, mais se trompent complètement : « On nous a même conseillé de remplacer Delphine, de faire très vite un autre enfant, se révolte Marie-José. Comme si on remplaçait une fille comme une poupée, une voiture ou un frigidaire ! »

Heureusement, il y a ceux qui se rapprochent, qui se révèlent. Parents, frères et sœurs, certains amis ou collègues. Et aussi ceux qui ont connu le même drame, ceux qui ont perdu, il y a six mois, il y a dix ans — peu importe, la cicatrice est toujours vive — une petite fille ou un petit garçon. Ce sont les Rousset, parents de Cécile, les Dumont, parents de Sabine, les Moret, parents de Yannis. Avec eux, on parle des heures entières au téléphone. On se remonte le moral à tour de rôle. Quand l'un flanche, on le retient. Et quand on coule soi-même, on appelle au secours. Tous ensemble, on va même créer une association, l'Aide aux parents d'enfants victimes, l'APEV. Objectif : « Apporter une aide morale et un réconfort aux familles des enfants disparus ou ayant été assassinés, réfléchir sur la façon de prévenir de tels crimes[1]... »

Il n'empêche, « la seconde année nous a paru encore plus longue que la première, affirment Marie-José et Alain, même si les contacts avec les gendarmes et le juge d'instruction nous ont fait garder l'espoir ». L'espoir, c'est la certitude que l'on n'abandonne pas l'enquête. La lassitude, c'est cette succession de fausses pistes qui finissent toujours par échouer. C'est surtout l'impression d'impuissance, contrairement aux premières heures quand, durant les battues, on pouvait crier le nom de *Delphine,* convaincus que l'on avait prise sur le destin.

11 septembre 1990 — « Le jour de l'anniversaire de Delphine, elle aurait dû avoir douze ans ! » — coup de théâtre : un jeune homme est appréhendé

1. APEV, Aide aux parents d'enfants victimes, association créée en juin 1991. 22, rue Baudin, 92130 — Issy-les-Moulineaux.

à son domicile. Il s'appelle Gérard, il a vingt-neuf ans. Un gentil garçon, dira sa mère. Pourtant, dans les affaires de Gérard, les gendarmes ont retrouvé des coupures de journaux sur l'enlèvement et la mort de Delphine et surtout un carnet où ils lisent : « Je suis l'assassin de Delphine... » Un proche de Gérard est tombé, par hasard, sur cette confession. Aussitôt, il a compris, tant la région a été sensibilisée à cette affaire. Coup de téléphone à la gendarmerie. Interpellation. Rapidement, le suspect avoue. Le commandant Thureau téléphone aux parents Boulay : « Je vous avais fait une promesse, il y a deux ans... retrouver l'assassin de votre fille. Je crois que nous le tenons. » Et le commandant de résumer la teneur des aveux, les circonstances de la mort. On imagine la difficulté de la tâche. Marie-José admet : « En prenant connaissance du dossier, quelques jours plus tard, j'ai compris combien le commandant nous avait épargné la dureté des faits, dont l'horreur dépasse tout ce qu'on peut imaginer. » Enfin, Marie-José et Alain savent : « Pour nous, c'était essentiel, disent-ils. C'était une façon d'être auprès de Delphine jusqu'au bout, de partager son calvaire, de ne pas l'abandonner. Et la liberté de cet homme nous était insupportable. A partir du moment où il était démasqué, nous n'avions même plus envie de savoir qui il était. Il était arrêté, c'était l'essentiel. Seuls les faits comptent. » Pourtant, leur sang se glace une fois encore quand ils apprennent : « Pendant ces deux ans, l'assassin présumé a vécu tout à fait normalement. Personne n'a noté de changement d'attitude, ni sa mère, ni ses amis, ni son employeur. »

Marie-José et Alain pensent avoir trouvé les réponses à leurs questions : « Qui est-ce ? Pourquoi a-t-il tué ? » C'est d'une désolante banalité : Gérard, l'assassin présumé, est un pervers sexuel, pédophile type, attiré par les seules fillettes de huit à dix ans. Il prétend avoir tué pour effacer les traces de l'agression, pour ne pas être pris. Et pourtant, ce crime, il semble bien l'avoir prémédité, à en croire ses aveux. Dès le matin, il avait tout prévu : le bâillon pour empêcher la victime de crier, la corde pour la ligoter et même l'essence pour brûler le corps... après. Il a raconté cela sans émotion particulière, sans remords. Une inquiétude malgré tout : « Ne dites pas à ma mère que j'ai emprunté sa voiture pour faire cela. Elle ne le sait pas. » A l'heure des aveux, voilà son problème, sa crainte. La voiture empruntée, pas Delphine assassinée : « Le crime, c'était du passé. Ça ne le dérangeait pas, explique Marie-José. Maintenant, il fallait qu'on s'occupe de lui, rien que de lui. En quelque sorte, de coupable présumé, il était devenu victime. »

Quant au reste, son acte, il ne l'expliquait pas, il ne savait pas. Comme le disent les parents de Delphine : « On ignore comment il a échafaudé tout cela, mais c'était bel et bien prémédité. Il avait repéré les lieux. Il était parti le matin avec l'intention de tuer et de brûler le corps... Il avait préparé son "matériel", selon sa propre expression. » Ils ont lu les écrits de l'inculpé et ses aveux. Une constante : « Pour lui, Delphine n'existe pas, c'est un simple objet. Il ne la cite jamais par son prénom, mais toujours par *elle*. On a l'impression qu'il ne l'a pas vue, qu'il l'a oubliée. »

Quant à la mère de l'assassin présumé — que nous avons également rencontrée — elle dit ne s'être aperçue de rien : « Mon fils était tout à fait normal, plaide-t-elle. D'une manière générale, c'était un garçon gentil et calme, pas un violent. Je suis sûre qu'il est incapable de faire du mal à une mouche. Peut-être est-il simplement un peu renfermé. » Je l'interroge sur les relations de Gérard avec les femmes. Elle semble s'offusquer : « Il n'en fréquentait point ! » Et les enfants ? Elle n'a rien noté de particulier. Je lui parle d'un

« incident », d'une petite nièce. La mère fronce les sourcils, son visage très pâle s'obscurcit : « Ah oui ! La petite... c'était de simples attouchements. » J'interroge l'avocat du meurtrier présumé, maître Michel Scelles. Il me livre, peut-être, la clef de l'énigme. Gérard avait abusé de sa petite nièce, une gamine d'une dizaine d'années. La mère de l'enfant n'avait rien dit à la justice, mais elle avait alerté les médecins de la DDASS. Gérard avait donc été laissé en liberté, avec ses fantasmes et sa déviation. Certes, signalé à la DDASS, il avait été convoqué à une visite médicale. Un psychiatre devait le voir. Mais Gérard ne s'est point présenté. Alors, comme dit maître Scelles... « on a laissé courir ».

L'avocat enchaîne sur une accusation particulièrement grave : « S'il s'avère que Gérard est véritablement le coupable, dit-il, la mort de la petite Delphine aurait pu être évitée. En effet, avec mon client, l'Administration n'a pas fait son travail et la société n'a pas pris ses responsabilités. Il y a eu négligence. Quand Gérard a *oublié* de se présenter à la convocation des médecins, il fallait aller le chercher. Les risques sont trop sérieux pour les traiter bureaucratiquement ou à la légère. »

Maître Scelles parle d'une « assistance médicale nécessaire pour ce type de personnalités déviantes, souvent immatures ». Selon lui, dans le cas de Gérard, « on n'a pas mis en œuvre les garde-fous indispensables ». Et de conclure tristement : « Le problème dans ce genre d'affaire, c'est que personne ne se sent responsable. Nous sommes face à une administration. » En ce sens — hélas ! — l'histoire de Delphine Boulay méritait d'être contée.

On en revient au fond du problème. On en revient à Ingrid et Muriel, enlevées, violées et tuées par un récidiviste. On en revient à notre inconscience à tous. Le plus grand scandale ne se trouve-t-il pas là : dans cette négligence meurtrière ?

Très souvent, cet aspect des choses est gommé ou à peine suggéré. Autre tabou ! Il faut que le coupable soit un monstre. Il faut que le crime soit l'œuvre d'un individu. La société et ses institutions ne doivent être ni impliquées ni responsables. Alors, il y a des non-dits, des silences complices : « On se couvre les uns les autres », comme me l'a dit un policier écœuré par la répétition de tels scénarios. Cela n'est pas tolérable. Heureusement, ces meurtres d'enfants ayant une « valeur traumatique sans rapport avec les chiffres[1] », les choses commencent à bouger. Car, au-delà du secret médical et de la délation, il y a le simple devoir du citoyen. Quand le laxisme ou la non-dénonciation conduisent au crime, il y a bel et bien complicité objective, ou du moins coresponsabilité. A preuve, la condamnation fin 1991 d'un hôpital psychiatrique, dans une autre affaire. Là aussi, comme pour Delphine, on aurait sans doute pu éviter le pire.

Cela se passe à Vesoul, petite ville de Haute-Saône chantée par Brel : « Tu as voulu voir Vesoul, et nous avons vu Vesoul... » La ville, un peu triste, avec son usine Peugeot, son climat rude et son lot de chômeurs, n'a guère d'autres prétextes à notoriété. Nous sommes le vendredi 13 décembre 1991, à la cour d'assises. Dans le box des accusés, discret, légèrement absent, Eric Le Gallou. Il a vingt-sept ans et il est jugé pour le meurtre de Benoît Didierjean, douze ans. Quand le verdict tombe — vingt ans de réclusion criminelle —, il sourit. Ce n'est pas de l'arrogance, il avait prévenu : « Quelle que soit la peine, je l'accepterai. Je l'aurai méritée. » Mais personne ne s'y est trompé : « Ce procès fut aussi celui des psychiatres qui ont mis l'assassin en semi-liberté avant sa récidive », comme l'écrit la presse, comme le dit l'avocat de la partie civile.

---

1. *Libération*, 14 décembre 1991.

Histoire également exemplaire que celle-là ! Itinéraire presque banal d'un pédophile ordinaire. Eric Le Gallou est un mal-aimé. Petit, sa mère lui disait sans autres précautions : « Tu n'aurais jamais dû naître. » A un an, il est déjà en institution. A cinq ans, c'est la DDASS. Son seul espoir : que son jeune frère, Didier, soit placé à son tour à l'Assistance publique. Ils y seraient deux Le Gallou. Cela ferait presque une famille. Hélas ! Didier, le petit frère, est emporté par une méningite. Eric poursuit seul son chemin... un centre médico-éducatif. Dans ce contexte, conformément au schéma que nous avons décrit, se développe une inéluctable attirance pour les enfants. Au procès, Eric se souvient : « Les enfants appréciaient ma compagnie... J'ai même fait du baby-sitting. » Logique : Eric, frustré d'amour maternel et paternel puis frustré d'amour adulte, se tourne vers ceux qui l'apprécient, vers ceux qui lui sourient. Et eux, les enfants, seront séduits par cet adulte qui leur ressemble, qui a gardé leur sensibilité. Jusqu'au jour où... cette impulsion, ce besoin de passer à l'acte.

En 1983, Eric Le Gallou entraîne un petit garçon dans un fossé, sous la menace d'un couteau, le forçant à baisser son pantalon puis pratiquant des attouchements. Premier diagnostic de pédophilie. Premier internement. Il s'échappe. Seconde agression. Dès lors, Eric ira de récidive en récidive. Oh, rien de grave... il ne tue pas. C'est un « maniaque », un « détraqué », comme on dit. Il bénéficiera de l'article 64 — irresponsabilité — assorti d'une expertise qualifiée après coup — belle consolation ! — de « prophétique » : « Sujet dangereux, mais uniquement vis-à-vis des enfants. » On prône des soins médicaux : cinq ans en milieu fermé. Nous sommes en 1984.

Quatre ans plus tard, Eric est transféré à Saint-Rémy-Clairefontaine, en Haute-Saône, dans un hôpital psychiatrique. Pour suivre des stages de formation professionnelle, Eric Le Gallou est en semi-liberté. D'un côté, c'est un patient modèle, dévoreur de livres et avide d'apprendre un métier. De l'autre côté, la pulsion est là. Trois mois après son arrivée dans la nouvelle unité psychiatrique, Eric enlève un enfant sous la menace d'un cutter. Oh ! là encore, rien de dramatique. Il s'en sort avec cent vingt heures de travail d'intérêt général au profit de la commune. Nous sommes le 19 avril 1990. Puis Eric regagne l'hôpital de Clairefontaine où il reste en placement libre. Bref, il va et il vient. Au procès de Vesoul, le directeur de cet établissement expliquera : « Ses actes n'avaient pas un caractère grave. Nous ne l'imaginions pas en assassin d'enfant. »

Et pourtant ! Comme le rappelle le Dr Cordier : « Au départ, les meurtres d'enfants sont souvent des attouchements qui tournent mal, parce que l'enfant résiste et l'adulte panique. » Cela, la médecine, cela, la justice ne pouvaient pas l'ignorer. La suite de l'histoire en est d'autant plus cruelle. Le 3 septembre 1990 — cinq mois seulement après sa condamnation pour agression d'enfant —, Eric rencontre par hasard, sur le bord d'une petite rivière, la Superbe, trois enfants partis à la pêche : Benoît, douze ans, Julia et Marie, neuf ans. A la vue d'Eric, les deux filles prennent la fuite, mais Benoît reste. Eric engage la conversation, puis il veut entraîner le petit garçon, le prend par le bras, le force. L'enfant pleure, l'enfant crie... De *voleur d'innocence*, Eric devient voleur de vie. Il étrangle Benoît. Immanquablement le même scénario. Les experts psychiatres ne peuvent que confirmer la perversion sexuelle, même si l'un d'eux avoue ne pas comprendre : « Qu'on soit pédophile n'explique pas en soi un tel acte », dit-il. Que faut-il de plus ? Va-t-on réaffirmer encore : « Il n'a pas le profil d'un assassin d'enfant » ?

Au-delà d'Eric, il y a une autre culpabilité, évidente, choquante, sur laquelle tout le monde s'accorde en ce 13 décembre 1991, à la cour d'assises de Vesoul : c'est la responsabilité de la médecine, c'est une certaine inconscience des psychiatres qui ont laissé, après plusieurs récidives, un pédophile en semi-liberté. Comme pour l'assassin de Delphine. Comme pour le meurtrier d'Ingrid et de Muriel. Cette fois, à Vesoul, on en tire la leçon. L'hôpital de Clairefontaine a été condamné à verser trois cent quarante mille francs aux parents de la victime, le petit Benoît. La solution est-elle seulement dans des indemnités posthumes ? Avec une autre démarche, Benoît, Delphine, Muriel, Ingrid et les autres seraient toujours en vie. Ces exemples montrent combien, en France, la prévention est scandaleusement inexistante.

Revenons à Delphine. Revenons à Villerville. Deux ans après le meurtre. Janvier 1991. Tous les acteurs du drame sont là, même Delphine, représentée par un mannequin. Les parents Boulay, Marie-José et Alain, vont vivre une épreuve des plus éprouvantes : la reconstitution. Elle se déroule dans les conditions exactes des faits. C'est la nuit. Le camp scout a été entièrement reconstruit, avec ses dix tentes. Celles des *chefs* en bas. Celles des enfants en haut.

« J'avais très peur, se souvient Marie-José. Pour la première fois, j'allais voir l'assassin de ma fille. Je voulais savoir ce qui s'était passé. Mais lui, je n'avais pas envie de le rencontrer. Quand je l'ai vu, j'ai littéralement été glacée jusqu'aux os. Maintenant, je sais ce que cette expression signifie. Je le regardais et c'était sidérant, nous avions affaire à un maniaque méticuleux qui rejouait consciencieusement le moindre geste, qui racontait tout, comme cela, sans émotion et toujours sans regrets, sans honte non plus. Il s'est prêté au jeu de la reconstitution, ficelant lentement le mannequin censé représenter Delphine. Cette seule opération a duré dix minutes. C'était surréaliste, complètement fou. J'étais comme hypnotisée par ses gestes... les images de Delphine me revenaient... c'était intenable. J'essayais d'imaginer la peur de Delphine, ce qu'elle avait pensé en voyant son assassin, comme je le voyais à présent, à quelques mètres de moi... mais je n'ai pas voulu aller là où il l'avait tuée. Ça, je l'avais décidé avant, en concertation avec Alain. C'était trop pénible. » Comme toutes les reconstitutions, celle-ci a été photographiée et filmée. Plusieurs fois, tel un metteur en scène non satisfait de sa prise de vue, le juge d'instruction a demandé au meurtrier présumé de recommencer. Et lui, Gérard, a rejoué la séquence, sans plus d'émotion, tel un acteur extérieur au drame.

Après cette scène, à la manière d'un scénariste, nous pourrions inscrire ici le mot *Fin*. Pour Delphine Boulay, en effet, la vie s'est arrêtée là, de cette façon. On pourrait invoquer le destin, parler d'une incroyable malchance : la rencontre improbable du pervers et de la jeune scout. Mais nous savons, désormais, que cette mort n'était pas forcément inéluctable. La société y a sa part de responsabilité. Alors, corrigeons le système.

En attendant, dans la tête d'un enfant, d'une femme et d'un homme — le frère, la mère et le père de Delphine —, la petite fille vit encore, intacte : « Elle débordait d'activité, elle voulait tout faire... la danse, le trampoline, la natation, la planche à voile... Elle se liait très vite avec les autres. Dans le train, à la mer, partout, en cinq minutes, elle se faisait des copines... C'était vraiment une gentille petite fille... on dit toujours cela, mais c'est vrai. Delphine était ainsi. Son institutrice nous a dit qu'elle était très ouverte, très tournée vers les autres... »

Une hésitation et puis un sourire : « Parfois, elle était un peu têtue. » Alain se tourne vers Marie-

José : « Elle devait tenir ça de toi... ton côté lorrain. »

Une bouffée d'air. Un instant, une minute, Delphine est entrée dans la maison. A ce moment-là, les yeux de Marie-José et d'Alain brillaient trop pour n'être que du bonheur, pour n'être que du malheur. Ils étaient les deux à la fois. Un mélange de force et de faiblesse. Cette femme et cet homme, marqués par le destin et pourtant si dignes, sont comme des funambules en perpétuel équilibre au-dessus de la vie.

En guise d'adieu, Marie-José nous a simplement dit : « Avant, on vivait bien. »

# V

# LES RÉSEAUX EXISTENT-ILS ?

« De toutes les affaires que j'ai traitées durant ma carrière, les plus ignobles relevaient de la pédophilie. J'ai découvert là un monde sordide et insoupçonné, parce que totalement clandestin. » L'homme qui parle en a pourtant vu d'autres. Il s'agit du préfet Marcel Morin, un grand « flic » qui dirigea la Brigade des stupéfiants et du proxénétisme (BSP), autrement dit « la Mondaine », de 1981 à 1984. L'homme qui participa à la création de la Brigade antigang. L'homme qui démantela, sur place, à Marseille, la French Connection, cette organisation criminelle qui alimentait le marché américain en drogue. Souvenez-vous, les années soixante-dix : le président des Etats-Unis Richard Nixon se fâche. Il proteste directement auprès du président Pompidou contre le laxisme des autorités françaises, face aux grands trafiquants de stupéfiants basés à Marseille. On enverra le commissaire Morin en première ligne, sur le terrain, pour anéantir le gang hyperpuissant qui traite la cocaïne en France et l'expédie directement à New York. En 1974, le clan des Marseillais sera effectivement démantelé. Eh bien cet homme-là, ce flic qui a été sur la plupart des gros coups, lorsqu'il dresse le bilan de sa carrière, place les affaires de pédophilie en haut du hit-parade de l'infâme[1].

Il n'est pas le seul. Même commentaire des commissaires Ernest Lefeuvre et Patrick Schneider, ancien et actuel patrons de la Brigade de protection des mineurs à Paris. Toujours et partout ce constat : « Nous plongeons dans l'ignoble, dans l'incroyable. » Même appréciation des juges et des psychiatres qui ont à traiter de ces affaires. Autre certitude de tous ces professionnels : les circuits pédophiles existent bel et bien en France, et ils sont extrêmement difficiles à pénétrer. Sans parler du problème du flagrant délit. Comme il n'y a pas de loi spécifique condamnant la pédophilie, mais simplement une législation sur le viol ou l'outrage aux bonnes mœurs, il faut prendre sur le fait les *voleurs d'innocence* organisés en réseau. Il faut les appréhender en train de commettre l'acte avec des enfants. Cela est pratiquement impossible.

Ainsi, il y a quelques années, dans une affaire de pédophilie, les responsables avaient été prévenus de l'arrivée de la police : « Evidemment, quand nous nous sommes présentés, il n'y avait plus rien, me confirme un inspecteur ayant participé à l'opération. Notre informateur nous avait décrit, avec précision, une pièce qui servait de studio photo, avec des valises entières de clichés pédophiles. Nous savions qu'il y avait là, régulièrement, des abus sexuels commis par des adultes sur des enfants. Nous aurions pu identifier les victimes et remonter la filière entière. Mais tout avait disparu à notre arrivée. Quelqu'un avait parlé. D'où provenait la fuite ? »

Visiblement, l'inspecteur a son idée sur la question. Mais il n'en dira pas plus : « Dans ce genre d'affaires, étrangement, nous marchons toujours

1. M. Morin et F. Missen, *American connection*, Ed. Ramsay, 1991.

sur des œufs. » Une autre source, proche de la police, me raconte l'histoire d'un groupe de pédophiles, opérant depuis plusieurs années dans une belle propriété de province. On y trouve des amateurs d'enfants locaux, mais également d'honorables personnages venant spécialement de Paris. Or, malgré une surveillance des lieux qui aurait permis d'établir la liste des habitués, il est impossible d'intervenir : « Trop risqué pour le magistrat ou le policier qui prendrait une telle initiative », me dit-on.

Le problème est donc posé : existence de réseaux — ou plus exactement de « groupes » — parfois liés à une très fréquentable société, mais grande difficulté à intervenir. D'une part, ces groupes sont bien structurés et extrêmement discrets, en raison des risques encourus. On pourrait les comparer à des castes ou à des sectes impénétrables, avec des systèmes de sas, comme le disait notre *voleur d'innocence.* D'autre part, « à un moment donné, on bute très souvent sur des personnalités », affirme le Dr Yves Roumajon.

Pour sa part, le magazine pédophile *Tantale* nie catégoriquement l'existence de tels réseaux, parlant simplement de « noyaux de personnes qui échangent des enfants entre eux, ou les prostituent à de riches amateurs contre de très fortes sommes d'argent[1] ». Reste que, de l'avis quasi général, l'ampleur du phénomène est sans commune mesure avec les chiffres officiels. En 1989, quarante-quatre pédophiles ont été arrêtés dans la seule capitale et la gendarmerie nationale fait état, pour la même année, de trois cent vingt et un viols de mineurs. D'après le commandant Vaillant, il ne s'agit là que de la partie visible de l'iceberg. Il prend très au sérieux les révélations du *voleur d'innocence,* dont nous avons publié la lettre, sur les rapts d'enfants qui alimenteraient des circuits en Allemagne.

1. « Abus sexuels : la vérité », *Tantale Magazine*, juin 1991.

Quant à France Gublin, présidente d'Enfance et Partage, elle expose l'enjeu sans ambiguïté : « Certes, il ne faut pas affoler les parents, il ne faut pas gonfler le phénomène. Mais quand des enfants disparaissent, ce n'est pas un hasard. Il y a des réseaux qui fonctionnent parfaitement. On a un mal fou à s'y attaquer. Aujourd'hui le pédophile qui veut s'offrir une petite fille ou un petit garçon n'a plus besoin d'aller en Thaïlande. Il peut trouver sur place. »

Ainsi, la filière traditionnelle qui consistait à prendre l'avion pour l'Asie et s'y offrir les charmes discrets d'une fillette ou d'un petit garçon, cède peu à peu la place au même type de commerce honteux, mais chez nous, en France. Cela économise du temps, de l'argent et cela évite le décalage horaire. Du coup, une prostitution infantile s'organise et se développe clandestinement dans notre pays. Dans tous les cas, les coupables sont les mêmes : ces adultes qui abusent d'un enfant contre paiement. Comme si l'argent effaçait tout, excusait tout.

A ce sujet, Médecins sans frontières (MSF) tire le signal d'alarme et entend sensibiliser les pays occidentaux au drame de la prostitution infantile. Implantée en Thaïlande depuis deux ans seulement, cette organisation humanitaire a déjà fait libérer plus de mille enfants des maisons closes de Bangkok. La responsable de ce programme, Marie-France Botte, parle d'un véritable esclavage sexuel des enfants dès l'âge de six ans. Imaginez : l'abattage à six ans ! Pour le bon plaisir de ces messieurs bien sous tous rapports, venus de France, d'Allemagne ou d'Angleterre ! Un médecin pose la question : « Qu'y a-t-il dans la tête de ces hommes, parfois pères de famille, toujours d'une bonne situation sociale, qui prennent l'avion à Roissy pour la Thaïlande, dans le seul but d'aller faire l'amour avec un enfant de cinq ou six ans ? Pour moi, c'est une horreur. »

Le gouvernement thaïlandais révèle que, là-bas, huit cent mille enfants sont enfermés dans des maisons closes, parmi lesquels... vingt pour cent sont séropositifs. Ces gamins sont achetés dans les villages où leurs parents ne parviennent même pas à les nourrir. Ils sont alors placés, enfermés, séquestrés dans les bordels de la capitale.

L'organisation thaïlandaise, « Centre de protection pour les enfants », fait état de mauvais traitements systématiques sur ces « petits objets d'amour ». Ces enfants prostitués restent plusieurs années dans les maisons de passe, sans sortir, sans voir le jour. Quatre-vingts pour cent des victimes sauvées par MSF souffraient du syndrome de Silverman, caractéristique des enfants battus : malnutrition, traces de coups, séquelles de fractures, brûlures, troubles psychologiques graves, allant jusqu'à l'autisme. Les représentants de MSF à Bangkok constatent : « Il est impossible que les clients occidentaux ignorent l'état des enfants avec lesquels ils font l'amour. » Voilà donc, pour ces petits martyrs, le prix des deux bols de riz quotidiens. On comprend pourquoi la population locale a surnommé les Européens débarquant de leurs viols-charters les « crocodiles ». Marie-Françoise Botte relate : « Pour exciter la clientèle, la tenancière de ces maisons closes fait sonner une cloche. Alors les petites filles accourent à quatre pattes, un numéro épinglé sur la poitrine, et le consommateur fait son choix. » Chez eux, ces pédophiles de luxe en prendraient pour plusieurs années de prison. Là-bas... ils prennent leur pied.

De son côté, l'Association contre la prostitution enfantine révèle qu'il existe en Europe des tours-opérateurs très spéciaux. Il s'agit de véritables réseaux d'exploitation sexuelle commercialisant des voyages clefs en mains, avec « avion-hôtel-petits déjeuners et petits garçons compris ». En toute impunité. Pour les destinations et leurs avantages, il suffit de se reporter au fameux guide

*Spartacus*, sur le tourisme sexuel. Vous imaginerez assez facilement les joies anodines de ces touristes. La Colombie, nous dit-on, a du pour et du contre : « Du fait de l'extrême pauvreté du pays, beaucoup d'enfants sont obligés de se prostituer, mais cela peut être dangereux pour le client. » On vous propose donc — de préférence — Rio de Janeiro car « les différents besoins y trouvent satisfaction », comme au Maroc où cependant « le prix de l'amour propre est élevé ». En revanche, on vous déconseille fortement, depuis 1983, les Philippines car les autorités « ont pris des mesures administratives strictes contre le sexe-tourisme, en raison d'un déluge d'affamés sexuels ». Du coup, regrette le guide, cet eldorado a disparu. On a même vu des pédophiles occidentaux renvoyés avec un tampon des plus explicites sur leur passeport : « Expulsé pour cause de perversion sexuelle. »

Marie-France Botte, de MSF, admet que le problème est quasi insoluble, tant ce commerce est prospère, tant il est banalisé[1]. Certes, en bons Occidentaux égoïstes, nous pourrions nous en laver les mains et prétendre : « C'est dans la mentalité de ces pays. » L'argument ne tient pas. Un enfant est toujours un enfant, quelle que soit la latitude. Et la clientèle vient à soixante pour cent des pays riches. Il y a donc, parmi nous, des milliers de pédophiles pour faire chaque année l'aller-retour en Thaïlande ou ailleurs, dans le seul but de voler ou de butiner l'innocence d'enfants qui, de la vie, n'auront rien connu d'autre.

Ecœurée, la représentante de Médecins sans frontières lance un appel au bon sens et à la pitié : « Pour que cesse l'esclavage sexuel des enfants, il faut dissuader les Occidentaux de venir. » D'une certaine manière, elle commence a être entendue. Devant l'horreur et la banalisation de telles prati-

1. Citée par *Impact Médecin*, 20 décembre 1991 et *Libération*, 9 janvier 1992.

ques, émerge une prise de (mauvaise) conscience. Ainsi, pour la première fois, la Fédération des agences de tourisme suisse a-t-elle accepté d'insérer, dans tous les billets à destination de Bangkok, une note de MSF dénonçant cette exploitation. Mais voilà qu'en écho l'accusation de France Gublin, la représentante d'Enfance et Partage, nous revient : « Les amateurs d'enfants recréent en France ce qu'ils ont découvert en Asie. » Elle accuse même : « Il y a des protections. »

Retour en France donc. Sur les éventuelles couvertures, notamment politiques, la plupart de nos interlocuteurs restent discrets. Mais tous confirment le développement récent de « noyaux pédophiles » dans notre pays. Dans ces conditions, pourquoi n'en parle-t-on jamais ? Pourquoi si peu d'affaires révélées ? Le commissaire Lefeuvre avance une explication : « Une des caractéristiques des pédophiles est qu'ils forment une sorte de mafia. Ils recrutent pour eux-mêmes et pour leurs amis ou pour leurs contacts. Les mêmes enfants peuvent alors servir à cinq, six, voire dix adultes différents, et cela peut durer très longtemps. »

Ce policier évoque un point crucial : un enfant pris dans un circuit pédophile, même contraint, est capable de se taire pendant des années, tout en menant parallèlement une vie normale. On a vu récemment, au Canada, éclater une effroyable affaire de pédophilie. Des dizaines d'enfants avaient été violés dans des pensionnats religieux. Cela a duré plus de vingt ans. Finalement une, puis deux, puis dix victimes se décidèrent à parler et à porter plainte. Or ces « enfants » avaient désormais... entre quarante et cinquante ans. Il leur avait fallu tout ce temps pour dénoncer les faits. Et leurs agresseurs — des hommes d'Eglise — étaient soit morts de vieillesse, soit âgés de soixante à quatre-vingts ans ! C'est dire combien les *voleurs d'innocence* bénéficient parfois d'une quasi-impunité.

Dans un article intitulé « Enfants prostitués en vente libre », la journaliste Cécile Ré écrit : « Il est vrai que les faits sont incroyables, secrets, d'une clandestinité plus affirmée que le trafic de drogue. Qui s'affronte à de tels réseaux ne se sent pas très à l'aise[1]. » Et de préciser : « Des rumeurs concernent Paris, Marseille ou Nice. Certes, depuis le fond des âges, on a vendu et loué des enfants pour l'exploitation sexuelle. Mais toutes les enquêtes collectées par l'ONU constatent une progression importante du commerce sexuel des enfants (...) pris comme des marchandises pour un trafic juteux. »

Le commissaire Lefeuvre explique de son côté : « Les pédophiles achètent le silence des fillettes ou des petits garçons. Ils leur donnent un peu d'argent ou leur offrent des cadeaux. Je l'ai souvent vérifié. Quand nous mettions la main sur un tel réseau, la dénonciation ne venait pratiquement jamais de l'enfant. C'étaient les parents qui nous alertaient, intrigués par l'argent dont disposait tout à coup le petit garçon ou la petite fille, incapables d'en expliquer l'origine. Une fois ce premier fil tiré, on pouvait remonter plus ou moins facilement vers le sommet. »

Comme tous les témoins interrogés, ce policier souligne un fait important : « Souvent, les enfants utilisés dans les circuits pédophiles ont des problèmes familiaux, parents séparés ou mineurs livrés à eux-mêmes. Non seulement ils n'ont personne à qui parler, mais en plus, ils se laissent séduire par des gens qui leur témoignent, au départ, une certaine affection. » Il précise ce qu'il entend par « circuit pédophile » : « Parfois, c'est un groupe qui ne compte que quatre ou cinq personnes,

1. *L'Humanité*, 30 novembre 1990.

mais fortement liées entre elles par le besoin, la recherche et la consommation d'enfants. »

La psychanalyste Frédérique Gruyer confirme : « Le pédophile a l'art de repérer les enfants déstabilisés ou carencés. Il les séduit en comblant un vide affectif. Souvent, l'enfant victime n'a pas, dans la tête, les signes d'alarme contre le danger. » Le pédophile va donc tenter d'établir une relation ambiguë avec l'enfant, mélange de culpabilité et de complicité : « Il ne faut le dire à personne. »

Le commissaire Patrick Schneider a lui aussi été frappé par cette capacité de séduction excercée par les pédophiles pour recruter les enfants, soit occasionnellement, soit d'une manière répétitive. Un de ces *voleurs d'innocence* me l'a également confirmé au cours de cette enquête : « Nous savons parler aux enfants, les aborder, ils le sentent bien. Ils se reconnaissent en nous, car nous avons la même mentalité. » Lui aussi évoque les cadeaux, lors de l'approche puis pour acheter le silence de l'enfant. En partant du journal intime de Lewis Carroll, auteur d'*Alice au pays des merveilles*, le Dr Yvonne Delamare a montré comment cet écrivain pédophile séduisait les enfants « en se mettant à leur niveau ». Ainsi, « l'enfant n'était jamais surpris, ni dépaysé, ni effrayé. Il était charmé. Sa manière d'entrer en relation avec les petites filles était de jouer, de leur raconter des histoires, puis finalement de leur offrir un exemplaire d'*Alice au pays des merveilles* qu'il emmenait toujours avec lui, en guise de carte de visite. Enfin la photographie était le prétexte d'entrer en relation avec la mère (...) Trains, plages, dîners chez des amis n'étaient que prétextes à rencontrer des enfants[1] ». Parfait exemple de « stratégie » pédophile.

Aujourd'hui, les méthodes n'ont guère évolué.

1. Y. Delamare, *De la pédophilie comme moyen pour remonter le temps*, *op. cit.*

Remplacez simplement Alice par le Game Boy. La recherche de la victime s'effectue près des écoles, dans la rue et dans tous ces lieux où l'on sait trouver des fugueurs — nous y reviendrons — comme le Forum des Halles à Paris, point de chute prioritaire des petits provinciaux en cavale : « Le recruteur, personnage clef du réseau, gagne la confiance de la fillette ou du petit garçon en faisant semblant de s'intéresser aux mêmes choses qu'eux, explique un policier. Ainsi, il attire la sympathie, puis il propose d'aller chez lui. Là, il met les futures victimes en confiance. Il leur offre des jus de fruit, des jeux vidéo. Il leur projette un film. Puis il tente des gestes innocents, sous prétexte de jouer au docteur, ou au papa et à la maman. Très vite, l'adulte sait si l'enfant est réticent ou non. Quand la petite fille ou le petit garçon paraissent réceptifs, quand leur silence semble possible à acheter, l'adulte pousse le jeu plus loin. Et petit à petit, il va faire entrer sa victime dans le circuit. »

Un pédophile me confirme le scénario, vécu de l'intérieur : « D'abord, je repère un groupe de petits garçons. Puis je m'approche d'eux, je joue au ballon et je commence à leur parler d'ordinateur. Assez vite, je vois celui qui est le plus ouvert, le plus docile. La plupart du temps, j'arrive à l'entraîner chez moi. Là, je commence à le chatouiller et petit à petit les choses dégénèrent. »

Autre témoignage :

« Parfois, nous avons l'impression d'exercer comme un magnétisme sur les enfants, c'est incroyable. Les parents ne s'en rendent pas compte. Mais les gamins viennent d'instinct vers nous, comme attirés. Et nous, nous leur répondons. Ils sentent bien que nous les aimons. »

Un troisième *voleur d'innocence,* rencontré à Montréal, m'explique en présence de son psychiatre :

« Hier, un homme que je connais depuis plusieurs années, m'a proposé un petit garçon contre de l'argent. Un gamin de neuf ans. C'est très courant dans notre milieu.

— Qu'avez-vous fait ?

— J'ai refusé, car je voudrais essayer de m'en sortir. Mais l'autre me connaît bien, il a insisté et insisté encore... vous savez, ces types, c'est comme des dealers de drogue... et moi, à chaque fois, j'ai peur de retomber. »

« Comme des dealers de drogue ! » Comment mieux décrire les ressorts de ces circuits pédophiles, dont on retrouve les mêmes mécanismes, de Montréal à Paris, en passant par Londres ou Berlin. D'un côté un consommateur en manque. De l'autre un fournisseur qui joue sur la dépendance. Pratiquement tous les pédophiles que j'ai interrogés, même les solitaires, ont eu recours, un jour ou l'autre, à un de ces personnages qui proposent « un gamin contre de l'argent ». Quand ces *voleurs d'innocence* vous disent que, dans la vie, à part les enfants, ils n'ont rien, on comprend qu'être « dealer » dans ce secteur n'est pas très compliqué. Il y a toujours des clients. D'où la difficulté de démanteler ce commerce honteux. D'autant que la société est peu sensibilisée au problème. A un point tel que la police et la justice se heurtent aux obstacles les plus inattendus.

Patrick Schneider, de la Brigade de protection des mineurs, évoque plusieurs cas où, ayant arrêté des pervers sexuels, il a eu le plus grand mal à convaincre les parents de porter plainte. Toujours cette honte. Mais aussi un refus de savoir, un refus de croire à de telles pratiques : « Cela se produit plus souvent que vous ne le pensez, affirme-t-il. Parfois, il faut montrer aux parents des cassettes vidéo où leurs enfants ont été filmés par des pédophiles pour qu'ils y croient. » Il cite une affaire récente qui le scandalisa particulièrement. La mère, oubliant le calvaire de son petit garçon violé à plusieurs reprises, s'inquiéta en priorité du pédophile : « Est-ce qu'il risque la prison ? » Et comme on expliquait à cette femme qu'il s'agissait effectivement d'un crime passible de vingt ans de détention, elle s'écria : « Mais alors, cela va détruire sa vie ! » Le commissaire Schneider dut la ramener à la décence : « Et la vie de votre fils, madame, vous y avez pensé ? » Ou encore cet aveu d'un *voleur d'innocence* encore ahuri par la réaction d'un père : « J'avais recueilli un gamin qui était entré dans les filières pédophiles à la suite d'une fugue. La police est venue me le reprendre... mais quelques jours plus tard, le père m'a téléphoné. Il voulait que je récupère le petit garçon, car lui ne savait plus quoi en faire. Je lui ai dit que j'avais eu des relations sexuelles avec l'enfant, que je risquais de recommencer. Mais cela ne dérangea pas le père qui me répondit : *chacun fait ce qu'il veut.* » Si la confession n'avait pas été enregistrée sur une bande vidéo, sans doute aurais-je hésité à la rapporter ici, tant ces comportements paraissent hallucinants, au XXe siècle dans un pays évolué.

Difficile dans ces conditions, entre le silence des enfants, l'incrédulité des parents, le laxisme de certains et parfois les pressions, de faire éclater des affaires pourtant scandaleuses, de mettre fin à des agissements pourtant illégaux. D'autant plus choquant qu'on retrouve toujours les mêmes personnages dans ces mouvances. La plupart sont connus des services de police. Ils sont fichés. Mais cela ne suffit pas. Le commissaire Schneider se plaint : « Ils ne sont pas toujours assez punis. Quand on arrête un proxénète d'enfants et que, six mois après, nous le retrouvons en liberté, c'est sûr qu'il va recommencer. » Il me cite plusieurs noms de personnages centraux de ce « business »... des individus toujours en liberté. Un autre policier se lamente : « Dès qu'une personnalité est impliquée dans ce genre d'affaires, nous devons le signaler à qui de droit, mais surtout pas à la justice. » La traduction est simple : dans ces cas-là, le dossier échappe à la Brigade de protection des mineurs. Au mieux, il est traité par les Renseignements généraux (à quelles fins ?). Au pire, il est purement et simplement enterré. Ainsi, un juge aujourd'hui à la retraite, tempête contre une personnalité du spectacle impossible à sanctionner, malgré le nombre impressionnant d'affaires graves de pédophilie avec de très jeunes enfants, dans lesquelles elle fut impliquée. Le magistrat soupire : « Je sais bien que cet homme-là rapporte beaucoup de devises à la France. Mais y aurait-il des citoyens au-dessus des lois ? » Les Américains, eux, abordent le problème différemment. A preuve, cette *personnalité* bénéficiant en France d'une immunité de fait, est tout simplement... interdite d'entrée aux Etats-Unis.

On sait qu'un certain nombre de faits divers retentissants, touchant à ce domaine scabreux de la pédophilie, ont éclaté ces dernières années en France, pour être assez vite étouffés ou détournés. Je ne parle pas de ces lointains ballets roses qui ébranlèrent la IVe République durant l'hiver 1958, quand on vit maître Le Troquer, président de l'Assemblée nationale, inculpé pour attentat aux mœurs et condamné à un an de prison avec sursis, pour avoir organisé dans sa villa des soirées pédophiles, fréquentées exclusivement par de vieux messieurs très honorables : hommes politiques et personnalités du Tout-Paris. Un policier présentait à ce brillant avocat, plusieurs fois ministre, et à ses amis, des gamines dont les parents rêvaient de faire des petits rats de l'Opéra. Mais « les ballets dont ils s'enchantaient se déroulaient sur un écran invisible », comme l'écrivit Mauriac. Ne voyant rien venir, les parents finirent par porter plainte. Au moins, osa-t-on révéler la vérité. Au moins, osa-t-on inculper le second personnage de la République, puisqu'il était coupable. Aurait-on, aujourd'hui, le même courage ?

Je pense à des scandales récents, à implication éminemment politique, comme l'affaire du pasteur Doucé, sur laquelle nous reviendrons. Le 8 novembre 1990, l'hebdomadaire *VSD* a consacré sa couverture aux réseaux pédophiles en France, en titrant sans détour : « L'affaire Doucé révèle l'existence d'une mafia discrète, puissante, dont les crimes contre l'enfance restent le plus souvent impunis. »

D'une manière générale, quand pédophilie et politique se mélangent, les autorités répugnent à dire l'élémentaire vérité. Comme si nous, citoyens ordinaires, n'avions pas le droit de savoir. Thierry Meyssan, président du projet Ornicar, prônant la défense des droits de l'homme dans le domaine de la sexualité, mais dénonçant la pédophilie, accuse sans équivoque : « Tous les pouvoirs politiques se défilent face à ces scandales, ou alors ils cherchent à les exploiter sous le manteau, pour tenir telle ou telle personnalité. Les affaires de mœurs sont toujours utilisées à des fins politiques. Quand des enfants sont impliqués, c'est évidemment la forme parfaite de chantage. Mais cela ne passe jamais devant les tribunaux. »

Autre confidence, cette fois de la Mondaine. Dans ce service, il y a un énorme coffre-fort renfermant des dossiers secrets sur diverses personnalités. On y trouve d'intéressants renseignements concernant les mœurs des hommes politiques, aussi bien que des artistes ou des intellectuels. Parmi eux, un certain nombre de pédophiles. Ces rapports, sans en-tête de service et sans signatures, s'appellent des « blancs ». Et nul doute qu'ils ont — ou qu'ils ont eu — une utilité, puisqu'ils sont là. D'après notre informateur, cette pratique aurait cessé en 1974. Mais comment en être certain ? L'essentiel est dans ce constat : certaines personnes ne relèvent pas de la justice pour les délits qu'elles commettent dans certaines affaires de mœurs. Quand il s'agit de pédophilie, c'est-à-dire d'atteinte aux enfants, cela est tout simplement intolérable de la part d'un Etat dit de droit et démocratique. Certes, comme le note le Dr Roumajon, « il n'y a pas plus de pédophiles dans les milieux politiques qu'ailleurs ». Mais la responsabilité particulière de ces hommes face à la société, le caractère gravissime des abus sexuels contre des mineurs, le tabou absolu dès que pédophilie et politique se croisent font que ni la magistrature, ni le pouvoir, ni le citoyen ne devraient encourager, couvrir ou accepter le silence dans ce domaine. On ne doit ni fermer les yeux ni jouer avec cela.

En matière de pédophilie comme en matière de prostitution, il y a une infinité de circuits. Nous allons en étudier, à travers des exemples réels et récents, les diverses formes.

D'abord, le premier niveau. Le plus anodin en apparence et le plus accessible. C'est le circuit du matériel pornographique pédophile : photos, films, cassettes vidéo. Nous avons vu combien le « fantasme de l'image » est fort chez le pervers sexuel. Pour certains, c'est une compensation qui évite le passage à l'acte. Pour d'autres, au contraire, c'est un plus, un accompagnement de l'acte sexuel. Mais dans tous les cas, cela donne lieu à un marché important, implanté depuis de nombreuses années, et fort rentable. Le problème de base est de trouver des enfants comme sujets, comme modèles, comme partenaires sexuels à des adultes pour réaliser ces clichés ou ces films. Il y a donc bien, même à ce premier stade de la prise de vue, agression contre l'enfant.

Le préfet Morin, à l'époque où il dirigeait la Mondaine, a eu à traiter plusieurs affaires importantes d'outrage aux bonnes mœurs sur enfants de moins de quinze ans, commis par voie de presse, selon la formulation du Code pénal. Il fit alors cette découverte : « Depuis toujours, nous pensions que les photos et les films étaient des productions étrangères, notamment allemandes ou néerlandaises. Et à vrai dire, on s'en moquait un peu. C'était comme la drogue... tant que ça ne nous concernait pas directement ! Or, dans les années quatre-vingt, nous nous sommes aperçu que les choses avaient changé. Les photos impliquant des mineurs étaient prises en France. Certaines étaient véritablement honteuses. Elles montraient des rapports sexuels entre des adultes et des mineurs qui n'avaient pas plus de huit ans. Nous avons arrêté des parents qui se faisaient photographier en train de faire l'amour avec leurs propres enfants. Il y avait derrière cette activité, que certains qualifiaient d'*artistique*, de véritables réseaux. Cela rapportait — et rapporte toujours — des sommes considérables. Malheureusement, il nous était parfois impossible de remonter la filière, surtout hors de France. Nous butions toujours à un stade ou à un autre, car il y a dans ces organisations un formidable cloisonnement. Depuis, cela s'est développé et terriblement banalisé. » Le commissaire esquisse une moue : « C'est un secteur vraiment répugnant. Quand ces gens-là invoquent le mot *amour* pour justifier leur commerce ou leur déviation, je revois leur matériel pornographique, avec des tout petits enfants, filles ou garçons, littéralement empalés sur des sexes d'adultes en érection. »

Le policier explique qu'on relève des mutilations irrémédiables chez ces enfants, quand on parvient à les retrouver. Un silence, puis un aveu : « Face à ce genre de choses, on est vraiment mal à l'aise. » Les médecins confrontés au même problème emploient la même formule. De mon côté, je serai frappé par le silence absolu des pédophiles quant aux séquelles — physiques et psychologiques — sur les enfants. Ils n'en parlent tout simplement pas, ou si rarement. Comme s'ils ne les voyaient pas, comme s'ils ignoraient l'enfant. Etrange contraste avec leur volubilité à décrire, dans le détail, leur propre plaisir.

Certaines revues distribuées sous le manteau ou disponibles dans des librairies spécialisées, à Paris, publient des annonces, des offres à peine voilées d'enfants à consommer : « Cette pratique prend de l'ampleur. Si on veut y mettre fin, il faut appliquer la loi », dit le commissaire Schneider.

Il me montre plusieurs de ces publications qui naissent, disparaissent et resurgissent toujours, sous d'autres noms. Les responsables de ces magazines démentent formellement tout lien avec les réseaux. Ils en nient l'existence même. Selon eux, il s'agit de « pures inventions policières ou journalistiques visant à salir les milieux pédophiles ». Mais on trouve toujours, dans ces magazines, une volonté de s'organiser, d'établir des contacts, d'échanger des adresses et des expériences. Car tous se disent traqués, sur le fil du rasoir, en raison de leurs pulsions interdites. D'autres journaux pédophiles, avec dépôt légal, veillent à ne pas tomber sous le coup de la loi pour « incitation à la pédophilie ». Pourtant, ils n'hésitent pas à publier les confessions de pères incestueux, voire des conseils pratiques sur la manière de faire l'amour à un enfant... Ce sont successivement les *Lolita, Jean's, Tantale, Gaie France Magazine, Possible, Petit Gredin,* et autre *Petit Voyageur.* C'est dire que le créneau commercial est rentable.

Lu dans *Tantale* : « J'affirme, après avoir vécu l'amour en osmose avec ma fille, qu'il y a pleine compatibilité entre la génitalia d'une gamine impubère et le sexe d'un homme mûr sur le plan physiologique. » Ou encore : « Une pucelle de onze ans peut recevoir une bonne proportion du membre mâle en érection (...) l'amant averti évitera à tout moment d'aller percuter le col fragile de l'utérus, comprenant que sa compagne a des limites. » Plus loin, on vante au lecteur « l'avantage certain à copuler avec une fillette non réglée car le rapport restera infécond ». Bref : comme méthode contraceptive, la pédophilie c'est mieux que le préservatif !

Conseil avisé d'un lecteur : « Pourquoi se réfugier dans la masturbation, alors que la bouche, la vulve et l'anus d'une petite fille sont accueillants ? J'ai un sexe généreux pourtant. Cela n'exclut pas la tendresse et la douceur des caresses préparatoires à toute pénétration. » L'homme revendique plusieurs expériences sexuelles avec des enfants et il conclut : « Vous pouvez donner mes coordonnées à ceux qui partagent mes idées. »

Relevé, dans le courrier des lecteurs du *Petit Gredin*, la confession détaillée d'un père racontant ses jeux érotiques avec sa femme et leurs trois enfants : masturbation, fellation et sodomie. Commentaire : « Je suis un père moderne. »

Trouvé dans une boîte aux lettres : un tract, librement imprimé et distribué en France, réclamant la légalisation de la pédophilie. En haut, quatre photos de fillettes assassinées par des *voleurs d'innocence* : Céline, Sandrine, Delphine et Ludivine. En bas, la signature de *Tantale Magazine*, avec l'adresse et le numéro de téléphone. Un titre provocateur : « A qui le tour ? » Et un texte en forme de déclaration de guerre :

*« Ludivine était mignonne comme tout, une jolie gamine de neuf ans, fraîche et désirable, comme vous en croisez sans doute tous les jours. Aujourd'hui, comme Céline (sept ans), Delphine (dix ans), ou Sandrine (six ans), elle est morte.*

*Pourquoi tous ces malheureux enfants ont-ils basculé un jour dans l'horreur ? Nous le soulignions dans le premier numéro de notre magazine (juillet 87), ainsi que dans un tract récent, un véritable problème existe en ce qui concerne les relations entre les enfants et les adultes. Vous pouvez être pour ou contre la pédophilie, mais en tout cas elle existe bel et bien, et nul ne saurait l'empêcher (...) les pédophiles ne sont pas des monstres ni des violeurs. Si certains d'entre eux le deviennent, la société porte en cela une part de responsabilité. De toute évidence, la loi n'est plus adaptée aux mœurs de notre époque (Napoléon et Pétain ne sont plus que poussière, Dieu merci). Il faut donc la modifier et considérer enfin la pédophilie comme une véritable forme d'amour entre deux êtres consentants et libres.*

*Si la société choisit de rester sur ses positions de répression et d'exclusion, libre à elle. Mais qu'elle n'attende de nous aucune complaisance : nous serons là pour dénoncer sans arrêt son intolérance et sa bêtise. En attendant, petits enfants, à qui le tour ?* »

Ce texte reflète l'état d'esprit des pédophiles militants. Avec une argumentation simple : si vous ne voulez pas qu'il y ait meurtres de petites filles ou de petits garçons par des pervers, autorisez les rapports sexuels entre les adultes et les enfants... en l'occurrence dès l'âge de six ans, puisqu'il est fait référence à Sandrine (n'y a-t-il pas abus à utiliser à de telles fins les noms et les photos des petites victimes ?). Nulle trace de culpabilité dans ce tract. Au contraire : la pratique de la pédophilie, avec de « jolies gamines, fraîches et désirables », de six à dix ans, y est revendiquée, y est sublimée. On voudrait banaliser la pédophilie. On veut se démarquer des tueurs d'enfants : *Tantale Magazine* présente donc sa « plus vive sympathie envers les familles des petites victimes Muriel et Ingrid ». Et l'éditorial souligne : « Il est d'une importance capitale pour nous, pédophiles, que nous puissions nous exprimer, mais surtout que nous fassions comprendre au grand public combien sont erronés les préjugés entretenus à notre égard et faire savoir que la pédophilie n'est pas synonyme de perversion, détournement ou violence » alors que « tout tend à faire passer le pédophile pour un malade, voire un monstre ». Ces publications militantes réclament donc un statut légal pour les pédophiles.

Il est vrai qu'aux Etats-Unis, les *voleurs d'innocence* militants sont... syndiqués. On les retrouve au sein de la « North American Men-Boy Love Association » (NAMBLA), qui édite sa revue. Un médecin américain affirme : « Ces hommes amoureux des petits garçons adoptent une attitude triomphaliste, prétendant que leur pratique est bonne pour les enfants. »

*Spartacus*, ce guide mondial d'une certaine sexualité, donne les bonnes adresses de la pédophilie dans les pays riches, pas uniquement dans le lointain tiers-monde. Récemment, il citait cinq lieux de rencontres à Paris où un adulte en manque pouvait trouver « une clientèle jeune », traduisez « mineure ». L'ouvrage détaille la législation, pays par pays. Pour la France, on conseille au lecteur de « ne pas héberger un mineur la nuit » et on signale que les médias sont assez hostiles. Certes, ce n'est pas la Thaïlande où les conditions sont « quasiment paradisiaques pour un grand nombre de pédophiles affamés venant de pays où leurs tendances sont taboues ou interdites par la loi ». Plusieurs associations françaises se sont offusquées de cette publication : les passages touchant à l'enfance sont de véritables incitations aux abus sexuels sur les mineurs.

A Paris, plusieurs librairies spécialisées proposent sous le comptoir, aux côtés des revues pornographiques pour adultes, du matériel mettant en scène des enfants. Les « acteurs » n'y ont parfois que six ou sept ans. Un commissaire de police me cite Le Scarabée d'Or, rue Monsieur-le-Prince. Commentaire d'une journaliste qui a visité le lieu : « Une vraie mine d'or pour les pédophiles. » Elle y a notamment dégotté une vidéocassette érotique dont la jaquette annonce l'âge de la porno-star : cinq-six ans. Qui dit mieux ? Comme dans la chanson : ça, c'est Paris !

Beaucoup de ces établissements ouvrent et ferment régulièrement, ainsi que les maisons d'éditions pédophiles. Comme pour les revues, l'adresse et le nom changent. Mais le contenu et les propriétaires restent les mêmes. On me cite un photographe, impliqué dans un grand nombre d'affaires... mais toujours absous, en vertu de la liberté de l'artiste ou de la presse. Un magistrat, qui depuis plusieurs années tente de mettre fin aux activités de cet esthète de la pédophilie, se lamente : « Ce type est une catastrophe nationale. Nous sommes persuadés que derrière ses activités semi-officielles, il y a autre chose... une sorte de réseau. Mais impossible de le faire tomber. »

L'article 283 du Code pénal prévoit « un emprisonnement d'un mois à deux ans de prison et une amende de trois cent soixante à trente mille francs pour tous ceux qui auront fabriqué, détenu ou distribué en vue d'en faire commerce, importé ou fait importer, pour tous ceux qui auront offert même à titre gratuit, sous quelque forme que ce soit, directement ou par des moyens détournés, tout imprimé, écrit, dessins, affiches, photographies, films contraires aux bonnes mœurs ». Mais qu'est-ce qui est contraire aux bonnes mœurs ?

Des enfants posent, en France, pour des publications pédophiles non sanctionnées. Ils le font la plupart du temps sous la contrainte de leurs propres parents. On m'a rapporté le cas d'une mère, ancien mannequin, qui rêvait de la même carrière pour sa fille âgée de six ans. En fait, le studio à qui elle confia l'enfant l'utilisa à des fins pornographiques. Quand la police révéla le pot aux roses à la mère, elle ne s'en offusqua pas : « Pourquoi, c'est interdit ? » demanda-t-elle.

L'édition française du magazine *Penthouse* a imaginé un test édifiant, simulant un casting pour enfants dans un film porno. Résultat de l'imposture : « La folie ordinaire des gens honnêtes ».

Tout débute par une petite annonce : « Importante production cinématographique internationale recherche garçons et filles de huit à douze ans. » Douze parents se présentent. Nous sommes dans un grand hôtel parisien. Pour les besoins de l'article, le faux producteur explique sans détour de quoi il s'agit : « C'est très bien payé mais l'enfant jouera dans des scènes érotiques hard, avec des adultes. » Il précise encore à une mère : « On ne veut pas que l'enfant soit intelligent, on veut voir le sexe ! » Et de raconter en détails le rôle du petit garçon qui se résume à des scènes érotiques avec des hommes et des femmes. La mère : « J'ai bien compris, le tournage aura lieu quand ? » Commentaire du journaliste : « Surpris, nous le sommes. Aucun parent ne semble choqué. Nous avons beau être odieux, nul d'entre eux ne formule un refus sec et catégorique. »

Le (faux) producteur demande à la mère d'une fillette de douze ans : « Si elle fait une fellation, ça ne vous dérange pas ? » Réponse : « Ça m'ennuie. » Nouvelle offensive du producteur : « Rien qu'une scène de masturbation, c'est banal. » La mère : « Ce n'est pas moi qui décide, c'est la petite. Je peux lui en parler. » Epilogue : quand, l'équipe de *Penthouse* révèle aux douze parents que leur enfant ne tournera pas dans un film porno, qu'il s'agissait d'une imposture, c'est la déception pour onze d'entre eux. Seule une mère avoue : « Je crois que je n'aurais pas accepté. » Les journalistes, auteurs de la mise en scène, s'attendaient à une série de refus, à la colère des parents à qui l'on proposait sans détour ce type de marché : « Notre postulat de base était simple. Dans le plus grave des cas, un parent sur quatre, motivé par l'appât du gain, pouvait se transformer en monstre pervers et sans scrupule. Secrètement, nous espérions nous être trompés et que les faits infirmeraient nos pronostics. Nous avons été surpris : la réalité est bien pire. »

Tous les enquêteurs et tous les représentants d'associations le disent : « La lutte contre les publications ou les vidéos pédophiles est indispensable, si l'on veut démanteler les circuits de la prostitution infantile. Nous savons que certains de ces éditeurs ou producteurs ne se limitent pas aux seuls pervers contemplatifs. » Patrick Schneider confirme : « Il y a une énorme clientèle pour ce genre de publications circulant sous le manteau et pour les vidéocassettes pédophiles. Or cette industrie est souvent liée à la prostitution de mineurs. »

Certaines revues permettent à leurs lecteurs de se connaître, de se rencontrer, de tisser d'autres liens d'où émergent de nouveaux réseaux. La police a récemment arrêté un père de famille qui négociait un film à destination des pédophiles. On y voyait cet homme violer sa propre fille, âgée de dix ans. Le père indigne passait tout simplement des petites annonces, à peine voilées, dans des revues et sur Minitel. Le boum de la vidéo familiale — camescopes et magnétoscopes — est une vraie aubaine pour les pédophiles.

D'abord, ils adorent filmer les enfants nus ou en situation scabreuses, n'hésitant pas à se mettre eux-mêmes en scène. Ensuite, cela a permis à de nombreux amateurs ou artisans de se lancer dans un marché très rentable. Certes, la qualité est souvent médiocre. Mais qu'importe ! A l'inverse, quand ces marchands d'innocence se font prendre, cela facilite la tâche de la police. La réalité du délit est établie grâce à la saisie des films ou des cassettes. De plus, on peut identifier les enfants victimes et remonter enfin des filières.

Force est de constater qu'il n'est pas très difficile d'approcher ce premier niveau des circuits pédophiles, le niveau superficiel ou contemplatif : celui de l'image. En quelques mois d'enquête, il m'a été possible d'identifier plusieurs de ces circuits en France. J'ai pu obtenir le nom de certains personnages clefs. J'ai pu connaître des lieux de rendez-vous, des éditeurs ou des libraires spécialisés. Par retour de courrier, j'ai reçu contre chèque bancaire toute une littérature pédophile, faisant l'apologie des rapports sexuels entre adultes et très jeunes enfants.

On m'a même remis un bon de commande pour matériel pédophile, avec nom et adresse du commanditaire, en France, à Saint-Maur. On y propose, en toutes lettres, des « photos inédites d'enfants, pour le plus grand plaisir des clients toujours en quête de nouvelles images ». Le prospectus précise que ces clichés éminemment pédophiles — donc théoriquement prohibés — ont été pris en France et à l'étranger. On y vante la qualité du tirage, la rapidité du service (« expédié dans la semaine ! ») avec cette précision : « Veuillez régler vos commandes en liquide, par mandat ou par chèque sans ordre. » Tout cela, bien sûr, est illégal. Mais tout cela existe. D'autant que le prospectus lance ce slogan : « Discrétion, plaisir, sérieux. » A titre indicatif, cent négatifs pédophiles se négocient dix mille francs. Cette organisation mi-officielle, mi-clandestine, racole en même temps qu'elle vend. Elle fait appel à ses clients pour leur racheter leurs photos de petits garçons ou de fillettes, trois cents francs l'unité, ainsi que leurs vidéocassettes, pour cinq cents francs. En permettant implicitement ce genre d'activités, on favorise bel et bien l'utilisation et l'exploitation d'enfants à des fins sexuelles, dans notre pays. On encourage certains parents à « vendre » l'image de leurs enfants à des fins pédophiles.

On comprend aisément la prospérité de tels circuits. On devine aussi la façon dont ils servent de plaques tournantes à des activités moins « artistiques ». C'est le second niveau — clandestin — de ces circuits : celui des clubs de rencontres et des échanges d'adresses. Par ce biais, le pervers peut passer à l'acte sans trop de mal.

Autre type de connexion entre pédophiles : les messageries Minitel. Elles sont très largement utilisées par les pervers sexuels, soit pour des échanges de cassettes vidéo, soit pour rechercher ou proposer des enfants. Les services de police et de gendarmerie surveillent ces messageries. Ils voient passer des annonces qui devraient suffire à envoyer leurs auteurs en prison. Les uns recherchent des enfants et les autres en proposent. Les tarifs annoncés correspondent à ceux révélés par l'homme qui nous a écrit : pour mille à deux mille francs, un honorable pédophile peut s'offrir, en France, une fillette ou un petit garçon. Là encore, « discrétion, plaisir et sérieux » assurés. Plus l'enfant est jeune, plus le prix est élevé. C'est la loi de l'offre et de la demande. On peut s'étonner, on peut s'offusquer. Et pourtant — on me le confirme à la Brigade des mineurs comme à la Direction de la gendarmerie nationale — tout cela existe.

Face à de tels messages, face à de tels services Minitel, comment réagissent les autorités ? On pourrait penser qu'il n'est pas trop compliqué d'identifier les auteurs. En réalité, il en est tout autrement. Certes, les policiers décryptent facilement ces petites annonces scandaleuses... mais ils ne peuvent pas remonter la filière, car il y aurait « violation de la correspondance privée ». En effet, légalement, le serveur est obligé de brouiller les messages afin qu'aucun intrus n'y ait accès, et surtout pas la police. Les boîtes aux lettres de ces messageries sont bien gardées. Problèmes techniques, contraintes éthiques et juridiques se conjuguent donc, ici, qui permettent aux *voleurs d'innocence* de draguer sans risques. Du coup, certains parents mettent sur le marché de la pédophilie leurs enfants, grâce au Minitel. Au téléphone, ils sont beaucoup plus prudents, parlant souvent par mots codés. Une seule fois, la Brigade de protection des mineurs de Paris a pu démanteler un réseau de prostitution infantile grâce aux écoutes téléphoniques, dites « écoutes judiciaires ». En effet, un des membres du réseau, proposant un enfant à un pervers, n'a pas hésité à vanter au téléphone les aptitudes sexuelles du mineur. Ainsi, le rabatteur a-t-il été confondu.

Certes, nous n'en sommes pas au stade des Etats-Unis, ou même de la Grande-Bretagne, où la pratique pédophile prend des allures très violentes, parfois sataniques ou délirantes. Dans ces deux pays circulent des cassettes vidéo où l'on voit des viols d'enfants par des adultes, suivis du meurtre de ces innocents. Ces cassettes ont même un nom : les *snuffs.* D'après le commissaire Schneider, certains de ces films commencent à circuler chez nous, mais aucun n'y est produit. Partout, il y a escalade et surenchère. Un récent rapport de la Commission des droits de l'homme auprès de l'ONU, à Genève, souligne : « Le développement du tourisme sexuel et des cassettes vidéo X ou hard s'appuie sur des enfants de plus en plus jeunes et sur toujours plus de sensations, pouvant aller jusqu'à des violences sadiques extrêmes. »

Ces pratiques s'expriment sous diverses formes et dans des milieux fort différents. Mais, en fin de compte, y a-t-il une hiérarchie dans l'insupportable ? Ainsi, que se passe-t-il dans certaines sectes ? Les abus sexuels contre les enfants y sont parfois sublimés. A l'émission « Ciel mon mardi ! » on a vu un ex-adepte, père de famille, accuser un « gourou » présent sur le plateau, de prôner la pédophilie au sein de sa communauté. Les enfants de ce témoin auraient été victimes de ces pratiques et l'homme désespérait de pouvoir les récupérer. Policiers et gendarmes me confirment qu'ils reçoivent souvent des informations à ce sujet. Mais là encore, entre nécessité du flagrant délit et liberté religieuse, difficile d'intervenir.

Marie-Christine Cordon, auteur de deux ouvrages sur les Enfants de Dieu, secte très en vogue dans les années quatre-vingt, elle-même ancienne adepte, fait état de comportements pédophiles institutionnalisés dans cette organisation[1]. Plusieurs témoignages vont dans le même sens. Moïse David, le fondateur des Enfants de Dieu, nie aujourd'hui les faits. Mais Marie-Christine Cordon me présente un des écrits de ce « prophète », document qui a force de preuve. Intitulé « My Little Fish » (« Mon petit poisson »), ce document de cinq pages, illustré de dix-neuf photos, a été envoyé aux huit cents communautés des Enfants de Dieu dans le monde. Aux côtés de clichés de bébés nus, dont l'âge est toujours précisé, allant de six mois à trois ans, on voit des photos où adultes et enfants pratiquent des attouchements sexuels. Une jeune femme tient fermement dans sa main le pénis d'un garçon de trois ans, allongé sur un lit. Le visage de l'enfant est parfaitement identifiable. Plus loin, un garçon de deux ans joue avec le corps d'une femme nue. Puis la même femme pratique une fellation à un autre gamin... toujours au nom de Dieu, puisque la légende prétend : « C'est une merveilleuse relaxation, une satisfaction créée par le Seigneur. »

Autre cliché, autre précepte : « Prenez du plaisir et profitez de ce que Dieu vous a donné pour atteindre ce plaisir. » En illustration, les ébats érotiques d'une adulte et d'un tout petit enfant. Ou encore, ces deux fillettes de trois ans photographiées dans un lit avec une femme qui prend un plaisir évident à leurs attouchements, prétexte à ce commentaire laconique : « Une partouze à trois. » Là encore, on invoque le Seigneur pour légitimer de telles pratiques : « Si tu lis la Bible, tu verras que la plupart des hommes de Dieu avaient des tonnes de femmes, des putes et toutes sortes de maîtresses. »

Si la secte en question n'avait pas une telle

1. M.-C. Cordon, *Confession d'une enfant de Dieu*, 1985, et *Séphora, prostituée de Dieu*, 1988.

puissance, si elle n'impliquait pas de tout petits enfants, on pourrait hausser les épaules. Avec le faux prétexte de la religion, cette forme de pédophilie devient pratiquement intouchable. Et elle reste cachée, inaccessible. Ici, c'est une secte. Ailleurs, ce sera un réseau. Plus loin, un groupe de pervers. Ou une famille. Ou une quelconque association...

Rien de tout cela n'est innocent. Les violeurs d'enfants, quel que soit leur alibi, savent bien ce qu'ils provoquent et ce qu'ils risquent. A preuve, cette publication des Enfants de Dieu. En dernière page, on rappelle aux adeptes : « Il faut être clair. Vos enfants doivent savoir qu'une telle liberté sexuelle ne doit jamais être pratiquée en présence de visiteurs, d'étrangers, de parents non initiés ou d'amis qui n'auraient pas été rééduqués convenablement. » Inspiré, le gourou, mais pas fou ! Il souligne, il martèle : « Vous ne pouvez pas vous abandonner à de telles libertés divines en présence d'adeptes moyens, ni devant de nouveaux disciples, ni devant tous ceux qui n'ont pas été proprement formés aux méthodes d'amour révolutionnaires de Dieu. Et cela est valable également pour vous, adultes. Je vous adresse fermement les mêmes recommandations qu'à vos enfants : ne faites rien devant l'étranger qui pourrait le faire tiquer. »

Le nouveau venu sera entraîné lentement, prudemment, dans la logique pédophile du prophète qu'il baptise vérité divine. Et, imperceptiblement, il finira par faire sienne cette parole. Marie-Christine Cordon explique parfaitement la façon dont un être normal peut se laisser happer et croire en la justesse de telles thèses. Elle-même, qui fut Enfant de Dieu, avoue s'être prostituée au nom de Moïse David. Elle admet aujourd'hui : « Il m'a fallu plusieurs années pour comprendre qu'il ne s'agissait ni de Dieu ni d'amour. »

Autre témoignage, recueilli par écrit, sur les pratiques pédophiles dans cette même secte. Il émane d'une adepte qui était chargée de la garde des enfants. Elle a vécu, avec son ami, au sein d'une famille ayant quatre petits garçons, âgés de un à six ans. Ils suivaient à la lettre les principes de leur prophète : « Le père avait des rapports sexuels avec les deux plus vieux, dit-elle. Et mon ami en eut également régulièrement. Cela est arrivé à un tel point que les gamins ne pouvaient plus s'en passer. Ils venaient timidement vers mon ami, et ils lui demandaient de venir dormir avec eux. Alors, ils avaient des ébats passionnés, comme des adultes, sauf qu'au lieu de réaliser l'acte complet, ils se frottaient contre son pénis. Cela arrivait une ou deux fois par semaine. On ne peut pas dire qu'ils étaient en confiance et réellement libres dans leur choix. »

Ce témoin fait état d'une expérience auprès d'une autre famille de la même secte : « Ce couple avait un garçon de six ou sept ans. Le père et la mère me suggérèrent d'emblée d'avoir une expérience sexuelle avec leur enfant, ce que je tentai. J'étais très gênée, je ne savais pas trop comment m'y prendre. Pourtant, à la fin, je me suis comportée comme s'il s'agissait d'un homme, en lui faisant une fellation. Ce fut ma seule expérience personnelle de ce type, mais je peux dire qu'il s'agit d'une pratique normale chez les Enfants de Dieu, même si la forme varie d'une famille à l'autre. » Comme pour s'excuser, comme pour expier, cette ex-adepte ajoute simplement : « J'espère que ces informations seront utiles. » D'autres témoins cités par Marie-Christine Cordon confirment que de tels comportements étaient courants au sein de la secte, un peu partout dans le monde. En 1982, on signala même plusieurs cas de maladies vénériennes chez des fillettes de quatre à huit ans. Bouleversée par ce problème, Marie-Christine a rédigé un mémoire sur les enfants dans les sectes. Elle a rencontré à cette occasion, dans la région de Lille, un petit garçon âgé de onze ans : « Il avait deux modes de vie, dit-elle. A l'école, un comportement d'enfant. Dans la secte, une vie d'adulte sexuellement actif. »

Souvent, au cours de cette enquête, j'ai dû méditer la phrase du *voleur d'innocence* qui nous a écrit : « Vous ne savez pas le dixième de ce qui peut se passer avec des enfants. » Non, nous ne savons pas, nous ne soupçonnons pas. Chaque jour, durant ces mois d'investigation, un fait divers, une histoire, un drame, une confession, une anecdote venaient compléter le puzzle. Une enseignante, après trente ans de carrière à la ville et à la campagne, me dit : « Je suis arrivée à la conclusion que seulement cinquante pour cent des enfants ont une vie normale, protégée et heureuse. » Les autres sont livrés à eux-mêmes, souffrent de carences affectives, de carences de soins, de coups parfois, d'abus sexuels... on est loin de l'enfant-roi, cible adulée et convoitée de notre société de consommation, loin du bel enfant épanoui de nos pubs. Nous sommes dans la France réelle et profonde, la France qu'on ne montre pas, qu'on ne connaît pas. J'en ai trouvé la confirmation auprès de tous ceux qui s'occupent de l'éducation. L'enfant, chez nous en 1992, c'est aussi un objet. De plaisir ou de douleur.

Marie-Jo Audouard raconte, dans un livre poignant, les existences misérables et pathétiques de dizaines d'enfants mal aimés ou rejetés[1]. Ainsi Delphine, une gamine de treize ans : « Elle m'a raconté, entre deux crises de larmes, les sévices sexuels qu'elle a subis. Son père d'abord, et les amis du père. Il leur prêtait sa fille. » Cela paraît insensé, n'est-ce pas ? Et pourtant, vous ne pouvez pas soupçonner le nombre de pères qui « prêtent » leur enfant, à des copains, « pour rigoler », ou à des inconnus, pour de l'argent. Et parfois, l'enfant

---

1. Marie-Jo Audouard, *S'il te plaît, emmène-moi chez toi*, Ed. Fixot, 1991.

— fillette ou petit garçon — est vraiment jeune, très jeune... trois ou quatre ans. Magistrats, gendarmes, éducateurs me citeront des dizaines de cas semblables à celui que rapporte Marie-Jo Audouard.

Cette connexion pédophile familiale — ou artisanale, mais en aucun cas marginale — est souvent le premier stade du réseau. Elle relève d'une mentalité difficilement concevable, qui existe pourtant. A tel point que bon nombre de pédophiles s'y approvisionnent désormais. C'est plus abordable que les viols-charters pour Bangkok ! C'est — sans jeu de mots — la pédophilie à portée de toutes les bourses. Un juge pour enfants m'explique : « Dans ces cas-là, quand le père est directement impliqué, quand il est finalement le souteneur, l'enfant ne parle pas, même s'il vit cela comme un enfer. Le père exerce en effet des violences morales et/ou physiques sur l'enfant. Il le fait entrer dans un monde tordu dont la fillette ou le petit garçon ne pourront jamais sortir... à la fin, l'enfant prostitué ira tout seul au rendez-vous... j'allais dire *librement*. En fait, il n'y a pas de liberté possible, quand il y a abus d'autorité de la part de l'adulte sur le mineur. »

Le magistrat confirme lui aussi que ce type de pratiques — où le père est véritablement l'instigateur — se développe en France d'une façon dramatique. Il s'agit généralement de milieux familiaux très pauvres. Mais la clientèle est plutôt aisée. Ce décalage social va renforcer la loi du silence : « La mère, au cas où elle n'est pas consentante, mais aussi les frères, les sœurs et la petite victime elle-même, sont impressionnés par le côté notable, donc respectable à leurs yeux, de celui qui paye pour abuser de l'enfant. Il n'est donc pas question d'aller à la police, pour dénoncer à la fois le père et un client aux allures de personnage. »

Ces petits circuits alimentent un grand nombre de *voleurs d'innocence*. Ils sont très difficiles à démanteler. Ils provoquent des ravages irréversibles chez ces enfants « loués » par leurs propres parents à des détraqués sexuels adultes et sans l'ombre d'un scrupule. Plusieurs affaires récentes, non médiatisées, vont nous permettre à la fois d'authentifier ces informations et d'entrevoir les mécanismes de telles filières. Comment fonctionnent-elles ? Qui est impliqué ? Et pourquoi ?

Plusieurs remarques préliminaires pour situer le contexte de notre investigation : les faits que nous allons évoquer se sont déroulés entre 1989 et 1991. Je les ai sélectionnés — les jugeant exemplaires — parmi un très grand nombre de cas similaires proposés par la gendarmerie nationale, preuve que ces situations ne sont pas rares. Notons encore qu'ils impliquent des adultes provenant de toutes les catégories sociales.

Au départ, une simple affaire de famille, une histoire d'inceste presque banale. Nous sommes en 1982. La scène se passe chez les G., dans un pavillon de banlieue. La mère et le père demandent à leurs enfants, Céline et Ludovic, de venir dans leur chambre et d'entrer dans leur lit. On se parle, on se cajole, on s'embrasse. Les enfants sont contents... on ne leur a pas toujours exprimé autant de tendresse. Et puis, maman va raconter des histoires à Céline et à Ludovic. Elle leur montre un livre avec des images. Etranges illustrations à vrai dire : il s'agit de photos de femmes et d'hommes nus, « qui font des choses bizarres ». Car Céline et Ludovic ne comprennent pas de quoi il s'agit. En réalité, ce sont des revues pornographiques. Qu'est-ce qui peut bien pousser des parents, ayant toutes les apparences de la normalité, à présenter de telles publications à leurs propres enfants ? Toujours est-il qu'en ce dimanche matin de 1982, les G. se sont mis en tête, après s'être concertés, d'éduquer leur fille et leur fils, deux gamins de huit et neuf ans. Voilà que la mère est nue, à présent. Elle voudrait que le petit garçon lui fasse l'amour. Mais, décidément, il ne comprend rien. Et cela ne marche pas. Alors, la mère entreprend une fellation... à son propre fils. Pendant ce temps-là, dans le même lit, le père s'occupe de Céline, sa fille...

Les rapports incestueux, à quatre, vont se poursuivre pendant plusieurs mois chez les G., sans éveiller le moindre soupçon de la part des voisins, des amis, des enseignants. Officiellement, il ne se passe rien dans le petit pavillon de banlieue. Et puisque les enfants ne se confient pas à l'extérieur, ce sera l'escalade perverse.

Petit à petit, le couple implique d'autres mineurs dans ses jeux érotiques. Puis il décide de louer Céline et Ludovic à d'autres amateurs d'enfants, à des pédophiles. Ils en font de petits prostitués, sous leur propre toit. Ainsi, d'une manière simple et insoupçonnable, un circuit pédophile se crée dans une petite localité de France. Les clients, évidemment, ne parlent pas. Ils trouvent là les moyens de satisfaire leur vice sans prendre aucun risque : qui pourrait porter plainte, qui pourrait alerter les autorités ? Nous sommes, en quelque sorte, dans une configuration « idéale ». Les G. finiront pas vivre uniquement des revenus de ce commerce.

Et Céline ? Et Ludovic ? Ils grandissent. Les voilà âgés de seize et de dix-sept ans. Pour eux, l'expérience a forcément été traumatisante. Ils sont complètement perturbés, déstructurés. Ils n'ont aucun repère. Leurs références, leur approche du monde des adultes se résument aux pratiques incestueuses et pédophiles imposées pendant plusieurs années par leurs propres parents. Résultat, presque logique : en 1990, Ludovic — l'enfant violé — est arrêté après avoir commis plusieurs viols, dont celui de sa sœur. Il suffit alors de tirer le fil pour tout savoir, pour tout comprendre. Nous sommes en décembre 1990. Les gendarmes du village se présentent chez les G. qui seront inculpés, avec plusieurs complices, pour « outrage à la pudeur, viol sur mineurs, incitation de mineurs à la débauche, proxénétisme et prostitution ». L'enquête révélera que vingt-cinq adultes étaient impliqués dans cette affaire, et que douze mineurs en furent victimes.

Autre scénario... presque classique : l'histoire de Gérard M. et de Michèle B., arrêtés le 20 avril 1989 à Meaux, également pour « proxénétisme aggravé et incitation de mineures à la débauche ». Là encore, un couple normal, de Français moyens, avec deux jolies petites filles de treize ans. Une famille sans problème jusqu'à ce que les parents découvrent le chômage. Nous sommes en 1984. Bernard et Béatrice touchent leurs allocations et ils cherchent un nouveau travail : ANPE, petites annonces, rendez-vous avec des employeurs. Une quête angoissante, puis dramatique et enfin désespérée : ils ne trouvent rien. En 1986, Gérard et Michèle arrivent en fins de droits. On leur retire leurs allocations chômage. Que faire ? Il faut payer le loyer, nourrir les enfants... Ils imaginent tout — les ménages, les petits expédients — pour conclure enfin que la prostitution est encore la meilleure solution : « Ce n'est pas trop risqué, et ça peut rapporter gros. »

Le couple insère une petite annonce dans un journal spécialisé. Il reçoit à domicile ou il se rend sur place. Les rendez-vous sont pris par téléphone. De vrais fonctionnaires du sexe : Gérard, quarante-six ans, et Michèle, trente-six ans, officient tous les jours sauf le dimanche, de huit heures à midi puis de treize à vingt heures. Bref, pour des chômeurs... ils ne chôment pas. On croirait qu'ils ont suivi des stages de formation professionnelle puisqu'en quelques mois, ils proposent à leur clientèle — réputée exigeante — toute une gamme de services spécialisés : massages érotiques, urologie, fessées, attachement, pratique sado-maso...

Bientôt, d'artisans, ils sont passés petits industriels. Gérard et Michèle disposent d'un fichier de cinq cents habitués, répertoriés sous des noms de code. Ils ont élargi leur commerce à la photographie et à la vidéo pornographiques. Pour parfaire leur réseau, ils approchent enfin les milieux pédophiles. Leurs propres fillettes serviront de modèles. Ils les font poser nues, dans des attitudes érotiques. Puis ils proposent ce matériel à leur clientèle : « Rien que des gens bien, des privilégiés », constateront les gendarmes, après perquisition et saisie du fichier. Là encore, nous trouvons à cette histoire une certaine logique, à défaut d'une morale. Dans la première affaire, c'était l'engrenage du vice. Ici, c'est l'engrenage du chômage. Qu'importe au fond. Dans tous les cas, il y a des petites victimes. Dans tous les cas, il y a des parents prêts à vendre leurs enfants — comme dans les contes les plus épouvantables ! — et des adultes pour acheter cette innocence.

Nous pourrions citer bien d'autres affaires similaires, en France. Cela existe, non pas d'une manière anecdotique, mais tous les jours et sous toutes les formes. C'est Daniel P. et sa femme Marie, arrêtés en 1989 à Nice, pour avoir fourni des enfants à une clientèle perverse où l'on trouvait pêle-mêle des voyeuristes, des échangistes, des zoophiles et des sado-masos. Là encore, imaginez les dégâts chez les petites victimes ! C'est Alain et Françoise D., arrêtés avec plusieurs complices, en 1988 près d'Amiens, pour avoir pratiqué l'inceste sur leur fillette et l'avoir prêtée ou louée à six adultes. Ce sont ces ballets roses dans les environs de Saint-Etienne. Martine R. mettait à la disposition de messieurs propres des enfants à partir de dix ans, dans sa jolie maison bourgeoise. La réputation de la dame dépassait largement le département, puisqu'elle montait régulièrement à

Paris offrir sa fille pour de mémorables « partouzes », comme l'indique le rapport de gendarmerie.

On a saisi chez cette vendeuse d'innocence une centaine de lettres de couples échangistes. On y faisait allusion à des relations sexuelles entre une mineure et des adultes. Pour ces quelques affaires révélées, combien d'inconnues ?

Le capitaine Vaillant admet : « Dans bien des cas, nous ignorons tout. » Il évoque, lui aussi, le problème de la disparition des enfants, dont certains pourraient alimenter des groupes pédophiles : « La recherche dans l'intérêt des familles n'est pas satisfaisante, constate-t-il. Il y a moins de disparitions qu'on ne le dit. Mais à l'inverse, on ne sait pas très bien ce que deviennent certains enfants. » Comme toujours : « Il nous faudrait plus de personnel. »

En écho, le juge Dominique-Georges Marro, président de l'Association française des magistrats chargés de l'instruction (AFMI), nous déclare : « Vous ne trouverez pas, en France, beaucoup de policiers ni beaucoup de magistrats ayant une connaissance parfaite des réseaux pédophiles. En la matière, nous sommes soit sous-informés, soit sous-équipés. » Ce juge de la nouvelle génération, dans son tribunal moderne de Nanterre, avec l'Arche de la Défense en toile de fond, regrette : « Nous autres magistrats, nous n'avons pas les moyens ni le temps d'entrer dans ces circuits pédophiles qui font pourtant des ravages. » Il dit qu'il s'agit là d'un monde extrêmement fermé et cloisonné. Attendant beaucoup de notre enquête car, dit-il, « elle peut faire bouger les choses », le juge Marro déplore : « Nous ne sommes pas assez vigilants sur cette question de la pédophilie. S'il y avait une véritable volonté politique de s'attaquer au problème, nous serions sans aucun doute plus efficaces. »

Un informateur digne de foi, président d'une

association réputée sérieuse, mais désirant garder l'anonymat « pour des raisons de sécurité », confirme ce jugement. Selon cette source, il y a en France des circuits pédophiles parfaitement connus. L'homme me cite, nom à l'appui, une organisation ayant le statut d'association, inscrite en préfecture, ayant depuis vingt ans une activité plus que trouble, où la pédophilie a sa part. D'après ce témoin — qui a été entendu par la police, mais sans suites apparentes — cette association est dirigée par des pédophiles notoires, « dans un contexte de violence et de domination ». L'association, que notre informateur assimile purement et simplement à un réseau pédophile, édite un journal interne, où le discours politique à forte connotation nazie voisine avec les photos de petits garçons. On y trouve également « des petites annonces sans aucune ambiguïté qui, normalement, devraient provoquer une enquête de police », s'étonne notre témoin.

Les membres de ce réseau disposent en France de points d'ancrage où ils peuvent consommer de la chair fraîche, dit encore notre source : « Ainsi, en 1990 à Paris, j'avais connaissance d'un lieu avec salle de projection de cassettes pédophiles au rez-de-chaussée, et chambres avec enfants au premier étage. »

Je demande d'où provenaient ces enfants. La réponse semble évidente à mon interlocuteur : « La plupart étaient des fugueurs, mais il y avait aussi des connexions européennes. » Ces choses-là sont-elles connues des autorités ? « Peut-être, sans doute... mais tous les pouvoirs ont besoin de marginaux, pour effectuer les basses besognes. Alors, on tolère... » Et notre informateur de parler, lui aussi, du manque de volonté politique face à de tels agissements.

Pour moi, le grand mystère de ces circuits — ou de ces noyaux pédophiles — restait leur « approvisionnement ». Dans un pays comme la France, d'où viennent les enfants ? Comment les tenir ? Comment échapper aux recherches de la police et aux plaintes des parents ? Certes, il y a ces disparitions jamais élucidées. Certes, il y a sans doute des rapts, comme l'affirme l'homme qui nous a écrit. Mais peut-on réellement garder prisonniers des enfants, en France ? Peut-on réellement monter des organisations tentaculaires dans ce domaine ? Certainement pas. En fait, les choses sont beaucoup plus simples. La « matière première » des circuits pédophiles, ce sont d'abord les fugueurs. A force d'interroger des *voleurs d'innocence,* des phrases revenaient sans cesse : « J'ai recueilli un gamin en fuite », « On m'a présenté un petit fugueur », « Le gosse avait quitté sa famille », « Un contact m'a proposé un joli gamin échappé d'un foyer », « Il y a toujours quelqu'un pour vous amener un enfant en rupture »...

Ils sont des milliers, chaque année, de plus en plus jeunes, à quitter le domicile familial, sur un coup de tête. Des milliers à disparaître dix ou quinze jours, six mois ou un an... quand ce n'est à tout jamais. Avez-vous déjà regardé l'émission « Perdu de vue », sur TF1 ? Etonnantes ces histoires de gamins partis un beau matin, sans laisser d'adresse, sans même un mot et qui ne donnent plus signe de vie ! Ecoutez les parents, effondrés : ils ne comprennent pas. Où est-il ? De quoi vit-il ? Et encore, ne présente-t-on à l'écran que les histoires les moins sordides. Mais selon vous, quand on a huit, neuf, ou dix ans, que l'on est en cavale, sans papiers et sans argent, de quoi vit-on ? Et quel type d'adultes recueille — sans prévenir la police ou la famille — ces gosses à la dérive, appartenant à tous les milieux sociaux ? Cherchez du côté de certains pédophiles — isolés ou organisés — et vous trouverez. Policiers et magistrats me l'ont confirmé. Mais aussi des pédophiles eux-mêmes. Cela se passe ainsi, dans tous les pays civilisés. Et au fond, ce n'est pas vraiment risqué : parfois, les parents ne déclarent même pas la disparition de l'enfant.

Le magazine *VSD*, dans son « enquête sur un milieu où la perversité fait bon ménage avec l'hypocrisie », a pu titrer sur deux pages, sans s'attirer aucun démenti : « Organisés en réseaux, bénéficiant d'appuis, jouant sur le silence de leurs victimes, les pédophiles échappent trop souvent à la justice. » Dans cet article, Carole Mariage, formatrice des inspecteurs de la Brigade des mineurs, confirme que les pédophiles ont réussi, ces dernières années en France, à s'organiser en réseaux, grâce à « la caution de certains intellectuels, éducateurs et aussi de certains appuis politiques et médiatiques ». Elle souligne : « La pédophilie est puissante dans notre pays. Elle manœuvre de plus en plus pour faire pression sur les autorités policières et judiciaires. » Dans toute autre nation démocratique, de tels propos et de tels faits provoqueraient le scandale et le débat national. Chez nous, rien. Au contraire, la revue *Tantale* a pu diffuser, en décembre 1990, un appel au président de la République, avec dépôt légal, réclamant publiquement « la levée du tabou immonde qui empoisonne l'existence des pédophiles ». Et de menacer François Mitterrand : « Sachez que votre indifférence ne pourrait que faire monter la tension et la rage régnant actuellement dans nos milieux (pédophiles). »

Le juge Marro regrette d'autant plus le laxisme — ou le désintérêt quasi général pour un sujet hautement tabou — qu'il a constaté lui-même les dégâts de la pédophilie chez les petites victimes : « Dans tous les cas, les abus sexuels contre les enfants provoquent une casse qu'on ne soupçonne pas. » Il lance un appel au sens civique de chacun pour dénoncer ce genre de pratiques et y mettre fin. Lui aussi s'inquiète de la proliféretion de publications pédophiles, estimant : « Nous devrions regarder ce qu'il y a derrière ces revues... nous trouverions sans nul doute des circuits ou des réseaux. »

Ce qui frappe avant tout ce magistrat spécialisé dans les affaires de mineurs, c'est l'absence de culpabilité des pédophiles : « Ils minimisent toujours leurs actes. Parfois, ils se posent même en victimes. Soit ils ont été "provoqués" par l'enfant. Soit ils lui ont rendu service, en lui offrant un toit pour la nuit quand il s'agit de fugueurs. »

Le juge Marro se souvient d'un groupe de pédophiles qu'il démantela, voilà quelques années. Il s'agissait de personnes sans antécédents judiciaires et sans histoires. Pour tout dire, c'étaient des cadres moyens bénéficiant de l'estime générale. Voilà pour le côté façade. Côté cour, ils s'échangeaient des garçons âgés d'une dizaine d'années. Un des adultes était chargé du recrutement et de la première relation sexuelle, de l'initiation. Puis, si l'enfant était jugé « satisfaisant », il entrait dans le circuit. Il servait alors, tour à tour, au plaisir de ces messieurs. Avec toujours ce fascinant silence des petites victimes, bien trop honteuses, bien trop craintives pour révéler leur calvaire. Le magistrat insiste lui aussi sur la difficulté d'établir les faits : « Dans ce genre d'affaires, évidemment, le pédophile nie toujours. C'est donc souvent la parole de l'enfant contre celle de l'adulte. » Dominique-Georges Marro lance un cri d'alarme : « Certes, dit-il, par mon métier je ne vois que le mauvais côté de la société. Mais il faut vraiment faire quelque chose contre ce fléau. Croyez-moi, ces affaires sont nombreuses. Pour le seul département des Hauts-de-Seine, trois juges travaillent uniquement sur ce genre de dossiers ! Il faut que la population soit consciente du problème : un certain nombre de ces pervers sont en liberté. » Selon lui, même si le pédophile — recruteur pour réseaux ou solitaire — a une « prédilection très nette pour les mineurs à la dérive », la victime n'est pas toujours un enfant des rues : « Pour reprendre une formule éculée, je dirais que cela n'arrive pas qu'aux autres, affirme le magistrat. Un enfant de bonne famille peut également être victime d'un pervers. Et lui aussi peut se taire pendant des années, subir cela en silence plutôt que d'oser dénoncer son bourreau. »

Comme le commissaire Schneider, le juge a constaté : « Quand une affaire éclate, d'une manière générale les parents mettent le couvercle sur la marmite. Ils cherchent avant tout à éviter le scandale. J'ai le plus grand mal à les convaincre de porter plainte. » Un soupir : « Tout cela, bien sûr, fait le jeu de la pédophilie, organisée ou non. »

En conclusion à notre entretien, le magistrat a cette phrase terrible : « Quand j'envoie un pédophile en prison, je le mets au parking... mais je sais qu'il va récidiver dès sa sortie. Car, aujourd'hui en France, on ne traite pas ces gens-là. » C'est un cercle (doublement) vicieux. Successivement, on retire et on réintroduit dans le circuit les mêmes pervers qui alimenteront les mêmes réseaux ou qui iront s'alimenter aux mêmes sources. Bref, il y a, en France, une absence coupable de volonté politique, une profonde méconnaissance du phénomène et une belle hypocrisie générale, voire un manque total de civisme. Autant de lacunes qui permettent aux *voleurs d'innocence* de vivre leur déviation sans trop de risques, et même de s'organiser. Dans d'autres pays, nous le verrons, le problème est abordé différemment. Au moins, il est pris au sérieux. Dans ce contexte, notre enquête ne peut que révéler une infime partie de l'iceberg. Aux responsables politiques d'être effectivement *responsables* et non pas coupables.

Comme le dit le préfet Marcel Morin : « Il est inadmissible que des faits connus, dénoncés au point d'être des secrets de Polichinelle, soient étouffés. Inadmissible que tout le monde ait peur d'intervenir. Inadmissible que nous nous heurtions à des obstacles incroyables, alors qu'il s'agit de mettre fin à des actes criminels particulièrement odieux. » Bref, tout le monde sait l'existence des réseaux, tout le monde parle d'une pédophilie organisée. Mais voilà qu'au moment d'agir, les moyens manquent, les obstacles apparaissent, les interventions et les hésitations se multiplient. Ah ! le poids des tabous, mais aussi des copinages. Tant que la France — son monde politique, son *intelligentsia* et ses médias — se comportera ainsi, nous ne réglerons rien... et pas uniquement dans ce domaine.

# VI

## LES TABOUS PROFESSIONNELS

Trois titres pour trois injustices. *Le Figaro* : « Le calvaire du retraité. Accusé à tort d'attentat à la pudeur, il avait passé deux mois et demi en prison. » *Le Quotidien de Paris* : « A la recherche d'un honneur perdu. Le directeur d'une école de danse, inculpé d'attentats à la pudeur, vient d'être relaxé... il n'était pas coupable. » *France-Soir* : « Deux fillettes l'accusaient d'attentat à la pudeur, mais le *sadique* qui croupissait en prison était innocent. » [1].

Trois titres pour poser d'emblée le problème : les accusations lancées par des enfants contre des adultes font peur. On redoute toujours l'affabulation. A tel point que ce type d'affaire marque plus l'opinion publique que la situation inverse. L'adulte victime de l'enfant fait plus recette, il suscite plus la pitié que l'enfant victime de l'adulte. Et il est vrai qu'il faut toujours avoir en tête ces « risques du métier », cette possibilité d'erreur judiciaire, souvent irréparable. Se retrouver dans le rôle du

1. *Le Figaro,* 5 juillet 1991. *France-Soir,* 20 septembre 1990. *Le Quotidien de Paris,* 21 septembre 1990.

*voleur d'innocence* quand on est soi-même innocent est la pire des injustices. D'autant qu'on n'est jamais totalement blanchi : restent la rumeur et la suspicion.

Le cas rapporté par *Le Figaro* est particulièrement exemplaire. Nous sommes le 3 avril 1991, dans un petit village de la Loire. Les gendarmes frappent à la porte de Romain C., un retraité quatre fois grand-père. Avant même d'avoir compris pourquoi, Romain C. est interpellé et aussitôt écroué à la maison d'arrêt de la Talaudière, près de Saint-Etienne. Enfin, on lui explique : « Tu as abusé d'une petite fille, tu as fait des choses dégoûtantes avec elle. Elle nous a tout raconté. A son âge, elle n'a pas pu inventer. »

Et il est vrai que le récit de l'enfant est hallucinant de précision. A onze ans, à moins de l'avoir vécu, à moins de l'avoir subi, on ne peut pas imaginer de tels sévices sexuels. D'ailleurs, tous les psychiatres vous le diront : sur un tel sujet, les enfants mentent rarement. Sauf que, voilà... les parents de cette petite fille possédaient, à la maison, des cassettes pornographiques, que la gamine regardait souvent, en cachette. Alors — allez comprendre pourquoi ? — elle a imaginé ce scénario : Romain, son voisin, son presque grand-père, lui faisait ces choses-là... « Le calvaire du retraité » injustement mis en cause, sali, a duré plus d'un an. Avec l'humiliation d'aller pointer à la gendarmerie, jusqu'au non-lieu.

Ces cas-là imposent la prudence et la rigueur. Mais ils ne doivent pas servir d'alibi. Pendant trop d'années, on a refusé d'écouter les enfants. On a étouffé leurs cris. On a dissuadé les parents de porter plainte, sous prétexte qu'il s'agissait peut-être d'affabulation. Et ces pressions, et ce refus d'entendre, étaient d'autant plus forts qu'on mettait en cause des hommes chargés de l'éducation ou de la protection des enfants, c'est-à-dire indirectement des institutions : école, Assistance publique, Eglise, médecine, organisations de jeunesse. Pendant très longtemps, on n'a pas voulu admettre que ce genre de crimes pouvait, aussi, être perpétré en classe, dans des foyers, à l'orphelinat, dans des camps scouts et même... au confessionnal.

Les *voleurs d'innocence* en ont largement profité : « Vous n'allez pas mettre ma parole en doute, face à celle de l'enfant. » Combien d'affaires ont ainsi été escamotées ? Combien d'arrangements à l'amiable, combien de compromis ? Dans tous les cas, on a laissé les petites victimes seules avec leur traumatisme. Et les *voleurs d'innocence* libres d'agir sur d'autres gamins, libres de récidiver... pourvu que ce fût un peu plus loin.

Ces affaires-là ne sont malheureusement pas marginales. La preuve en est apportée, officiellement, par la brochure du ministère des Affaires sociales, intitulée « Les abus sexuels à l'égard des enfants[1] ». On y évoque d'entrée le problème de la pédophilie dans les institutions (DDASS, foyers, etc.) et on découvre que les employés de certains établissements utilisent les mineurs pour assouvir leurs désirs sexuels. La revue ministérielle révèle sans aucune ambiguïté que de telles agressions contre les enfants se pratiquent dans deux types d'établissements :

1. Dans certaines institutions traditionnelles où les violences sont clandestines, brutales et violemment niées par leurs auteurs. Ces abus sont peu punis à l'intérieur du Centre et ils ne sont jamais dévoilés à l'extérieur. C'est l'omerta, le parfait tabou professionnel. On pourrait résumer ainsi la situation : « Violez plus bas, on pourrait vous entendre. » Comme dit la revue ministérielle : « A

1. Dossier technique, « Comment en parler ? », p. 10, extrait d'un article de P. Vivet et S. Tomkiewicz.

la honte, on préfère le silence et la banalisation des faits. »

2. Dans certaines institutions dites « modernes ». On y fait appel à l'idéologie de la permissivité totale. Parfois même on prétend y guérir les enfants par l'amour physique avec les adultes. Ici, l'abus sexuel se pratique quasi ouvertement. C'est la sublimation de la pédophilie. Elle trouve toujours des défenseurs.

La même brochure du ministère des Affaires sociales indique que certains abus sexuels ont lieu... grâce à des soutiens politiques ! On lit en effet cette phrase extraordinaire : « Nous pensons que la *prudence* de la police, telle que nous l'avons rencontrée récemment, qui a exigé cinq témoignages d'enfants sodomisés pour mettre en question un directeur pédophile notoire, jouissant de solides appuis politiques, est pour le moins très exagérée. »

Ainsi donc, aujourd'hui en France, on peut être pédophile notoire et directeur d'établissement ayant la charge d'enfants. Cela induit un silence coupable de l'administration. Plus encore : on peut être pédophile notoire, directeur d'institution et abuser sexuellement des enfants... grâce à de « solides appuis politiques » ! Ces choses-là se savent. Elles se disent. Elles s'écrivent même dans une publication gouvernementale. Mais on ne fait rien. Comment expliquer un tel laxisme ? Certes, il ne s'agit pas d'une adhésion à de telles pratiques. Moralement, l'administration réprouve sans aucun doute la pédophilie. Mais concrètement, elle refuse de dénoncer les coupables, par peur du scandale. L'image de marque des institutions passe, parfois, avant la protection physique et morale des enfants.

Pourtant, le nombre d'attentats à la pudeur ayant pour cadre l'école, le pensionnat, l'orphelinat, les maisons pour handicapés, les foyers d'accueil... ou même l'Eglise, est très élevé. Chaque année, des dizaines d'affaires. En reprenant les scandales qui ont éclaté, ces trente dernières années en France, on constate statistiquement que les ecclésiastiques, les éducateurs (enseignants, chefs scouts, responsables d'organisations de jeunesse, etc.) et... les magistrats occupent les premières places du hit-parade de la pédophilie[1]. On peut s'en étonner. Le Dr Serge Bornstein, psychiatre, y trouve au contraire une logique. Non pas que la fréquentation des enfants rende l'adulte pédophile. Non pas que tous les éducateurs soient des pervers. Mais celui qui désire l'enfant, celui qui a des difficultés relationnelles avec le monde adulte va s'orienter vers ces carrières : « Pour certains éducateurs, certains enseignants, ou certains prêtres, le choix n'est pas innocent », dit le Dr Bornstein.

Il révèle : « Lors d'une sélection pour des postes d'éducateurs, après les entretiens psychologiques, nous avons dû éliminer huit candidats sur dix car, d'une façon évidente, leur rapport à l'enfant était faussé. » Même remarque au centre de thérapie familiale des Buttes-Chaumont, à Paris. Et même constat à Enfance et Partage où on parle de véritables scandales. France Gublin interroge et accuse : « Que dire d'autre, quand un instituteur a pu violer plusieurs enfants sans qu'aucune sanction n'ait été prise ? Au contraire, on lui a toujours confié des classes de CP. Dans plusieurs cas, nous avons la preuve que les directeurs d'établissements et le rectorat étaient au courant. Après le délit, pas de sanction, pas de révocation et encore moins de prison. On accorde tout simplement un congé-maladie au coupable, et on le mute ailleurs... où il recommence. Il y a un manque de vigilance évident. »

Dans *L'Ecole souillée,* Eliane Colson-Baerts raconte parfaitement le processus et met en évi-

1. *Le Quotidien de Paris,* 19 octobre 1982.

dence ce tabou professionnel, à partir d'une histoire vécue. Le petit Mathieu a sept ans. Il a été sexuellement victime de son instituteur et s'en trouve totalement perturbé. Or voilà que le directeur de l'école tente d'étouffer l'affaire. Il incite les parents au silence. En vain. Il veut alors les culpabiliser. Peine perdue. Il s'interroge donc sur la crédibilité à accorder aux propos d'un enfant. Les parents tiennent bon. Cette fois, le directeur joue l'intimidation. Nouvel échec. Voilà qu'il se pose maintenant en victime : « Ah ! fait-il en levant les bras au ciel, vous savez, ma fonction est bien ingrate... » Enfin, c'est l'aveu : les tendances pédophiles de l'instituteur de Mathieu — niées voilà quelques minutes — sont reconnues... mais « il nous est imposé par le pouvoir politique ». Conclusion : « Soyons pratiques et revenons à Mathieu. Si vous voulez vraiment le changer d'école, je suis prêt à vous aider[1]. » Démarche exemplaire que je retrouverai dans d'autres cas similaires : l'enfant-victime est « muté » et le maître reste en place... en position idéale de récidive. Là encore, bien sûr, on réprouve moralement ses agissements. Mais on refuse de sanctionner, pour préserver l'image de marque de l'établissement et de l'enseignement en général (public ou privé).

Une source digne de foi me dira pourtant qu'il existe, au niveau ministériel — notamment à la Jeunesse et aux Sports — un fichier national des « personnes indésirables » dans ces professions, pour cause de pédophilie. Qu'il y ait des pervers sexuels dans l'Education, la médecine ou l'Eglise, est inévitable. Comme le dit le commissaire Lefeuvre : « J'en ai connu dans toutes les catégories sociales, du P-DG au clochard. » Logique, au fond. Mais quand ces gens ont autorité sur les enfants, l'impunité est inacceptable.

---

1. E. Colson-Baerts, *L'Ecole souillée*, Ed. Fayard, 1991.

Au cours de cette enquête, plusieurs interlocuteurs m'ont confirmé un laxisme certain de l'administration face au problème de la pédophilie. Un fonctionnaire du ministère des Affaires sociales, a déploré : « Nous savons parfaitement qu'un certain nombre de directeurs d'institutions ont eu des problèmes avec des enfants. L'un d'eux, en particulier, a été mêlé à des faits extrêmement graves. C'est un pédophile récidiviste invétéré. Mais il est toujours en place. Il dirige un établissement important dans la région de P. »

Pourquoi ? La réponse est désarmante de simplicité : « Nous ne sommes pas sensibilisés à cette question », me dit mon interlocuteur. Un autre fonctionnaire ira plus loin : « En réalité, accuse-t-il, c'est un problème idéologique. Un certain nombre de personnes, dans les milieux éducateurs notamment, pensent que les rapports sexuels entre mineurs et adultes peuvent être bénéfiques. » Un policier confirme : « Vous seriez étonné du nombre d'affaires qu'on étouffe. A chaque fois que nous sommes alertés pour des abus sexuels dans des foyers, des institutions ou des colonies de vacances, il y a des pressions. Et, au bout du compte, rien ne se produit. »

Nous verrons dans un autre chapitre, avec l'histoire de Jean-Michel, enfant violé dans un foyer de la DDASS, à quel point ces pratiques sont courantes. J'ai recueilli le témoignage de Jean-Michel en prison, aux Baumettes. Régulièrement violé par ses éducateurs, dès l'âge de neuf ans, il est devenu violeur à l'âge adulte. Mais ces éducateurs-agresseurs, eux, sont en liberté.

Si, en France, nous étions sensibilisés comme le sont les Anglo-Saxons, s'il n'y avait pas — toujours et partout — ces tabous professionnels, sociaux ou politiques, bien des abus sexuels contre les enfants seraient prévenus. Il suffit pour s'en convaincre de reprendre tous les cas d'attouchements ou de viols dans les écoles. A la rubrique Faits divers de *Sud-Ouest,* le 16 mars 1991 : « Le directeur d'école entretenait des relations coupables avec un de ses très jeunes élèves. Inculpé de viols et d'attentats à la pudeur, il a été incarcéré. » L'enfant avait neuf ans et il venait d'être opéré du cœur. Le maître a avoué : « Je suis malade depuis vingt ans et je me soigne pour ça. » Les parents, eux, sont tombés des nues : « Un homme au-dessus de tout soupçon, un enseignant modèle, débordant d'activité. » Question : est-il admissible qu'un pédophile en traitement depuis vingt ans... soit directeur d'école ? Est-il normal que les parents n'en aient rien su ?

Le Havre. Novembre 1991. *Justice-Magazine* titre : « Un instituteur pervers condamné. » En trois ans, il s'en est pris à plus de dix élèves de neuf ans, filles et garçons. Au tribunal, il explique sans détour : « Je n'ai pas fait cela dans un but pédagogique, mais seulement pour assouvir mes passions. » Les psychiatres diagnostiquent une « personnalité de type obsessionnel ». Le substitut du procureur ne trouve aucune circonstance atténuante à l'enseignant : « Les élèves sont devenus des victimes. Les faits sont graves, inadmissibles, intolérables. » Précisions : cet homme avait cinquante-cinq ans au moment des faits. Faut-il attendre l'âge de la retraite et dix agressions pour découvrir qu'un maître modèle, très bien noté... est un pervers sexuel de type obsessionnel ? Apparemment oui, puisqu'à l'autre bout de la France, Alain S., cinquante-trois ans, marié et père de famille, directeur d'un établissement primaire, près de Toulon, a pu violer, dans le cadre de son établissement, deux fillettes âgées de dix et douze ans. Et là encore : « Personne n'aurait pu imaginer une chose pareille », à en croire l'administration.

Faux : tous les psychiatres vous diront que l'on peut déceler les personnalités à risques. On peut découvrir, sans trop de difficultés, les tendances perverses ou pédophiles chez tout individu. En l'occurrence, il faudrait soumettre à un examen psychiatrique préalable tous ceux qui choisissent les métiers liés à l'éducation des enfants. Belle levée de boucliers en perspective ! Suspicion illégitime ! Atteinte aux droits de l'homme ! Viol — sans jeu de mots — du secret médical ! Bref : tabou professionnel.

Conclusion : on donne plus facilement un permis de conduire des enfants à travers l'existence, qu'un permis poids-lourds. Aujourd'hui, en effet, on est admis à vie dans l'enseignement sur la seule « visite médicale d'aptitude », examen de routine ne portant en rien sur le psychisme du postulant. Les textes prévoient simplement que la commission *peut* comporter un psychiatre. Dans les faits, il n'y en a pratiquement jamais. La logique voudrait pourtant qu'à cette visite médicale d'aptitude, il y ait *obligatoirement* un psychiatre. Même remarque pour la médecine, le scoutisme et le reste...

Les métiers de l'éducation, notamment celui de l'enseignement, sont parmi les plus nobles, les plus exigeants et aussi les plus utiles à la nation. Ils méritent donc toute l'attention et le respect de la société... y compris le droit à l'écrémage.

En effet, face à l'enfant, le pouvoir de l'adulte est sans limites. Un fait divers récent montre jusqu'où peuvent aller des professionnels en position d'autorité. Et comment on peut taire le scandale quand le coupable appartient à certaines catégories sociales, en l'occurrence la médecine.

Le commissaire Schneider, qui a dirigé l'enquête, déplore : « On a très peu parlé de cette affaire. Cela est tout à fait regrettable. Il fallait sensibiliser au contraire l'opinion publique à ce genre d'abus, car il faut être très vigilant. » Jugez vous-même. Jean-Philippe Flaud, 48 ans, est médecin anesthésiste-réanimateur à l'hôpital de Beaumont-sur-Oise.

On le décrit comme un homme affable, compétent, dévoué et même spirituel. C'est un notable local dont on vante la culture, notamment musicale. N'est-il pas le chef de chœur de la Chorale des enfants du Marais, à Paris ? Bref, quelqu'un de très bien. A tel point que personne n'a cru le méchant gamin qui fit état, dès 1986, d'attouchements sexuels de la part de Jean-Philippe Flaud... le Dr Flaud. Il fallut attendre deux ans encore, le 27 janvier 1988, pour se rendre à l'évidence. Ce jour-là, le médecin était en prison. Pas pour une erreur de diagnostic, mais pour le viol d'une vingtaine d'enfants. Jean-Philippe Flaud était un authentique pervers sexuel qui photographiait et filmait consciencieusement ses crimes. Sur le bureau du patron de la Brigade de protection des mineurs, pas moins de trente pages pour décrire les sévices que ce médecin indigne infligeait à des petits patients de huit ou neuf ans.

Les photos et les films montrent des enfants sous anesthésie, sodomisés par le Dr Flaud. Aux policiers, il avoue : « J'accumulais l'iconographie pour le plaisir. Je ne la visionnais jamais et je ne la vendais pas. » Toujours cette manie des *voleurs d'innocence*, mystérieuse en l'occurrence, puisque ces pièces à conviction étaient totalement gratuites. Lors du procès, le Dr Flaud n'a pas supporté la projection de ses propres films. Blême, il a supplié : « Arrêtez. J'avoue tout, je reconnais les faits. Collez-moi vingt ans et qu'on n'en parle plus ! » Puis, plus calmement, il a expliqué : « Je souffre dans ma tête. Je veux oublier ces images. »

Alors, on a lu au Dr Flaud son journal intime, son carnet de déroute, où tout était noté : la recherche effrénée du sexe de l'enfant — le voir, le toucher — et la préméditation des viols. On y lit aussi cette conviction : « L'enfant ne parlera pas. » Forcément, un docteur... immunité professionnelle.

Et il est vrai que le Dr Flaud est « tombé »

presque par hasard. Il avait confié à une amie plusieurs cartons remplis de documents. Intrigué, le compagnon de cette mère (dont le propre enfant fut abusé par le Dr Flaud) a ouvert les paquets et il a découvert les photos. Pour parvenir à ses fins, le médecin s'appuyait sur l'autorité que lui conférait sa blouse blanche : « Tu as le sida, et moi j'ai des anticorps. Je vais te les transmettre par mon sexe. Ça restera un secret entre nous. » Ou encore : « J'ai une méthode pour te faire grandir. » Traduisez : fellation, masturbation et sodomisation. A huit ans, on ne s'oppose pas au docteur. Et on ne dit rien aux parents.

Parfois, le Dr Flaud recourait à l'anesthésie. La petite victime endormie, le médecin lui injectait du Valium par voie intrarectale, pour éviter que l'enfant ne se réveille sous le coup de la douleur. En visionnant les cassettes et en étudiant les photos, les enquêteurs ont pu établir le nombre des victimes : plus de vingt. Uniquement des petits garçons âgés de moins de dix ans. Quant aux parents, comment auraient-ils pu soupçonner qu'un médecin se livre à de tels actes dans le secret de son cabinet ? Une mère résume : « J'ignore si je suis victime ou coupable de négligence. »

Nul doute, si le boulanger d'un village de l'Oise avait sodomisé vingt petits garçons dans son pétrin, ou si le boucher de la même ville avait commis les mêmes horreurs dans sa chambre froide, cela aurait fait plus de bruit que le médecin-anesthésiste sur sa table d'opération. La France entière l'aurait su. De la même manière, dans les années soixante, quand un prélat de haut rang et un magistrat très en vue furent compromis dans pareil scandale, leur cas remonta jusqu'au président de la République. On fit disparaître du dossier le prélat et le magistrat. Puis on donna en pâture à la presse les noms des pédophiles ordinaires, également impliqués. La morale était sauve : ni l'Eglise ni la Justice n'avaient trempé dans l'affaire[1].

Autre exemple de tabou social. Autre preuve de la quasi-impunité des notables — même de bas niveau — malgré la gravité des faits. C'est une mère qui témoigne par écrit, auprès d'une association de protection de l'enfance :

« Mon fils, Jérôme, âgé de six ans, s'est fait enlever et violer par un homme à peine sorti de prison pour le même délit. Les autorités le savaient. Mais on n'a rien dit. Depuis sa libération, cet individu avait commis d'autres agressions, notamment sur une petite fille de quatre ans. Les parents avaient porté plainte, mais cela était resté sans suite. Le médecin du village était au courant. L'institutrice et l'assistante sociale aussi. Après le viol de mon fils, je leur ai demandé les raisons de leur silence. Elles n'avaient pas cru la maman de la fillette ! J'ai parlé à cette maman. Après sa plainte restée sans suites, elle n'a pas osé aller plus loin, car le sujet est tabou. Elle a honte. Sa fille s'est fait violer, et c'est elle qui a honte ! »

L'explication du silence collectif nous est donnée par la mère de Jérôme, le petit garçon abusé. Selon elle, l'agresseur appartenait à un véritable réseau de ballets bleus, dirigé par un petit notable local. Elle accuse : « Depuis des années, cet homme s'en prend aux enfants. Certains adultes sont impliqués, les autres ne veulent pas savoir. Et il a de l'argent. Est-ce normal ? J'ai l'impression d'être au Moyen Age. »

Résultat : une famille entière est détruite : « Nous sommes, mes enfants, mon mari et moi-même, plongés dans un drame abominable. Jérôme va très mal. Ses sœurs ne savent plus où elles en

1. *Le Quotidien de Paris*, « Pourquoi ce genre d'affaire a toujours des relents politiques ? », 19 octobre 1982.

sont. C'est une blessure irréparable. On nous demande de quitter la région, car c'est nous qui semons le désordre. La municipalité, les médecins, les assistantes sociales, les instituteurs, les directeurs d'école ont peur, ou ils ne se sentent pas concernés. Quant aux autres parents, ils ne portent pas plainte et les voisins se taisent. »

Comment mieux exprimer l'immunité des uns et la lâcheté des autres ? Quand on lit de tels témoignages, dignes de foi, on se dit que quelque chose ne va pas en notre République. Soit la société sous-estime la gravité de tels actes, soit certains notables sont devenus intouchables. Dans tous les cas, c'est la victime qui dérange. Epilogue de cette triste affaire : la famille de l'enfant violé a dû quitter le village. Là-bas, la vie continue. Et le monsieur respectable qui « s'en prend aux enfants depuis des années » y coule des jours tranquilles.

Nul doute : quand une institution ou une profession sont mises en cause à travers un homme qui a fauté, il est bien difficile pour la justice de suivre son cours normal. Deux faits divers retentissants le montrent : le Coral en 1982 et l'affaire Doucé en 1990. Nous ne porterons pas de jugement sur le fond, mais nous analyserons les réactions de l'opinion publique, de certains intellectuels et du pouvoir politique face à ces deux faits divers. Avec ce constat : dans les deux cas, la recherche de la vérité a été biaisée par le tabou social, car il y avait — directement ou indirectement — des accusations de pédophilie.

Le Coral d'abord. Situé à Aimargues, un petit village du Gard, pas très loin de Montpellier, le Coral est un Lieu de vie pour enfants handicapés, créé en 1976. Il adhère au Collectif réseau alternatif (CRA) qui regroupe trente-cinq Lieux de vie. On y accueille des enfants rejetés par toutes les structures agréées. On y développe une thérapeutique originale : donner de l'amour à ces enfants, vivre avec eux, refuser l'enfermement. En 1982, l'affaire éclate : un ancien pensionnaire du Coral dénonce des actes graves de pédophilie dans ce Lieu de vie. Il sera confirmé par deux mineurs qui disent avoir été sexuellement abusés, puis par l'aveu d'un des éducateurs.

Situons un peu mieux le décor. Un journaliste du *Matin de Paris* décrit : « Planté au milieu des vignes, le Coral n'a rien d'un pavillon propret ou d'un mas de carte postale. A deux pas d'Aimargues, en lisière de la petite Camargue, cette grande maison blanche vit un peu à l'écart, au bout d'un chemin de terre. Un tas de bûches et une vieille voiture déglinguée jouxtent la tonnelle des repas d'été. A côté d'un jardin potager, les poules cavalent entre les flaques d'eau, et les canards ont élu domicile près de l'atelier de menuiserie. Deux chiens pas très méchants caftent le nouvel arrivant. Ce serait une banale cour de ferme si un graffiti bleu ciel qui parle d'amitié et une éolienne bariolée ne mettaient d'emblée sur la piste des communautés post-soixante-huitardes[1]. »

Rarement, une grande maison blanche flanquée d'une éolienne bariolée n'aura fait autant parler d'elle. Car, pendant plusieurs mois, plusieurs années même, le Coral déclenchera la tempête et les passions. Il fera la Une de tous les journaux français. Affaire nationale, affaire politique... parce que le directeur de ce centre et plusieurs de ses collaborateurs sont accusés de pédophilie. Dès le départ, le débat est faussé par cet éternel tabou. En effet, toute une partie de l'intelligentsia se mobilise sur le thème : « Touche pas à mes éducateurs ! »

Ah ! si on avait soupçonné le Coral de couvrir un trafic de voitures volées, il n'y aurait pas eu de croisade. On n'aurait pas crié au complot. Mais là, d'emblée, on a dénié à la justice le droit de

1. *Le Matin de Paris,* 9 janvier 1986.

s'immiscer dans les affaires intérieures d'une institution. Certes, cette expérience était porteuse d'espoirs. Mais aussi, elle véhiculait bien des « risques de bavure et le parcours était semé d'embuches[1] ». Après les accusations des mineurs prétendant avoir été victimes de sévices sexuels, après l'aveu d'un éducateur, on était en droit de savoir. Il fallait « laisser la justice faire tout simplement son travail dans la sérénité », comme le réclamait un éditorialiste. Au lieu de cela, on a assisté à des prises de position souvent folles. Au fond, ce qui était réellement arrivé aux enfants importait peu. On se déterminait en fonction d'une sensibilité politique. La question ne relevait plus de la justice et elle n'était plus : des enfants ont-ils été abusés ou non par des adultes ? Elle était devenue : a-t-on le droit de porter un jugement sur des méthodes éducatives ?

Et ce fut n'importe quoi ! Dix ans après, un enquêteur me dit : « Nous avons subi des pressions politiques incroyables. On avait l'impression de toucher un domaine réservé. » Un intellectuel, qui apporta d'emblée son soutien au Coral, m'avoue : « Je ne me suis absolument pas déterminé en fonction des faits, car tel n'était pas le problème. » Soit ! On cria donc à l'affaire Dreyfus. Et on invoqua Zola.

Certes, ils ont du mérite ces professionnels qui consacrent leur vie aux enfants difficiles. Mais ils ont aussi des devoirs. Eux aussi peuvent fauter et, en tout état de cause, ils ont des comptes à rendre. Coupables ou innocents, ils doivent accepter le contrôle, sans que l'on crie forcément et immédiatement au complot, à la machination ou à la chasse aux sorcières.

Dans cette affaire, la police, la justice et les médias ont été accusés d'avoir « monté en épingle des faits banals ». Trop facile ! Christian Colom-

1. *Idem.*

bani résuma parfaitement le problème, dans un article du *Monde* :

« Rien de plus vil que la calomnie. Ses victimes ne s'en remettent pas. La presse peut se tromper, croire coupable un homme au-dessus de tout soupçon, le blesser d'un trait ineffaçable. Les erreurs du journalisme existent, comme les erreurs judiciaires (...) Pour autant, faut-il rappeler l'affaire Dreyfus, s'en prendre aux journaux, à la Justice, chaque fois qu'une révélation dérange (...) L'incitation des mineurs à la débauche et l'attentat à la pudeur n'inclinent pas, d'habitude, à tant de sympathie. L'indignation ne se porte pas de préférence contre des enfants qui se plaignent d'avoir été sodomisés. Dans ces cas, les soupçons semblent d'ordinaire légitimes, les plus chauds défenseurs se taisent... en attendant[1]. »

Dans l'affaire du Coral, c'est tout le contraire qui se produisit. Ce centre avait beau être marginal, nous touchions au monde de l'éducation. Si ce fait divers avait mis en cause, avec exactement les mêmes éléments, un garagiste ou un contremaître, il n'y aurait eu ni comité de soutien, ni manifestation, et encore moins de pétition au président de la République. Comment mieux mettre en évidence le poids du tabou professionnel... ou idéologique ?

Seconde affaire : la disparition puis l'assassinat, en 1990, du pasteur Joseph Doucé. Là encore, exemplaire. Il y a enlèvement puis mort d'homme. Mais on ne saura sans doute jamais la vérité. Car il y a, dit-on, un arrière-fond de politique et de pédophilie. Un policier me révèle : « Théoriquement notre service aurait dû travailler sur ce dossier... mais il a été confié directement aux Renseignements généraux. A partir de là, on ne sait plus rien. Affaire politique au fort relent

1. *Le Monde*, 27 octobre 1982.

de mœurs, affaire étouffée. » Ou encore, cette réflexion de Thierry Meyssan, président du projet Ornicar : « L'affaire Doucé a débouché sur une affaire d'Etat, mais en aucun cas sur une affaire judiciaire. Il n'y a pas eu un seul inculpé pour ce rapt et ce meurtre. » Et il est vrai qu'on n'a jamais osé dire les choses au public : Que s'est-il passé ? Quels sont les dessous de cartes ? Qui était Doucé ?

Joseph Doucé, un pasteur baptiste né en Belgique, avait créé le Centre du Christ Libérateur (CCL) en 1976, et il avait ouvert à Paris la « Librairie Autres Cultures ». Il offrait une « aide immédiate » aux minorités sexuelles. Auteur d'un ouvrage intitulé *La pédophilie en question,* il proposait dans son centre toute une littérature pour les amateurs d'enfants. Dès 1976, il organisa des réunions de pédophiles. A partir de 1982, ces rencontres sont devenues mensuelles. Plusieurs centaines de personnes y ont participé, en quatorze ans d'activité du CCL.

Le préfet Morin m'explique que la Mondaine était informée de ces réunions pédophiles : « En 1982, j'ai même convoqué le pasteur Doucé dans mon bureau, dit ce policier. Je l'ai prévenu : tant que vous restez entre adultes, ce n'est pas notre problème. Mais attention, si j'apprends qu'il y a des mineurs, je vous coffre. » Le pasteur affirma qu'aucun enfant n'assistait à ces rencontres pédophiles chez lui. Et on en resta là. La revue *Tantale,* sous la plume d'un proche de Doucé, précise d'ailleurs : « S'il comprenait la pédophilie, il était loin d'en encourager la pratique. »

L'hebdomadaire *VSD* a décrit avec précision les réunions en question, qui avaient lieu chaque premier dimanche du mois : « Presque tous les pédophiles présents semblent avoir eu des démêlés avec cette justice qu'ils qualifient d'inquisitoriale. Pour ces hors-la-loi potentiels, la législation n'a plus de secrets, du moins en ce qui concerne les articles relatifs aux mineurs (...) ce qui les intéresse avant tout, c'est de savoir comment l'autre les aime et ce qu'il est parvenu à faire avec eux. » Selon *VSD*, les pédophiles s'y échangeaient récits croustillants et bonnes adresses. L'un raconte comment il caresse les garçonnets dans les cinémas. Un curé évoque le bon vieux temps, quand il conduisait à l'hôtel les enfants qu'on lui confiait. Un instituteur se souvient des gamins auxquels il a goûté sans trop de difficultés : « Quand on travaille avec des enfants, on entretient des rapports privilégiés. » Et l'hebdomadaire d'accuser : « L'affaire Doucé révèle l'existence d'une mafia discrète, puissante, dont les crimes contre l'enfance restent le plus souvent impunis[1]. »

Mais, officiellement, que nous a-t-on dit de cette affaire ? Rien. Tabou social. Inacceptable en démocratie. Le 19 juillet 1990, à vingt heures, le pasteur Doucé a disparu, embarqué par deux hommes se disant policiers. Trois mois plus tard, le 24 octobre 1990, son corps était retrouvé dans la forêt de Rambouillet. A la Brigade mondaine et à la Brigade de protection des mineurs — qui connaissaient toutes deux Joseph Doucé — on a dit : « Ne vous mêlez pas de ça. »

Un an plus tard, la revue pédophile *Tantale* peut écrire sans problème : « Il semble qu'une ou plusieurs personnalités des hautes sphères gouvernementales ne furent pas étrangères à cet événement (...) Pour justifier la disparition du pasteur Doucé, on a laissé croire qu'il aurait exercé un certain chantage sur une personnalité proche du suprême pouvoir. » Et la revue de livrer cette analyse : On ne voulait pas, au départ, faire disparaître le pasteur Doucé, mais simplement l'effrayer par des moyens musclés. On pensait en effet qu'il savait des choses, qu'il détenait des secrets compromettants sur quelque personnalité (pédophile). Cette séance d'intimidation aurait mal

1. *VSD*, n° 688, du 8 au 14 novembre 1990.

tourné, et le pasteur serait mort « sous les mauvais traitements qui lui furent appliqués [1] ».

D'après les différentes sources que j'ai pu consulter, il semble bien que la politique ait pesé de tout son poids dans cette affaire. Si tel est le cas, pourquoi ne pas le dire ? Là encore, on redoute que l'image de la République ne soit éclaboussée par les éventuels dérapages de ses serviteurs. On se refuse donc à crever l'abcès. Attitude très française.

Peu de pays font preuve d'une telle gêne, d'une telle faiblesse ou d'un tel laxisme, en tout cas d'un niveau aussi bas de sensibilisation, face aux écarts de professionnels de l'éducation et de certaines personnalités pédophiles. Un interlocuteur américain, fin connaisseur de notre société, m'a affirmé : « Chez nous, cela ne pardonne pas. Quel que soit le contexte, quels que soient le pouvoir et la position sociale de l'adulte incriminé, l'abus sexuel contre un enfant est toujours un crime grave. Mais il semble que, chez vous, cela ne soit pas rédhibitoire. On m'a même dit que l'on pouvait, en France, être pédophile et ministre. »

Même remarque au Canada, où on m'a présenté le fils d'un important industriel... en prison. Il s'agissait d'un pédophile lourdement condamné. On me fit alors observer : « Chez vous, en France, on aurait sans doute étouffé l'affaire... et ce type serait en liberté. »

A chacun sa conception de l'image de marque.

---

1. *Tantale Magazine*, n° 7, décembre 1991.

# Deuxième partie

# SOIGNER

# VII

## DEUX APPROCHES

Il y a dans une prison française un homme de vingt-six ans, condamné à quatorze ans de détention pour le viol d'un enfant. Il sortira en 2005 et, déjà, il annonce : « Je recommencerai. » C'est programmé, il me l'a dit. Du fond de sa cellule, il nous appelle : « Aidez-moi, soignez-moi ! » Il accepterait même la castration, tant l'idée de récidiver lui est insupportable. Mais personne ne l'entend : « On me laisse comme ça, sans réponse... En 2005, à la sortie de prison, je serai le même, avec la même pulsion et personne pour m'attendre. Alors, je repartirai en chasse, du côté des cités. Ce sera plus fort que moi. »

Scénario classique. D'où ces faits divers d'une désespérante répétitivité : à peine libérés, les *voleurs d'innocence* condamnés cinq, dix ou vingt ans plus tôt, récidivent. Tant pis pour la petite fille ou le petit garçon qu'ils auront croisé sur leur chemin.

Pourtant, il y a des solutions, il y a des traitements que la France se refuse à mettre en place. Question de moyens, mais également de mentalités.

En février 1992, on envoyait à Tunis un avion spécial pour permettre à l'ex-terroriste Georges Habache de se faire soigner à Paris. Mais, faute de crédits, le ministère de la Santé annulait une mission d'étude au Canada sur les méthodes de traitement des délinquants sexuels.

Dommage. Car les Québécois ont une approche du problème qui mérite réflexion. Nous allons suivre, dans le détail, cette expérience. Mais d'abord, à travers deux histoires vraies — celle de Gérard, à Montréal, et celle de Jean-Michel, à Marseille — voyons comment deux sociétés réagissent et répondent différemment à un même crime.

**Montréal.** Gérard a trente-sept ans. Cadre moyen, décontracté, il se raconte avec calme et lucidité... une lucidité froide à faire trembler. D'emblée, l'aveu : « J'ai été condamné à quatre ans de détention pour viol d'enfant, avec séquestration. »

Voilà pour le palmarès. Passons à l'autobiographie : « Chez nous, c'était sévère. Ma mère était très dure. Dans la famille, on se parlait peu, même entre frères et sœurs. Nous n'avions pas le droit d'amener des amis à la maison. En fait, je me sentais mieux chez les autres... ma mère, pour tout dire, me faisait peur. Quant à mon père, il ne disait rien. Il travaillait tout le temps. J'ai eu très peu de contacts avec lui.

Plus tard, vers quinze-seize ans, je me suis senti attiré par les enfants plus jeunes, par les petits. Avec eux, j'étais à l'aise. Ils m'écoutaient, ils m'obéissaient. A l'inverse, les relations avec les personnes de mon âge étaient difficiles. A l'adolescence, j'avais peur des jeunes filles. J'avais envie d'aller leur parler, mais je n'y arrivais pas. Avec les enfants, au contraire, tout était simple.

A vingt-trois ans, Gérard recueille un gamin en fugue, un gosse de onze ans qui a quitté son domicile depuis plusieurs semaines. Il lui impose un rapport sexuel : « J'étais très attiré par cet enfant. Au début, c'était exclusivement une pulsion érotique. Puis je m'y suis attaché... je l'aimais. Mais lui, il a commencé à voir d'autres adultes, à se faire des amis. Et ça, je ne l'ai pas accepté. Je le voulais pour moi tout seul. J'étais terriblement jaloux. Finalement, le gosse est parti... j'étais furieux. L'idée, obsessionnelle, de tuer des enfants est apparue à ce moment-là. C'est devenu un fantasme permanent. Je voulais aimer un enfant et puis le tuer. C'était une manière de le garder entièrement à moi, pour qu'il ne m'échappe pas. » Utopie de la possession absolue.

Par les réseaux pédophiles, Gérard rencontre d'autres petits garçons. Et quand l'un d'eux ressemble au gamin qu'il aimait, qu'il a « perdu » — comme il dit —, Gérard imagine des scénarios d'horreur, toujours les mêmes : attirer l'enfant chez lui, l'aimer et enfin le tuer. Il avoue : « J'avais cela en tête, jour et nuit. Mais j'étais incapable de passer à l'acte, car les gamins se mettaient à pleurer, à m'implorer... et ma rage tombait. Dès qu'ils étaient partis, les fantasmes de meurtre revenaient. »

Un soir, en cherchant un enfant dans la rue, Gérard repère un petit garçon qui marchait tout seul : « J'étais en voiture, il n'y avait pas de témoins. Alors, sous la menace d'un couteau, j'ai fait monter le gosse et nous sommes partis vers la campagne. J'ai trouvé un chemin. Là, j'ai commencé à tripoter le gamin, puis j'ai abusé de lui, avec toujours cette envie de le tuer. Il m'a supplié de l'épargner, promettant de ne pas me dénoncer. Alors, je l'ai ramené à trois rues de chez lui et il s'est enfui en courant. »

Une heure plus tard, Gérard était arrêté. C'est là qu'il écopa de quatre ans de prison. Aujourd'hui, il a purgé sa peine. Il est libre. Mais durant sa détention, il dû se soumettre à une thérapie, à l'institut Philippe Pinel, à Montréal, dans l'unité de traitement pour les délinquants sexuels. Ce centre a été créé voilà treize ans, à la suite d'un quadruple meurtre d'enfants au Québec. Secoués par ce drame, les autorités et la population prirent conscience de la nécessité de faire quelque chose. Gérard fut l'un des premiers patients : « Nous l'avons suivi médicalement depuis le début, confirme le Dr Jocelyn Aubut, patron de cette unité. Gérard a effectué la totalité de sa peine. Le traitement n'est en aucun cas un substitut à la prison. Au contraire, ces gens-là doivent savoir qu'ils sont des criminels. Mais ce sont également des malades. Alors, plutôt que de les relâcher dans la nature avec leurs déviations, la médecine les prend en charge. Je dirais que ce sont des *malades-délinquants.* »

C'est donc d'un Gérard libre dont il est question ici. Libre, mais suivi par les médecins et astreint à une consultation psychiatrique mensuelle dans les services du Dr Aubut. Quel est aujourd'hui le discours de Gérard ? C'est toujours celui d'un adulte attiré par les enfants : « Ça ne se guérit pas. » Mais aussi d'un adulte conscient de sa déviation, de ses pulsions : « Ça se contrôle. » A l'institut Pinel, pendant ses années de détention-traitement, on a enseigné à Gérard comment lire en lui, comment prévenir le passage à l'acte, comment enrayer le processus pervers. Il explique lui-même : « Aujourd'hui, je suis dans la réalité. Mes fantasmes ont reculé. Et quand ils pointent, je sais qu'il me faut réagir, appeler à l'aide. Récemment, j'ai failli chuter. Je suis tombé sur un gamin qui a réveillé mes démons... mais j'ai eu la lucidité d'en parler au psychiatre. Ça m'a sauvé. Et ça a sauvé le gosse. »

Quand on connaît l'histoire de Gérard, on mesure le chemin parcouru. Le Dr Aubut précise : « Quand il est arrivé en fin de peine, il a bien fallu le libérer. Comme chez vous, c'est la loi. Mais il était toujours habité par son fantasme, la pulsion de tuer des enfants... Nous lui avons dit : *Tu vas replonger, tu vas détruire un être innocent et te détruire toi-même... alors, continue le traitement.* Et ça a marché. »

Un jour, Gérard est revenu de lui-même à l'institut Pinel. Il a déposé un couteau sur le bureau du psychiatre, avec ces mots : « J'ai failli faire une connerie. Heureusement, le signal d'alarme a fonctionné dans ma tête... » Aussitôt, on l'a hospitalisé. Depuis un an, Gérard a orienté sa sexualité vers les adultes. Ceux qui le traitent ne relâchent pas pour autant leur vigilance : « On le suivra à vie. » Au moins, sait-on où il en est, semaine après semaine. Au moins connaît-on ses hauts et ses bas. Au moins prévient-on la récidive : « Chez vous, ce type-là serait complètement livré à lui-même. Sa peine purgée, il ruminerait toujours dans sa tête ses projets de viols et de meurtres. Et il finirait par récidiver. Mais la société aurait bonne conscience, car il aurait payé sa dette... » constate le Dr Aubut.

Chez nous ? Avant de suivre, dans le détail, les différentes étapes du traitement pratiqué à l'institut Pinel, avant de voir ce qu'on y propose aux *voleurs d'innocence,* écoutons Jean-Michel, pédophile, multi-récidiviste. Depuis sa cellule des Baumettes, à Marseille, c'est lui qui implore : « Aidez-moi, soignez-moi ! » Devant ses juges, devant son avocat et devant moi, il a même crié : « Je préfère être castré, plutôt que de vivre ainsi, avec cette pulsion qui gâche ma vie et celle de mes victimes. » Mais personne ne lui répond. Jean-Michel, c'est l'homme qu'on ne veut pas entendre. A lui seul, il symbolise les lacunes et les lâchetés de notre système judiciaire.

**Marseille.** Ce jour-là, il pleuvait. Derrière la porte métallique et derrière les murs gris, ce n'est pas une maison d'arrêt, c'est une ville entière : deux mille cinq cents détenus, sept cents gardiens et employés. Les Baumettes, prison-symbole. Construite à la fin des années 30, tristement étrennée par les Allemands, bastion des *parrains* marseillais dans les années 60-70, elle abrite aujourd'hui une population jeune, trop jeune, à majorité émigrée. Petits délinquants, voleurs-dealers, nés d'une urbanisation incontrôlée, ils sont les enfants des cités, de la rue et du sida. Une devise leur colle à la peau : « No future. » Pour eux, il n'y a ni prof, ni curé, ni famille, et encore moins de patron... seulement la *bande*. Comme le résume Pierre Delattre, directeur des Baumettes : « Ils sont le miroir d'une société qui a perdu ses repères et cherche ses marques. »

Dans le parloir des avocats, au premier étage, un homme m'attend. Lui aussi « a perdu ses repères et il cherche ses marques ». Jean-Michel, c'est lui. Le pédophile, le violeur d'enfants. Et comme toujours — je devrais pourtant m'y être habitué ! — il ne correspond pas au cliché. Le « monstre » est plutôt sympa. Dans cette prison, dans cet univers fermé, avec des grilles à chaque fenêtre, avec l'odeur d'eau de javel, avec le bruit lointain des clefs dans les serrures, c'est encore plus flagrant : quel gâchis ! Jean-Michel l'admet d'emblée : « Je suis condamné à passer ma vie entre ces murs, à cause de cette foutue pulsion ! C'est pas possible, une chose pareille. Il faut faire quelque chose. Il faut m'aider. »

Jean-Michel a vingt-six ans et un physique à la Dutronc. Même sourire, même regard transparent. Même teint aussi, un peu blême : « Sauf que moi, plaisante-t-il, ce n'est pas à cause des nuits blanches... Cela fait des mois que je ne suis pas sorti de ma cellule... Je n'ose pas. Je ne vais même pas à la promenade, je ne prends pas l'air depuis un an, car j'ai peur qu'on me frappe. Ici, les gars comme moi, ceux qui touchent aux enfants, reçoivent des coups de couteau. Ils en prennent plein la gueule. En prison, on n'aime pas les violeurs d'enfants. Les autres détenus sont complètement fêlés. Ils poussent les pédophiles dans les escaliers. Ils leur cognent la tête contre les murs... Alors moi, je reste terré au fond de mon trou. J'en ai même attrapé des problèmes de circulation sanguine. »

Un silence, un regard étrange : « Je n'en peux plus. J'en ai pris pour quatorze ans... Je ne tiendrai jamais le coup. On me mélange aux voleurs de voitures et aux dealers, mais ce n'est pas le même problème. Moi, je veux bien être condamné. J'accepte la détention. Je paye et c'est normal, car ce que j'ai fait est dégueulasse... Mais il faut me soigner aussi. Je suis un malade et on ne m'aide pas. Je ne vois même pas de psychiatre. Ou alors, ceux que j'ai vus en coup de vent se sont moqués de moi. Pourtant, il faut faire quelque chose. Je voudrais tellement pouvoir me passer des enfants, avoir une sexualité normale, avec des femmes. C'est tout ce que je demande... Mais là, je suis vraiment mal dans ma peau. »

Jean-Michel, en jean et gros pull de laine, mains libres, cigarette sur cigarette, semble ne plus voir son environnement. Nous sommes dans un box minuscule — un mètre et demi sur deux — seuls, sans autre surveillance qu'un gardien, là-bas, très loin, à l'entrée. Pas de caméras, pas de micros. C'est ici que les détenus rencontrent leurs avocats. La direction de l'Administration pénitentiaire, à Paris, a autorisé cet entretien avec Jean-Michel, sans autre condition que le respect de la « règle de l'anonymat du détenu ». L'avocat du condamné, maître Thierry Ospital, me présente son client. Puis il nous laissera seuls, face à face, pendant plus de quatre heures, pour remonter le temps, pour démonter les rouages d'une vie.

« Je me suis attaqué à un enfant de neuf ans, explique Jean-Michel, sans aucune réticence. C'est pour cela que je suis en prison. Mon seul crime est d'avoir couché avec lui... et avec d'autres, avant. Mais je ne pourrais pas tuer, je ne pourrais pas enlever la vie... J'aime trop les enfants pour faire une chose pareille. Simplement, j'ai des attirances, des pulsions, et je n'y peux rien. C'est comme un mec qui est attiré par une superbe nana... impossible de se retenir. Ça ne se contrôle pas. Pour vous faire comprendre : ici, en prison, je continue à fantasmer sur les gosses. A la télé, je regarde les émissions avec des enfants. Je repense à ce que j'ai fait avec eux, quand je les ai agressés, dehors. Je prends mon plaisir comme ça... Je fantasme là-dessus. Je n'ai rien d'autre à faire, rien d'autre pour m'occuper l'esprit. Moi, mon plaisir, c'est de les déshabiller et de me frotter sur eux, mon sexe sur leur petit zizi. Je ne pourrais pas être violent, mais c'est une obsession, j'aime ça, je jouis comme ça. Ici, en prison, je ne peux plus leur faire de mal... Mais la frustration s'accumule, je suis en manque. Alors, ce désir, cette pulsion sont encore plus forts qu'avant. »

Je laisse parler Jean-Michel. Il m'a dit : « Ça me fait du bien de raconter cela. Ici, personne ne m'écoute, personne ne m'entend. Il n'y a que l'assistante sociale. Je l'aime bien... Je n'ai jamais eu d'affection, jamais eu de tendresse dans ma vie. Alors, quand quelqu'un s'intéresse à moi, je m'accroche, je ne veux plus le lâcher. »

Et voilà que l'enfance remonte à la surface. A l'âge de deux ans, Jean-Michel est abandonné par sa mère. Aussitôt, il est placé dans un foyer de la DDASS, en région parisienne. Le ton monte, les mots s'entrechoquent : « Tout est parti de là, accuse-t-il. Vous ne savez pas ce qu'ils m'ont fait à l'orphelinat. Vous ne savez pas ce qu'ils font aux enfants dans ces foyers. Moi, ils m'ont violé... Oui, les éducateurs m'ont violé quand j'avais neuf ans. C'est le seul souvenir qui me reste de l'enfance. Quand j'ai voulu en parler, porter plainte pour ça, on m'a envoyé balader, on a déchiré mon papier. Là où j'étais, les gosses subissaient tous les soirs des agressions sexuelles de la part des éducateurs et des gardiens de nuit. On se faisait violer dans nos lits, on se faisait sodomiser, à côté des autres gosses qui ne pouvaient rien dire, qui étaient morts de peur. Tout le monde pleurait, mais les adultes nous disaient : *Taisez-vous ! C'est normal ce qu'on fait !* Je vous jure que c'étaient des pratiques courantes. A mon procès, je l'ai dit, c'est dans le dossier. Et mon avocat le sait aussi. »

Jean-Michel explique que les éducateurs s'en prenaient à des enfants de six à neuf ans et il accuse : « C'étaient des pédophiles, tout le monde le savait. Moi, j'ai essayé d'en parler au directeur du foyer, mais lui aussi était dans le coup. Il avait *son* gosse. Alors, nous devions subir cela, c'était l'horreur. On entendait les cris des enfants qui se faisaient pénétrer. Et croyez-moi, quand on est gamin, ce n'est pas agréable, ça fait mal... »

Soudain, la colère : « Ce sont eux les responsables ! Ils nous ont déglingués ! Ce sont eux qu'il faudrait condamner... ce sont des enculés ! Nous, nous ne pouvions pas nous défendre. Notre foyer était isolé. Nous n'avions pas de famille, pas de contact avec le monde extérieur et nous étions trop petits. A dix ans, j'ai voulu voler une mobylette et foncer pour dénoncer cela, ce qu'on nous faisait subir. Mais je ne savais même pas où se trouvait la direction de la DDASS. Ça devait être très loin, car on ne les voyait jamais. Alors, je fuguais. Je me cachais dans une maison abandonnée, avec un copain. Un jour, deux jours. Mais il fallait bien revenir au foyer... On ne nous faisait aucun reproche, on ne nous disait rien. Simplement, on recommençait, on nous sodomisait et nous ne pouvions toujours rien dire. C'était un accord tacite. La journée, les éducateurs faisaient leur boulot, ils s'occupaient de nous. Et la nuit, ils prenaient leur plaisir sexuel avec nous, avec nos petites fesses. Que voulez-vous faire ? »

Jean-Michel me parle droit dans les yeux. Il a

l'accent de la sincérité et de la rage trop longtemps accumulée. Il se libère de cette honte qui, enfant, l'empêchait de parler : « J'y avais droit tous les jours, dit-il. Nous étions trois enfants par chambre. Les deux autres étaient terrifiés. Les éducateurs qui me prenaient par les fesses me disaient : *Laisse-toi faire. Ça te fera du bien.* Et ils me pénétraient de force, ils m'éjaculaient dessus. J'étais dégoûté. Je voyais un produit blanc qui sortait de leur zizi... je ne comprenais rien, mais c'était dégueulasse... alors eux riaient, et ils répétaient que c'était normal, qu'ils avaient le droit de faire cela. Dans ma tête d'enfant, j'ai fini pas me dire : *Ils ont peut-être raison. Eux, ce sont les grands, ils savent. Et puis, ils représentent l'Etat. Je suis un pupille de la nation et eux, ils sont comme mes parents. D'ailleurs, on ne les punit pas.* »

Voilà pour l'enfance de Jean-Michel. Voilà pour le rayon des souvenirs. Il constate : « Je n'ai connu qu'une chose, je ne me rappelle que d'une chose : des zizis d'hommes en érection. » Son univers, son horizon. Conclusion : « Je ne vivais pas une enfance normale, mais je ne pouvais pas le savoir. Pourtant, j'avais la haine en moi, j'avais envie de faire du mal au monde entier. J'ai essayé de me tuer... je ne voulais plus vivre après des choses comme ça. J'avais mal dans ma tête, j'avais mal dans mon ventre. Je voulais m'échapper dans un autre monde, ou me laisser mourir, tout seul dans mon coin. Je passais mes journées à pleurer. Je refusais les autres. Je voulais me construire mon petit bocal pour moi tout seul, et ne plus entendre parler du reste. J'étais un gamin, mais je m'interrogeais toujours : Est-ce que la vie vaut la peine d'être vécue ? Est-ce que la vie peut être belle ? »

Je demande à Jean-Michel pourquoi, après avoir souffert de cela, il a infligé le même traitement à d'autres enfants. Est-ce par haine ? Par vengeance ? « Pas du tout, répond-il. Simplement, dans la vie — je vous l'ai dit — je n'ai connu que cela. Je n'ai pas eu de mère. Il n'y avait pas de femmes dans mon entourage... seulement des hommes qui m'ont sodomisé. On ne m'a rien appris d'autre. Si vous me donnez une jolie fille, je ne saurais pas quoi en faire, je n'oserais pas. J'ai peur des femmes. Un jour, j'ai essayé avec une prostituée. J'ai eu une érection, mais au moment de la pénétrer, ça a été la catastrophe... je n'ai pas pu. On ne m'a pas appris. »

Jean-Michel baisse les yeux : « Vous savez, prendre un sexe d'homme dans les fesses, quand on est enfant, c'est horrible. Ça fait mal, ça déchire, ça vous marque à vie. Mais, en même temps, avec l'âge, j'ai fantasmé là-dessus. J'ai évolué dans ce sens-là... j'ai fini par y trouver un certain plaisir... et j'ai voulu aller plus loin. Alors j'ai reproduit cela. »

A l'âge de quinze ans, l'enfant violé est devenu agresseur. Jean-Michel a été placé dans une famille d'accueil, et il s'en est pris à un garçon de sept ans. Il secoue la tête : « Mon seul vœu serait de revenir en arrière et de recommencer une autre enfance, car la mienne fut vraiment moche. » Il lui revient son seul souvenir heureux : « Parfois, j'allais chercher un tube de lait concentré Nestlé à l'épicerie et je le buvais tout entier. J'aurais fait des folies pour ça. » Un autre souvenir se présente, in extremis : « Avec cette famille d'accueil, j'ai voyagé... un jour, ils m'ont emmené à Mâcon. » Ça l'a marqué, Jean-Michel. Et je retrouve chez lui, ce côté puéril de tous les pédophiles rencontrés au cours de cette enquête : « C'est vrai, admet-il sans difficulté, je suis resté un gosse. Les adultes, je ne sais pas leur parler. Je n'ose pas aller vers eux. Je me sens mal, j'ai des complexes. Ils me font toujours peur. Mais avec les enfants, ça va. Je sais les mettre en confiance. Et ils sont tellement beaux, tellement gentils, tellement innocents. »

Voilà pourquoi, à quinze ans, Jean-Michel, l'enfant abandonné, l'enfant violé, s'est frotté sur un gamin de sept ans et a pris du plaisir à éjaculer sur lui : « Je me dégoûtais et en même temps j'étais heureux. Je ne voulais pas le souiller mais je ne pouvais pas le lâcher. C'était une pulsion très forte... la première fois qu'elle se manifestait en moi. »

Elle reviendra cette pulsion, parfois puis toujours : « Au moment de l'acte, je ne me rends compte de rien, dit-il. Mais après, j'ai honte. Je me souviens de ma propre vie, de mes souffrances. Alors, je réalise qu'à mon tour j'ai brisé un enfant en abusant de lui. Je comprends qu'il ne faut pas faire ces choses-là, c'est dégoûtant. Mais le mal est fait. Je n'y peux rien. »

Lorsqu'il atteindra sa majorité, Jean-Michel aura déjà été traduit deux fois devant les juges, pour le même délit : viol sur un mineur de moins de quinze ans. Il avoue : « Des enfants, j'en ai vraiment eu beaucoup... des gosses de sept-huit ans, toujours des petits garçons. Les petites filles me font peur, elles m'intimident. » Contre sa pulsion, Jean-Michel ne peut pas lutter : « A peine sorti de prison, j'allais draguer du côté des cités, dit-il. C'était comme un appel. Ça commençait par des mains moites, puis des tremblements... Il fallait que j'y aille. Et dès qu'un enfant mignon passait par là, je ne le lâchais plus. Il fallait que je passe mon plaisir sur lui, que j'éjacule sur lui. Après, c'était fini, la pulsion était retombée... Quand on a ça dans le sang, ça arrive n'importe où, n'importe quand. C'est fréquent et ça ne se contrôle pas. »

A nouveau, son regard clair, direct, et un sourire : « J'en ai eu beaucoup... Jamais je ne les ai giflés. L'enfant fait toujours ce qu'on lui demande. Il faut le mettre en confiance. » Dans la pièce minuscule, avec une faible lumière qui tombe d'un soupirail, assis sur une chaise et le dos rivé au mur, Jean-Michel fantasme à haute voix : « Je les aime vers huit-neuf ans. Après, je ne peux pas... leur sexe est trop gros. Mais les petits, j'aime me frotter sur eux... Pour la pénétration, je n'insiste pas si ça leur fait mal. Je ne veux pas les défoncer comme on m'a défoncé quand j'étais gosse. Je ne veux pas les rendre fous, ni détruire leur vie comme on l'a fait avec moi. Mais, dans ces moments-là, j'ai envie de crier ce que j'ai subi. »

Les circuits pédophiles — « là où on trouve des messieurs très bien qui s'envoient en l'air avec de pauvres gamins » —, Jean-Michel connaît, mais il dit ne pas y aller : « Je fais cavalier seul. Les cités, les cinémas. Toujours le même scénario. Je repère l'enfant qui me plaît. Je sais parfaitement que je vais faire une connerie, mais je n'y peux rien. Il faut que je me "farcisse" le gosse... excusez-moi l'expression. Alors, je l'attire à l'écart. Je lui fais baisser son pantalon. Je me mets sur lui... il faut que je me soulage, que je passe mon plaisir. Quand l'impulsion est là, je ne pense plus au risque ni à la prison. Après une condamnation, à la sortie de Fleury-Mérogis, le premier enfant que j'ai vu, je l'ai suivi. Je ne pensais qu'à une chose, me soulager tellement j'étais en manque. »

Autre condamnation et autre sortie de prison : « Le soir même, je suis allé voir des enfants dans un foyer de la DDASS. J'en ai pris un — il avait neuf ans — et je lui ai proposé de faire l'amour. Il ne voulait pas. Alors, je l'ai emmené dans un champs de maïs... Il était tellement beau, ce gamin... Je lui ai pris le cul. Il n'a pas crié. Il m'a dit qu'il avait déjà été pris. Quelqu'un avait abusé de lui au foyer... Après, il m'a dénoncé et j'ai été condamné à quatre ans, plus cinq ans de mise à l'épreuve. J'avais vingt ans. J'ai demandé au juge à être soigné, à être castré s'il le fallait, car je voulais m'en sortir, ce n'était pas une vie. Le président du tribunal m'a dit : *En France, on ne soigne pas. Et la castration est interdite.* Alors, je suis allé en prison. Là, personne ne s'est occupé de moi. Je n'ai même pas vu de psychiatre. Mais j'avais toujours mes fantasmes. J'ai été libéré en 1989. Personne ne m'attendait à la sortie. Je n'avais pas d'argent, pas de valise. Les mains dans les poches et les enfants en tête. Un mois après, j'ai replongé. Je suis reparti en chasse dans les cités et toujours le même topo. »

Jean-Michel répète la phrase maudite : « Sur le coup, je ne me rends pas compte. C'est seulement après que je prends conscience. » Le voilà donc, à peine sorti de prison, dans un parking avec un pauvre gamin de neuf ans, pantalon baissé et sexe en érection... « Comme je suis fiché, on me retrouve rapidement. Et j'avoue parce que je veux bien. »

Et là, Jean-Michel nous donne une clef : « Si je fais cela, à chaque fois, c'est pour mon plaisir bien sûr. Mais c'est aussi pour appeler au secours. Je voudrais qu'on m'entende, mais personne ne m'entend. Si on ne m'aide pas, ça ne passera pas. Je crèverai en prison. Et des gosses blessés, il y en aura d'autres. Je ne demande pas de miracles : simplement de vivre normalement, qu'on m'enlève cette pulsion, qu'on trouve une solution. » Un cri, pathétique, sincère : « Je ne veux plus m'attaquer aux enfants. » Et une évidence : « La prison ne réglera rien. Ici, je souffre terriblement... Quand je sortirai, en 2005, j'aurais 39 ans. Je vous le dis honnêtement : si on ne me soigne pas, je recommencerai. Je ne pourrai pas m'en empêcher. »

« Honnêtement », le mot me frappe, dans ce lieu et dans la bouche d'un *voleur d'innocence*. C'est pourtant bien de cela qu'il s'agit. Jean-Michel veut se racheter. A la société, il demande de l'aide et il propose un contrat de confiance : sa guérison contre la sécurité des enfants.

Jean-Claude Karsenty, directeur de l'Administration pénitentiaire, est conscient du problème : « Il est vrai que ces gens-là sont punis, mais ils ne sont pas soignés, constate-t-il. Nous n'avons ni les moyens ni le savoir-faire d'une prise en charge psychiatrique pour ce type de délinquance. Ce n'est d'ailleurs pas notre mission. Il faudrait que le ministère de la Santé prenne les choses en main et que le traitement médical des condamnés relève de son budget. »

L'itinéraire de Jean-Michel est — d'une certaine manière — exemplaire. Après quatre séjours en prison, toujours pour viols d'enfants, entre 1983 et 1989, après autant de récidives dans les deux mois de sa libération, il replonge en 1991... en toute conscience. Cette fois, il enlève un petit garçon de neuf ans, le conduit chez lui, le drogue et assouvit son éternel fantasme pédophile. Puis Jean-Michel téléphone à un psychiatre, avant d'appeler les parents de sa victime et enfin la police pour se livrer. Un an après, dans le box de la prison des Baumettes, il m'explique : « En faisant cela, en commettant ce nouveau délit mais surtout en téléphonant à la police pour me livrer, j'ai voulu dire : *Il y a ici un jeune homme, un Jean-Michel qui a vraiment des problèmes et qui veut être soigné. Aidez-le.* C'était un appel au secours. Si je n'avais pas appelé les flics, on n'aurait pas su que c'était moi le violeur. Là, j'ai pris quatorze ans de prison, volontairement. Je ne regrette pas. Seulement, j'ai fait cela pour qu'on m'aide, pour qu'on me soigne. Je veux qu'on me retire cette pulsion. Je répète que je suis prêt à tout, même à être castré. Mais personne ne me répond. On me laisse croupir dans ma cellule, sans aucun traitement. Quand un drogué appelle au secours, on lui répond. Quand c'est un pédophile, on s'en fout. »

Jean-Michel se prend la tête entre les mains. Il répète, comme si la chose était impossible : « J'ai téléphoné à la police. J'ai dit : *Je veux me livrer. Je ne veux pas finir mes jours en prison. Je ne veux plus détruire des enfants. Je veux porter une alliance, avoir une femme et des gosses qui me sautent au cou, sans que je leur fasse de mal... c'est mon rêve. Je veux qu'on protège les enfants et qu'on me protège d'eux.* Mais il n'y a personne, en France, pour comprendre ce discours ! »

Calme à nouveau, Jean-Michel affirme : « Au fond, mieux vaut fermer sa gueule. Si je suis sage, si je fais des études, j'aurai des remises de peine. Je gagnerai quelques années... et je pourrai recommencer. C'est vraiment absurde. »

Maître Ospital confirme : « En France, il n'y a pas de solution adaptée à ce genre de cas. Il n'y a pas de collaboration entre le carcéral et le médical. Notre système judiciaire est celui de l'échec. Il arrive en bout de course, quand le crime est commis. Et là, on ne résout rien, on ne soigne pas. On punit, un point, c'est tout. » L'avocat s'adresse directement à Jean-Michel, son client : « Quand vous sortirez d'ici, dans une dizaine d'années, rien ne sera réglé. Vous l'avez dit : vous recommencerez. Le système judiciaire va faire en sorte de vous libérer plus tôt. Il vous renverra plus vite à la case départ. En quelque sorte, on va hâter votre récidive. »

Jean-Michel approuve : « Exactement ! » Et Thierry Ospital d'ajouter : « Il faudrait qu'on vous soigne durant la détention. Vous imposer un traitement après votre libération ne sert à rien. Vous êtes incapable, par vous-même, de vous y soumettre. » Nouvelle approbation de Jean-Michel. Comment mieux illustrer les limites de notre système judiciaire ? Comment mieux expliquer le cercle vicieux qui conduit le *voleur d'innocence* du délit à la prison et de la prison à la récidive ?

Pierre Delattre, directeur des Baumettes, et Jean-Claude Karsenty, directeur des prisons françaises, le savent. Hélas ! on leur demande simplement de garder des criminels. Pas de les remettre dans le droit chemin. Heureusement, le débat est ouvert : « Beaucoup de choses ont évolué en dix ans, » note Pierre Delattre. Quand on parle de l'expérience canadienne à ces professionnels, ils se disent à la fois ouverts et séduits. Reste à convaincre les politiques — et l'opinion — de la nécessité de soigner en prison les délinquants sexuels.

# VIII

## VOULEZ-VOUS ÊTRE SOIGNÉ ?

La thérapie proposée, au Canada, aux *voleurs d'innocence* et aux pervers sexuels en général, est un processus long. Elle débute avant même le procès. Elle se poursuit dans une unité de traitement spécialisée, durant la captivité du coupable. Elle se prolonge, pratiquement à vie, après sa libération. Ainsi, peut-on parler de trois phases dans ce traitement médical mis au point par une équipe de psychiatres de l'Institut Pinel, à Montréal. Ces trois phases, je les ai suivies. Toutes les portes m'ont été ouvertes, mais aussi tous les dossiers. On m'a donné accès aux patients, au personnel d'encadrement, aux familles. J'ai pu interroger les condamnés en cours de thérapie, à chaque phase de la prise en charge médicale, c'est-à-dire depuis leur crime jusqu'à leur réinsertion dans la société. Expérience unique, expérience fascinante et enrichissante. Ouverture du corps médical, envers un journaliste, inimaginable chez nous, en France, où il ne faut pas mélanger le savoir et la vulgarisation. Les spécialistes et le public.

Le Dr Aubut m'a donné rendez-vous au Centre de psychiatrie légale de Montréal (CPLM), rue Sainte-Catherine, au centre ville. La chaussée est balayée par un vent glacial qui soulève un brouillard de neige — la *poudrerie,* comme on l'appelle ici — obligeant les voitures à rouler en code. Peu de piétons. Moins vingt-neuf degrés. Avec la faillite spectaculaire d'un homme d'affaires local — un homme apparemment très populaire —, le froid est le principal sujet de conversation, dans les bars ou à la radio : « Un record... des températures polaires », dit-on. Pourtant, les postiers sont en tournée. Le règlement stipule qu'on arrête le travail à partir de moins cinquante, comme dans le Grand Nord. Le taxi me dépose devant un building récent. Une plaque : « Centre de psychiatrie légale. » Neuf heures. Le psychiatre est là... avec trois ou quatre pervers sexuels. Ils sont en préventive, en attente du procès.

C'est la phase un de la prise en charge médicale des pervers sexuels, la séance dite d'évaluation. Tous sont coupables. Les faits ont été avérés et reconnus. L'évaluation a été demandée par le juge ou l'avocat. Une dizaine de cas par mois, pour une ville de deux millions et demi d'habitants. Ces hommes ont violé. Ils ont agressé des femmes ou des enfants. Objectif de l'évaluation : déterminer s'ils sont aptes au traitement. Cette question, on ne la pose jamais en France. On punit, sans chercher ni à prévenir ni à guérir.

Dans le système québécois (au Canada, la justice est provinciale), un principe est posé d'emblée. Quel que soit le verdict du psychiatre, le coupable sera condamné par la justice. Et il purgera intégralement sa peine. Nous l'avons dit, cela fait partie de la thérapie : « Le pervers doit comprendre que son acte est un crime. » Les médecins de Pinel y ajoutent un second principe : tous ne seront pas admis en traitement dans leur institut. Car tous n'y sont pas réceptifs. Pour réussir, il y a un minimum de conditions à remplir, comme nous allons le voir. Les « recalés » de Pinel iront donc dans d'autres unités, moins sélectives.

Le CPLM est géré conjointement par la Justice et la Santé. Ce type de collaboration n'existe pas en France. Chez nous, d'un côté les juges, de l'autre les psychiatres. Comme le déplore le juge Marro, du tribunal de Nanterre : « Dans notre pays, il y a une grande méfiance des médecins vis-à-vis des juges. Et vice versa. Il faudrait raisonner non pas par corporatisme, mais pas simple civisme. Nul besoin de changer les textes. C'est une question de mentalités. Tant qu'il n'y aura pas, en France, coopération entre psychiatres et magistrats, il n'y aura pas de véritable prise en charge médicale pour les pervers sexuels. »

Retour à Montréal, dans une petite salle du CPLM. Deux psychiatres et deux infirmières nous y attendent. Avant la séance d'évaluation, les deux infirmières ont déjà rencontré les accusés. Elles ont rédigé une synthèse.

Premier cas : Pierre, trente-sept ans. L'infirmière : « Il a agressé un garçon de neuf ans. Il ne saisit pas la gravité de ses actes. Pourtant, il se dit prêt à être soigné. Il rêve souvent à sa victime. Dans ses rêves, c'est l'enfant qui propose la relation sexuelle. A l'âge de dix ans, Pierre a été agressé par un adulte. Il demande qu'on lui enlève ses rêves érotiques avec la petite victime. Il a des antécédents familiaux chargés. »

Second cas : René, cinquante et un ans. L'autre infirmière : « C'est un type renfermé mais pas agressif. Il s'exprime mal. Il est pratiquement analphabète. Il a agressé un petit garçon de quatre ans... Il prétend n'avoir aucun souvenir personnel avant l'âge de douze ans... Il a passé son enfance à l'orphelinat... Il demande qu'on lui enlève tout ça de la tête. »

— Commençons par René, propose le Dr Aubut.

L'homme se présente, un peu hésitant, osant à

peine entrer dans le bureau. Blouson de cuir, jean. Il scrute rapidement les visages. On lui explique qu'un journaliste français assistera à l'entretien. Pas d'objection de sa part. Et tout de suite, la première question du psychiatre, presque rituelle :

— Est-ce qu'on peut vous aider ?

L'homme, mot après mot, raconte sa vie. Pitoyable. Il faut sans cesse le relancer, remettre de l'ordre dans des pensées qui se présentent n'importe comment. Parfois, il faut décrypter ses mots. Une vie d'orphelinats en prisons. Petits boulots et petits larcins : « Je volais pour payer mes cigarettes. » René, ce n'est pas Al Capone. *Voleur d'innocence,* mais pas voleur de grand chemin. Un paumé, dans sa tête et dans l'existence. Paumé dès le départ, comme le Petit Poucet, puisque sa mère et son père sont partis en courant le jour de sa naissance.

Le psychiatre :

— En prison, c'était comment ?

— Pas bon, pas bon.

— Vous n'avez jamais consulté un médecin ?

— Je n'y ai pas pensé.

— Votre enfance...

— Je n'ai aucun souvenir... .

— Vous vous souvenez bien de l'orphelinat !

— Non, j'ai oublié. Je me rappelle seulement des douches. On était alignés tout nus, avec seulement une serviette autour des hanches. Et des gars venaient, pour tirer dessus... alors on se retrouvait à poil devant tout le monde, dans la salle qui était immense... c'est tout.

— C'est peu comme souvenirs d'enfance !

René en convient. Il hoche la tête. Il se renfrogne. Mais que voulez-vous ? Il n'a que cela à offrir. Rien d'autre ne lui revient. Simplement la séance de douche, dans la salle immense, avec ces types qui tiraient sur les serviettes de toilette. Ça l'a marqué. Pas terrible comme patrimoine culturel et affectif.

— Et après ? Que s'est-il passé dans votre vie ?

— Tout ce que j'ai pu faire, c'est plongeur. Mais je changeais tout le temps de place. J'ai fait tous les restaurants de la ville.

— Pourquoi ?

— Je ne sais pas.

— Vous avez connu des femmes ?

Là, René-le-fruste, René-le-rustre, devient presque émouvant. Le voilà enfant, désarmé et désarmant. Il parle d'Yvette, comme un gosse parlerait de son « amoureuse ». Et Yvette, il nous la donne comme ça, avec des mots simples, sans fausse pudeur, avec un sourire de nostalgie. Car Yvette, « la seule femme qu'il a eue », c'est loin, très loin... cela doit faire vingt-huit ans ! Vingt-huit ans qu'Yvette est passée dans la vie de René — très vite — et qu'il y pense encore. Pour lui, c'était hier. Non, c'est aujourd'hui. Elle est encore là :

— Elle avait dix-sept ans et moi vingt-trois. Ça a duré deux mois. On s'aimait. Avec elle, j'étais bien. Nous avons fait l'amour deux fois, je m'en souviens. Et puis, je n'ai jamais compris pourquoi, elle est partie.

René secoue la tête. Il se parle à lui-même. Il est ailleurs... vingt-huit ans plus tôt, avec Yvette. Il s'interroge encore : « Pourquoi ? Pourquoi ? » Le psychiatre demande si, à part Yvette, il y a eu d'autres personnes importantes dans la vie de René. La réponse tombe avec évidence : non, il n'y en a pas eu. De cela, René est certain :

— Je n'ai été *en amour* qu'avec Yvette.

Et comme pour se justifier :

— Je n'ai pas d'instruction, pas d'argent. Avant Yvette, je n'avais jamais essayé. Et après, je n'ai plus eu de femmes.

— Mais cela fait vingt-huit ans ! soupire le psychiatre, comme pour ramener l'homme à la réalité.

Silence de René, façon de dire que vingt-huit ans, quand on aime, ce n'est pas si long. Et le voilà encore avec Yvette, avec ses rêves, avec l'amour qu'il s'est inventé, avec cette façade qu'il veut nous imposer.

Le médecin :

— Vous ne nous dites pas tout. Dans ces conditions, c'est impossible de vous aider ! Vous nous parlez d'Yvette, mais cela fait un bail et cela n'a duré que deux mois ! Vous nous mentez. Vous vous mentez. La réalité, c'est que depuis vingt-huit ans, vous êtes attiré par les enfants. Votre vie est axée sur les enfants.

Il est KO, René. Il baisse les yeux, secoue encore la tête, ronchonne — gosse que l'on réprimande — souffle, et murmure enfin :

— Il faut que je m'en sorte.

— Ce n'est pas une question d'instruction, mais de volonté, affirme le médecin. Vous nous présentez votre vie comme si vous ne vous étiez jamais posé de questions ! Comme si vous vous laissiez porter par le vent !

Le découragement. Puis à nouveau, sur le ton de la confidence :

— Votre sexualité, après Yvette, c'était quoi ?

— J'allais avec des gars. Et je me masturbais... en pensant à Yvette.

— Comment vous est venue l'envie des enfants ?

— Ce n'est pas moi qui ai été les chercher. Ils sont venus, je les ai suivis. Pour leur faire plaisir. On a commencé à se *tirailler*, à se caresser... C'était de l'affection. Mais j'ai jamais demandé aux gosses de baisser leur pantalon. Ça, c'est pas vrai. J'avais simplement besoin d'avoir quelqu'un près de moi quand je me masturbais... alors je prenais des enfants.

Un enfant de huit ou neuf ans, un petit garçon... pour penser à Yvette ? Le psychiatre se fâche vraiment. Lui aussi a ses obsessions : René ment, René ne dit pas tout. Impossible d'envisager quoi que ce soit dans ces conditions. Le médecin rappelle la règle du jeu : nous n'acceptons pas tout le monde en traitement. Seul un pervers sur trois sera soigné à Pinel. Les autres iront dans d'autres centres qui acceptent tous les patients. Le Dr Aubut nous prévient sans ambiguïté : « Selon moi, tous ne sont pas traitables. La psychiatrie ne règle pas tout à elle seule. Celui qui nie sa culpabilité, ou celui qui accuse l'enfant, ou celui enfin qui trouve son comportement normal, ne pourra pas être soigné. D'ailleurs, il n'acceptera même pas le principe de la prise en charge médicale, puisque selon lui, il n'y a ni crime ni délit. » Pour parvenir à un résultat, il faut donc qu'il y ait — côté patient, côté pédophile — volonté de s'en sortir. Il faut qu'il y ait conscience du délit, c'est-à-dire mauvaise conscience. Il faut qu'il y ait demande d'aide, qu'il y ait souffrance. Or, que nous dit René sinon : c'est la faute à Yvette — qui est partie sans raison — et c'est la faute aux enfants — qui sont venus le chercher, le provoquer... pour un peu, le violer.

Le psychiatre insiste :

— Avec un tel état d'esprit, ça ne marchera pas.

— Il faut que je m'en sorte, répète René.

— Ces enfants, vous les rencontriez comment ?

— Je faisais du sport avec eux, du hockey.

— En 87, vous avez été condamné une première fois.

— Un copain m'a présenté un gamin en fugue. Je l'ai hébergé... la police est arrivée.

— Et cette fois-ci ?

— Ah, le jeune homme de quatre ans...

Personne ne relève « le jeune homme de quatre ans ». Presque un titre de roman. Le père était un ami de René. Il lui a confié son « jeune homme de quatre ans », pour aller au cinéma. Et puis l'enfant est venu voir René, qui était devant la télévision. Et le gamin a dit : « Je voudrais faire l'amour avec toi. » Oui, à entendre René, ça s'est passé ainsi. Le gosse, le jeune homme de quatre ans, a tiré l'adulte par le bras et puis, c'est parti.

— C'était un corps à corps. Je me suis masturbé

sur lui. Nous étions tout nus. C'est lui qui a demandé. Moi, je n'avais pas ces idées-là en tête. Je me disais : « Ça ne se fait pas, ces choses-là. » Mais impossible de m'arrêter. C'était plus fort que moi. Le gamin m'a entraîné. Après, je l'ai...

Silence. Et puis à nouveau :

— J'essaie de comprendre... il faut que je m'en sorte.

Le psychiatre explose, mais la « colère » n'est pas innocente. C'est une façon de rappeler au pervers que « l'autre existe ». Le médecin demande à René s'il « se fout de notre gueule ». Ni plus ni moins. René se referme. Il se réfugie dans son monde. Muet. A-t-il retrouvé Yvette ? Parle-t-il au petit garçon qu'il a agressé ? Au petit jeune homme de quatre ans qu'il contraignit à la fellation ? Impossible à savoir. Le violeur est inviolable. Secret d'état d'âme.

— Il faut que je m'en sorte. Je n'arrive pas à dormir, c'est trop présent dans ma tête. Il faut que je retrouve la raison. Quand j'entends une voix d'enfant, dans la rue, j'essaie de ne pas me retourner, de ne pas le regarder...

— A vous entendre, c'est toujours la faute aux autres ! constate le médecin. Mais c'est vous qui êtes responsable. Vous vous mettez dans ces situations-là. Ce n'est jamais un hasard. Vous allez à la patinoire, parce que vous savez qu'il y a des enfants. Vous gardez le petit garçon de votre ami, pour être seul avec lui. Dans la rue, vous allez leur parler, vous leur laissez votre adresse, vous connaissez leurs jeux, les films qu'ils aiment... Vous faites en sorte qu'ils vous suivent, qu'ils viennent chez vous.

— Il faut que je m'en sorte.

— Vous n'êtes pas facile à aider. Maintenant, je vais vous demander de sortir, d'attendre dans le couloir. Nous allons discuter de votre cas et nous prendrons une décision. Nous vous donnerons tout de suite la réponse. Nous vous dirons si nous acceptons de vous soigner.

— Il faut que je m'en sorte.

L'entretien a duré une heure et demie. Le psychiatre est pessimiste. Chez René, dit-il, le moteur de la pédophilie est très clair : une immense carence affective. Il n'a jamais connu de relation privilégiée. Il s'est arrangé pour évacuer tout l'univers des adultes, façon d'oublier le triple abandon : celui de la mère, celui du père et celui d'Yvette. Au travail — où il est totalement instable — comme au plan affectif, René est un gamin de douze ans. A cinquante et un an, il va jouer au parc avec les enfants. Le vrai problème de René, c'est qu'il ne maîtrise pas les mots. Il n'a pas accès aux adultes car il est incapable de communiquer avec eux. En plus, il ne donne pas accès à son univers. Il ne dit pas tout. Il ment... comme un enfant.

Le psychiatre estime : « S'il nous ouvrait son monde intérieur, nous aurions une chance de l'aider. Mais là, il ne nous donne pas assez de matériel. » Dramatique constat, d'autant qu'il y a risque de récidive. Situation bloquée.

L'infirmière passe à l'offensive. Quand elle a rencontré René, une semaine avant cet entretien, il s'était montré plus ouvert. Il en avait dit plus. Il ne faut donc pas renoncer. Selon elle, René a besoin d'un cadre. Il faut lui dire : « Tu peux faire ceci. Mais pas cela. » Et puis, voir d'autres gens dans son cas, parler avec eux et avec des thérapeutes, pourrait l'amener à une prise de conscience du mal : « Il y a une réelle souffrance chez lui. On devrait lui donner une chance », plaide l'infirmière. Le psychiatre est sensible à l'argument de la « réelle souffrance ». Résultat : Il veut bien l'accepter en traitement, mais à l'essai. Le médecin explique : « Je le prends en *apprivoisement*... Je veux l'amener à reconnaître sa pédophilie. Ce type-là rejette trop la faute sur les autres. S'il persiste, il ne guérira jamais. »

A nouveau, on appelle René. Même regard de peur et d'inquisition. Aussitôt, le psychiatre revient à la charge :

— Votre problème est plus grave que vous ne le dites. Votre vie tourne exclusivement autour des enfants. Nous sommes prêts à vous donner une chance. Mais il faut nous aider. Le traitement se fait à deux : le médecin et le patient. Chacun doit donner. Là, à vous entendre, c'est comme s'il pleuvait des enfants dans votre salon et que vous n'y étiez pour rien.

— Je ferai de mon mieux.

Voilà ! En ce matin glacial, dans un immeuble de Montréal, on vient de « donner une chance » à un *voleur d'innocence.* Dans les prochains jours, René sera jugé. Trois ans de prison. Au départ, Michèle — l'infirmière qui croit en lui — le visitera une fois par semaine, pour parler de son problème et reprendre chaque élément de son discours. Bref, pour aller plus loin. Dans deux ou trois mois, si les espoirs de Michèle se confirment, René sera officiellement admis en soins. Dans ce cas, un peu plus tard, il ira à l'Institut Pinel. Il y purgera les deux dernières années de sa condamnation, dans l'unité de traitement pour délinquants sexuels.

Pour l'heure, René a réussi l'examen de passage, la phase un. Le psychiatre me confie : « Avec ce genre de pervers, il faut travailler sur la distance. Il faut tout reconstruire dans leur vie et dans leur tête. » Enlevez les enfants aux pédophiles, il ne leur reste rien. C'est le vide complet. Il faut donc leur proposer autre chose, leur bâtir un emploi du temps, remodeler une personnalité. Travail sur l'individu — clarifier son problème sexuel — et sur l'environnement. Tel est le défi des phases deux et trois du traitement des pédophiles pratiqué à Montréal. Pour René, la prison ne sera pas un simple parking. S'il parvient à s'en sortir, on lui aura donné sa chance mais on aura surtout sauvé beaucoup d'enfants.

# IX

## UNE PRISON-HÔPITAL

Le Saint-Laurent, pris dans les glaces hivernales, fume comme une marmite d'eau bouillante. Les Québécois disent qu'il transpire. Une vraie provocation quand le thermomètre indique moins vingt degrés. Nous quittons la ville. Les dernières maisons de Montréal, les premiers hangars de la zone industrielle, avec ses citernes d'essence et de gaz, grises, à moitié rouillées. Et aussi les premiers érables.

Le Dr Aubut est venu me chercher à l'hôtel. Voilà vingt minutes que nous roulons. Et depuis vingt minutes, il ne parle que de sa « mission » : « Protéger les enfants. » Il dit : « Au Canada, nous sommes élevés dans ce culte. » La phrase sera répétée plusieurs fois. Elle sonne comme un reproche implicite au Français que je suis, façon de suggérer : « Vous autres n'avez pas cette sensibilité. » Mais lui, protéger les enfants en soignant les pervers, c'est sa vie. Son credo. Jocelyn — c'est ainsi qu'on appelle le Dr Aubut — a quarante et un ans. Psychiatre, voilà treize ans, il a créé l'unité de traitement des délinquants sexuels, au sein de l'Institut Philippe Pinel.

Il me demande : « Tu sais qui était Pinel ? » J'avoue mon ignorance. Le Canadien sourit : « C'était un médecin français du XVIIIe siècle. Il a détaché les fous dans les hôpitaux psychiatriques. » En une phrase, j'ai donc appris qui était Pinel et je me suis rappelé qu'au Québec on se tutoie d'emblée...

Pinel, hôpital psychiatrique à une dizaine de kilomètres de Montréal, nous y voilà justement. De longs bâtiments bruns sur la neige immaculée. Un parking battu par le vent, où se croisent les chasse-neige. Nous nous précipitons vers l'entrée principale, le visage fouetté par le froid. Jocelyn n'arrête pas de parler pour autant. Il précise : « Tous mes patients ont été reconnus coupables de crimes sexuels et tous ont été condamnés. Ils viennent se faire soigner pendant leur incarcération. A l'issue du traitement, ils retourneront en prison pour finir leur peine. »

Pinel n'est donc pas une échappatoire à la sanction. Ce n'est pas, non plus, un hôtel quatre étoiles. Au contraire. Le contrat est sans ambiguïté : « La médecine ne se substitue pas à la justice, précise Jocelyn. Elle l'accompagne. Quant au traitement, il n'entraîne aucune remise de peine. Pourtant, tous nos patients sont volontaires, car leur vie de pédophile est un enfer. Ils profitent de leur condamnation pour se soigner, espérant repartir sur un autre pied. »

Couverts de neige, nous nous secouons dans le hall d'entrée, comme des animaux sortant du bois. Immédiatement un sas, avec des caméras et des écrans, des gardiens et des portes, vitrées mais épaisses. Pinel a supprimé les chaînes, mais pas les murs. Certes, nous sommes dans un hôpital. Mais également dans une prison d'où on ne s'enfuit pas : « En treize ans, nous n'avons jamais eu de gros problèmes avec nos patients, affirme le Dr Aubut. Pour la réussite de cette expérience, pour qu'elle soit comprise et acceptée par l'opinion publique, c'est essentiel. Imagine qu'un de nos pervers s'évade et commette un délit, ce serait catastrophique. Alors, nous sommes deux fois plus sévères, deux fois plus attentifs que dans une prison traditionnelle. La grande différence, c'est que nous essayons de les guérir, afin qu'ils ne récidivent pas une fois libérés, afin qu'ils puissent s'insérer socialement et qu'ils échappent à leur pulsion pédophile. En prison, on ne demanderait rien à ces types. On les laisserait dans leur coin, bien tranquilles. Mais à peine sortis, ils recommenceraient. »

Soigner pour éviter la récidive. L'esprit de Pinel...

Nous marchons dans de longs couloirs clairs. Un deuxième sas. Les vitres donnent sur une série de cours entourées de hauts murs, de très hauts murs : en été, les détenus-patients s'y dégourdissent les jambes. En hiver, ils s'entraînent à la luge — à la « traîne sauvage », comme on dit ici — sur une petite colline artificielle, une butte de terre à vrai dire, également entourée de murs. Enfin, après un interminable corridor, comme à l'écart, nous arrivons à l'unité de traitement des délinquants sexuels. Une série de portes blindées, un dernier sas de surveillance et, de l'autre côté de la glace, une vingtaine d'hommes : les condamnés, les pervers.

On m'a informé de leurs crimes. Certains sont horribles. La folie à l'état pur. On se demande comment des hommes, des adultes, peuvent imaginer pareils martyres sur des êtres de trois, cinq ou dix ans, qu'ils prétendent aimer. J'imagine la souffrance de leurs petites victimes. Je vois le visage des enfants qu'ils ont agressés, qu'ils ont violés. Petits innocents dont la blessure ne cicatrisera jamais. Qui portent cela comme une croix, ou comme un couteau toujours planté dans leur chair. Je l'imagine car on me l'a dit. Mais les yeux des condamnés n'avouent pas. Ils sont sereins, ils sont sages. Et c'est encore le choc : comment deviner que ces gens-là, derrière la vitre, ces gens normaux, accueillants et décontractés, aient commis de telles horreurs ?

Nul doute : quand leurs crimes ont fait la Une des journaux, les lecteurs leur ont inventé d'autres têtes, des têtes de monstres justement. Impossible de voir en ce jeune homme tranquille l'agresseur sadique de Sylvie, trois ans. Impossible de soupçonner du moindre mal cet homme distingué, plusieurs fois grand-père. Il a pourtant contraint à la fellation une dizaine de petits garçons, âgés de cinq à dix ans. Et ce type, vingt-cinq ans peut-être, aux allures de Don Juan bien dans sa peau, comment deviner son dégoût maladif pour les femmes et son amour exclusif pour... les nouveau-nés ? Tous sont monstrueux et tellement ordinaires. Si j'osais, je dirais : tous sont tellement « bien » en apparence.

Ils me regardent — moi l'intrus, moi l'étranger — sans agressivité aucune. Ils savent le but de ma visite : apprendre comment on les soigne. Parler avec les médecins et avec eux. Vérifier les résultats du traitement. Nous avons vu comment ils ont été « évalués » au Centre de psychiatrie légale de Montréal, avant même leur procès. Pinel a accepté leur prise en charge, car ils ont été déclarés « réceptifs aux soins ». Bref : pour eux, il y a de l'espoir. Mais eux aussi, les pervers, ont adhéré au contrat moral. D'une certaine manière, en se soumettant au traitement médical, ils ont admis que leur pédophilie est une sorte de maladie. Ils veulent s'en débarrasser.

Pourquoi ? L'un d'eux affirme : « Accepter le traitement, c'est évidemment accepter de souffrir. Car notre plaisir à nous, c'est l'amour avec les enfants. Or ici, on nous apprend à maîtriser cette jouissance. On nous demande d'y renoncer. Pas facile, même si nous sommes conscients que cela est nécessaire. Notre vie est littéralement empoisonnée par ce problème. Notre vice nous coupe du monde et il nous conduit inévitablement en prison. Il faut donc en sortir. » Quand l'expérience a été lancée, en 1979, les pédophiles purgeaient la totalité de leur peine à Pinel : deux, cinq ou dix ans, en fonction de la condamnation. Aujourd'hui, le traitement est parfaitement rodé et maîtrisé. Il ne dure qu'un maximum de deux ans. Cela est suffisant au plan médical et cela coûte moins cher à la collectivité.

André McKibben, grand gaillard expansif, sexologue et criminologue, reconnaît : « Nos patients doivent savoir qu'il y a un prix à payer. Car ce sont des délinquants sexuels. Nous ne sommes pas là pour les plaindre, mais pour les responsabiliser. Avec eux, nous cogérons les risques de récidive. » Avec une pointe de réalisme typiquement nord-américain, il précise : « Quitte à investir, autant rentabiliser au maximum. » En clair : la société canadienne veut bien consacrer de l'argent au traitement de ces *détraqués sexuels,* mais pas à fonds perdus. On dépense des crédits pour économiser des vies. D'ailleurs, cet investissement est-il réellement élevé ?

A l'Institut Pinel, la prise en charge d'un pervers sexuel est évaluée à cinquante mille dollars par an, soit environ deux cent cinquante mille francs. Or, le même condamné coûterait quarante mille dollars en prison, c'est-à-dire deux cent mille francs. Le surcoût médical est donc de cinquante mille francs par an et par individu. Si cela évite vraiment la récidive, si cela empêche le viol ou le meurtre d'enfants, c'est vraiment très peu. La question financière ne devrait même pas se poser. D'autant que le récidiviste — faute de soins en prison — sera encore pris en charge par la société, quand il sera à nouveau condamné.

Pourquoi n'avons-nous jamais fait, en France, un tel calcul ? Sans doute parce que la prise en charge médicale de criminels a mauvaise presse. Les circonstances atténuantes qui permettent d'économiser cinq ou dix ans de détention, d'accord. L'article 64 du Code pénal qui évite tout procès au dément, effaçant la réalité même du crime pourtant commis, toujours d'accord. Mais la tentative de soigner des criminels pervers qui, sans traitement, resteront dangereux toute leur vie, surtout pas. Qu'ils aillent en prison. Qu'ils y croupissent quelques années... et qu'ils recommencent dès leur libération. Cela permet de conforter nos thèses : « Ces gens-là sont irrécupérables. » Ici, on les « récupère » pourtant : « Depuis que nous avons créé cette unité, nos patients n'ont pas commis de délits graves à leur sortie, affirme le Dr Jocelyn Aubut. Et il n'y a plus chez nous de meurtres d'enfants. »

Quel est donc le secret des Canadiens ? Concrètement, que signifie leur traitement de la perversion sexuelle ? Ou encore : quel contrat implicite est passé entre médecins et pédophiles ? André McKibben explique : « Nous misons sur le patient lui-même, sur sa capacité à comprendre sa propre histoire et à corriger sa déviation. Nous lui disons : *tu vas mieux connaître ce qui t'est arrivé.* Ce sont des gens isolés socialement. Nous leur donnons donc des clefs, la possibilité de s'intégrer à un groupe, de se tourner petit à petit vers les adultes, vers des préoccupations et des activités d'adultes. Ainsi, le pédophile voit diminuer ses tendances perverses. Le mécanisme est simple : quand le patient se sent intégré à la société, il s'éloigne des enfants. Quand il se sent rejeté, sa pédophilie revient. » Logique, puisque nous savons qu'à l'origine de la pédophilie, il y a souvent une incapacité à communiquer avec les autres, avec les adultes. On va donc tenter de corriger ce handicap, notamment avec la psychothérapie. D'autant qu'un certain nombre de pédophiles éprouvent une attirance pour les adultes, mais ils se tournent vers les enfants avec qui les relations leur semblent plus faciles.

Un postulat : « On ne dit pas au pédophile qu'il va guérir. Il restera toujours un risque, car tout cela est complexe et vient de très loin. La pédophilie ne leur tombe pas dessus par hasard, un beau matin. Chaque individu a son itinéraire, ses raisons. Alors, avec lui, nous refaisons le chemin. Finalement, le patient va se connaître. Il saura comment cela arrive. Il saura quand et pourquoi il est vulnérable. Ainsi, on apprend au pédophile à voir venir le risque. On lui donne des signaux. Ensuite, il faut lui proposer les moyens de réagir. »

Ces moyens sont multiples. Tous tendent au même but : réorienter, petit à petit, les fantasmes du pervers, afin qu'il ne passe plus à l'acte sur l'enfant. Un exemple : « Il va compenser sa frustration par la masturbation », expliquent sans détour les psychiatres de Pinel. Ou encore, plus élaboré : « Nous apprenons au pédophile à détecter ses points faibles pour qu'il réorganise sa vie en fonction de cette vulnérabilité. » Prenons le cas du pervers s'attaquant exclusivement aux enfants de son entourage, car il y a toujours un scénario préétabli. Ce *voleur d'innocence* ne devra plus fréquenter des couples ayant un ou plusieurs enfants correspondant à ses fantasmes. Il ne devra pas proposer aux voisins, aux amis, aux parents de garder leurs enfants. Or, c'est précisément ce genre de relations et de situations que recherchait le pédophile avant son arrestation. D'une certaine manière, il se jetait dans la gueule du loup. Et bien souvent, il n'en était même pas conscient. Il croyait que les enfants lui tombaient dessus... par hasard. Maintenant, il sait : c'est lui qui allait les chercher. A l'avenir, la liberté retrouvée, il devra donc modifier son comportement.

Celui qui s'en prend, au contraire, à des enfants inconnus, rencontrés dans la rue, devra éviter de rôder autour des écoles, des terrains de jeux, de tous ces lieux où il sait trouver des gamins qu'il finira par séduire. Il ne partira plus seul, soi disant sans but précis, à la tombée de la nuit, dans quelque quartier déserté. Car lui aussi connaîtra le risque de ces rencontres « accidentelles » avec l'enfant. Souvenez-vous de Van Geloven : « Un jour, il s'est retrouvé seul... un lieu, un hasard, deux fillettes... » Cela paraît évident. Mais si on lui avait mis en tête ce signal d'alarme : « Ne tente pas le diable. Connaissant ta pulsion, ne pars pas seul en voiture, dans les rues d'un petit village, à la nuit tombante, un soir de dépression. » La base du traitement consiste donc à installer cette sonnette d'alarme dans la tête des *voleurs d'innocence*. Comme si on leur inoculait un ange gardien, ou une conscience qu'ils n'ont pas a priori, eux qui n'ont pas la notion du mal. En quelque sorte, le psychiatre révèle au pédophile chaque étape de son comportement pervers, depuis le fantasme jusqu'à l'acte, en passant par « l'occasion qui fait le larron ».

Cette prise de conscience, c'est-à-dire la reconnaissance de sa culpabilité, est la première étape et le passage obligatoire du traitement médical de la pédophilie. Un des patients de l'Institut Pinel, en fin de soins, me confirme : « Quand je suis arrivé ici, mon argument était simple : *je n'y suis pour rien. Je n'ai pas pu résister à l'amour que cet enfant me prodiguait.* En gros : j'avais été victime de la séduction, du racolage d'un gamin dévergondé. Maintenant, je pense différemment. Pour tout dire, j'ai compris qu'un enfant de sept ou huit ans... ne demande jamais à un adulte de le sodomiser. Et je sais, aujourd'hui, le mal que j'ai pu faire à mes victimes. » Un autre condamné témoigne : « Avant, je ne me remettais pas en question. C'était la faute des autres, de la société qui interdisait à tort la pédophilie, ou des enfants eux-mêmes qui me provoquaient. Maintenant, je sais d'où vient mon problème. C'est bien plus qu'un instinct érotique. C'est une question de communication avec le monde réel. J'étais incapable d'affronter les adultes. J'étais démuni. Ici, on m'a expliqué d'où venaient mes difficultés et on m'a donné des armes. »

Voilà la démarche thérapeutique.

Tout le travail des médecins va consister à découvrir les mécanismes — profondément enfouis — du fantasme : pourquoi ce refus du monde adulte ? Pourquoi ce refuge chez les enfants ? Comme chaque homme est unique, l'origine de la déviation est différente à chaque fois. Mais le processus enclenché est identique : « Le pédophile fuit un monde où il connaît des échecs. Il plonge dans l'univers des enfants où il fait figure de dieu, où il est en position de force. Ainsi, il transforme la déception en plaisir. »

D'où la difficulté initiale. D'où le refus, a priori, de se soigner. A travers les enfants, le *voleur d'innocence* est heureux. La criminologue Bernadette Lamoureux, également attachée à l'Institut Pinel, indique : « Les pédophiles ne viennent jamais d'eux-mêmes. Au total, nous en avons traité deux cents et nous en avons évalué cinq cents. Mais aucun d'eux ne s'est présenté spontanément, en nous disant : *Soignez-moi, faites quelque chose car je souffre trop et je fais du mal aux autres.* Non. Tous ont été amenés à faire cette démarche après avoir été arrêtés. S'il n'y avait pas, au départ, la police et la justice, ils ne consulteraient pas d'eux-mêmes. C'est donc à la société de prendre les devants, à la société de se protéger et de leur imposer un traitement. Il ne faut pas oublier l'objectif premier d'une prise en charge médicale de la pédophilie, l'objectif premier d'un centre comme celui-ci : il s'agit d'abord de réduire le nombre des victimes. » Pour souligner l'importance de cette mission, la criminologue révèle : « Une récente étude réalisée à Ottawa a montré qu'en moyenne un pédophile commet soixante agressions graves sur des enfants. » La création d'une telle unité de traitement des délinquants sexuels relève donc de l'initiative des pouvoirs publics, en liaison avec la justice.

Me voici de l'autre côté de la vitre. Côté détenus, côté patients. Autour de moi, vingt et un condamnés, délinquants sexuels, en cours de traitement. Christian, un contremaître de trente ans, petites moustaches et voix posée, se propose comme guide de l'unité où lui-même est soigné. Il m'annonce d'entrée : « Quatre-vingt-dix pour cent du traitement reposent sur notre propre prise en charge. Le personnel d'encadrement est là pour nous aider, pour nous donner des repères et des outils. Mais nous devons prendre notre sort en main. »

La remarque n'est pas innocente : c'est la responsabilisation, à chaque instant, dans chaque acte y compris anodin, de personnes qui ont toujours nié leurs responsabilités. Autrement dit : « Aide-toi et le ciel t'aidera ! » Ici, pas question de plaider : « Le pauvre, il a eu bien des malheurs dans sa vie ! » Même si le passé de ces hommes, tous condamnés pour crime sexuel, est souvent pitoyable, on ne leur cherche aucune circonstance atténuante. On leur montre au contraire en quoi ils sont comptables de leurs actes, c'est-à-dire en quoi ils sont adultes. Et partant, en quoi leur attirance sexuelle exclusive pour les enfants est une déviation, non une fatalité. Je réalise — une fois encore — la différence d'approche et de mentalité entre l'Europe et l'Amérique : idéologie chez nous, pragmatisme là-bas. Sur le Nouveau Continent, on se préoccupe en priorité des victimes. Et on mise sur la prévention. En France, on cherche des explications dans l'enfance, on glose sur la liberté individuelle... et on laisse faire.

Christian, qui sera libéré dans un an, me présente

sa chambre. En réalité, une cellule partagée par quatre *patients-condamnés.* C'est propre, clair et sobre, presque spartiate. Quatre petits murets pour un semblant d'intimité, un WC et quatre lavabos. La fenêtre sans barreaux, mais blindée, donne sur la campagne, au loin. Quelle différence avec la prison ? Christian n'hésite pas : « Ici, la discipline est plus stricte. Par exemple, il est interdit d'afficher des photos de nus, pour ne pas alimenter nos fantasmes. »

Alimenter ! Le mot revient souvent dans les conversations. Chacun sait, ici, de quelle nourriture il s'agit. Elle est essentielle à ces gastronomes en culottes courtes : « Quand un autre détenu pédophile regarde des émissions pour enfants, à la télévision, on lui dit d'éteindre, explique Christian. Car nous savons bien quelle est sa motivation profonde. Il *s'alimente,* c'est-à-dire qu'il fantasme sur les enfants participant à l'émission. Généralement, c'est un nouvel arrivant. Alors, nous discutons avec lui pour le dissuader de s'alimenter ainsi. Petit à petit, il renonce à ce genre d'excitation sexuelle. Nous sommes tous passés par là. Cela fait partie de la discipline que nous acceptons. C'est difficile. Alors, pour mieux assimiler l'esprit de Pinel et le pourquoi des choses, le nouveau venu est toujours parrainé par un ancien. »

Je décèle une certaine infantilisation chez les détenus. Christian admet : « Dans un premier temps, nous sommes tous sceptiques, nous restons sur la défensive. On se dit : *Tout cela, leurs discours et leurs méthodes, ce sont des niaiseries.* A la prison, au moins, on nous laisse peinard. Et puis, petit à petit, on comprend. On doit se soigner pour avoir une existence normale. Tout est à reconstruire. Nous devons apprendre la vie en société. Notre comportement social, c'est la clef de tout. Mais c'est vrai, ici, c'est plus dur qu'au pénitencier. Moi, j'ai craqué trois fois. Je ne voulais pas admettre que j'étais un salaud, un délinquant sexuel. Je refusais cela. Je me trouvais des alibis, des excuses... après, j'ai pris conscience. Je me suis souvenu que j'avais moi-même été agressé, quand j'étais enfant. Et ça m'avait fait mal... j'avais de la rage en moi... et je voulais me venger, en infligeant le même sort aux autres, au premier enfant venu. Pour comprendre cela, il a fallu fouiller en moi, longtemps, très loin, avec les médecins. Ça allait contre le système de défense que je m'étais fabriqué et qui me rendait fort. A force d'écouter et de parler, j'ai enfin compris. Mais ça n'a pas été facile. C'est vrai, au début, je trouvais que leurs mots, leur discipline, leurs reproches, c'étaient des bêtises. » Une pause, un retour en arrière et enfin un sourire : « Il faut du temps, avant de faire confiance aux médecins. »

La prison ne favorise guère ces prises de conscience : « Là-bas, il ne faut surtout pas avouer son crime. La pédophilie est mal vue. Alors on se tait, on dit qu'on a été arrêté pour vol. Et on rumine ses fantasmes, en attendant la libération, en attendant de recommencer. Ici, à Pinel, c'est l'opposé. Il faut se raconter et évacuer ses fantasmes. » Le Dr Aubut m'explique : « Nous voulons les amener à résoudre eux-mêmes leur problème. En parlant, mais aussi à travers chaque geste de la vie quotidienne. Jusqu'à présent, leur existence était envahie par l'enfant. De plus, il n'y avait chez eux aucune notion de souffrance, donc aucun respect de l'autre. Là, nous leur apprenons la vie collective. En prison, c'est la loi de la jungle. C'est un milieu hostile et dangereux, où il faut être agressif pour survivre, un milieu où il faut en dire le moins possible. Ici, nous leur apprenons à désamorcer tous les conflits, à bannir tout type de comportement agressif, physique ou verbal. Ils doivent découvrir un mode de vie basé sur le contrôle de ses pulsions et sur le respect de l'autre. »

En réalité, il s'agit d'un processus extrêmement élaboré. En effet, les attitudes sexuelles sont souvent calquées sur les attitudes sociales. Si le patient parvient à maîtriser son agressivité dans la vie, il saura mieux la contrôler au plan affectif. Nous avons vu comment les tensions et les contrariétés dans le quotidien du pédophile le poussent vers les enfants. Grâce à la discipline acquise à Pinel, le *voleur d'innocence* va pouvoir communiquer et vivre avec les autres. Il sera capable de résoudre les conflits qui déclenchaient sa pulsion. Comme le résume Christian : « Quand on a trop accumulé avec les adultes, le passage à l'acte — l'agression d'un enfant — est l'exutoire. Ici, on nous apprend à surmonter ces périodes critiques. »

La méthode pour parvenir à cet autocontrôle est à la fois simple et fastidieuse. Un psychiatre rappelle : « Un problème sexuel majeur les a conduits ici. Mais ce problème est le reflet de leur quotidien. Ils ne parviennent pas à s'imposer face aux autres adultes. Dans leurs fantasmes et dans leurs délits, au contraire, ils dominent quelqu'un, l'enfant. Leur jouissance vient de là, de cette impression de puissance. Vous les avez entendus, ils le disent aisément : *Avec les enfants, j'existe, je suis un dieu, je me sens important.* Nous allons donc, à travers l'acte le plus banal, leur apprendre à respecter l'autre, à ne plus chercher la puissance absolue ni la domination d'autrui. La vie en société, ce n'est pas cela. C'est au contraire la tolérance, le compromis. Nous leur proposons donc une organisation autogérée de l'unité de traitement. A tour de rôle, chacun s'occupe de la cuisine, du service, de l'entretien. Et là, d'une façon anodine, inconsciente, ils vont apprendre à résoudre des conflits, à être équitables, à rendre des comptes, etc. »

A ce stade, on travaille essentiellement sur le comportement social du patient. A tel point qu'aucun médicament n'est administré ici, à Pinel. Certes, il existe des molécules qui permettent de diminuer la fréquence et l'intensité du fantasme pédophile. Mais elles ne sont prescrites qu'en externe, c'est-à-dire après la libération du condamné. Pour l'instant, on mise sur la psychothérapie.

Le traitement du délinquant sexuel — s'appuyant sur un tronc commun pour tous les patients de Pinel — ne se limite pas pour autant aux seules discussions avec des psychiatres, des psychologues ou entre patients, ni au seul apprentissage de la vie collective. Les médecins conjuguent diverses approches. Ainsi prépare-t-on le retour à la liberté, notamment en liaison avec les familles. Cette collaboration avec l'entourage est essentielle, comme pour de nombreuses maladies. En effet, affronter l'extérieur présente toujours un danger pour le *voleur d'innocence.* Certes, il dispose désormais de signaux, qui le mettent en garde contre les risques de récidive. Mais il est important aussi que la famille du pédophile soit informée, afin qu'elle puisse jouer son rôle de garde-fou, d'alerte et de prévention.

A Pinel, le condamné a droit à cinq visites par semaine. Lors de séances collectives, on explique aux parents, aux épouses et même aux enfants à la fois la maladie — ou la déviation — qui a conduit leur proche en prison, et le traitement. Des rencontres conjugales sont organisées sous le contrôle d'un criminologue. Jean, trente ans, *voleur d'innocence* marié et père de famille, raconte : « Ainsi, ma femme vit mes propres craintes. Elle connaît parfaitement mon problème. Elle est informée des mesures de prévention. Elle est capable de prévoir une rechute. En cas de danger, elle m'aidera à désamorcer la crise ou elle alertera les psychiatres. »

Le Dr Aubut confirme : « Nous nous appuyons beaucoup sur les familles auxquelles nous donnons le maximum d'explications et d'informations. Lorsque le détenu a purgé sa peine, l'entourage du pervers est souvent la lumière rouge qui va prévenir du danger. Comme le patient a accepté de se soumettre à la médecine, de retour chez lui, il acceptera l'intervention de ses proches. »

Chez le pervers, par la force des choses, tout se passe en secret : le fantasme qui monte, monte jusqu'au passage à l'acte, et le crime lui-même. Or, grâce au traitement et à la coopération avec la famille, le pervers peut enfin en parler. Ainsi, le repliement sur lui-même, le sentiment d'être incompris, l'accumulation de frustrations vont être désamorcés. Le processus classique qui conduit du fantasme au crime est cassé dès le départ.

C'est l'espoir de Jean, qui vécut sa déviation sexuelle clandestinement pendant dix ans et fit de nombreuses victimes : « Au début, dit-il, quand ma femme a appris que j'étais pédophile, elle n'a absolument pas compris, car elle ne savait pas à quoi cela correspondait. J'étais un détraqué, je l'avais trahie. Un point, c'est tout. Mais, avec ces rencontres conjugales, avec les explications des psychiatres, maintenant elle sait. Notre but, aujourd'hui, c'est de vivre ensemble et de surmonter cela. Elle se sent capable de m'aider. Et moi, je suis plus fort. J'ai un objectif : ne plus jamais retourner en prison pour de telles conneries. »

Autre « outil » mis à la disposition du pervers sexuel traité à l'Institut Pinel : ce que les Québécois appellent l'habileté sociale. Nous dirions plutôt l'aptitude sociale, la façon de se comporter en société. Il s'agit d'apprendre à se présenter, pour entamer une relation, pour aller vers les autres. Il s'agit de mieux s'exprimer, de mieux se comporter... bref, d'être capable d'aborder le monde adulte et de s'y insérer. Cet enseignement est basé sur la discussion et la vidéo. Rappelez-vous certaines réflexions de pédophiles recueillies au cours de notre enquête. L'un d'entre eux a dit : « Avec une petite fille, il n'y a pas de complications. Mais avec un adulte, c'est difficile. » Un autre m'a confié : « Il faudrait que j'apprenne à aller vers les grandes personnes. » Un troisième a estimé : « Avec l'enfant c'est plus simple, surtout en bas âge. Il ne dit pas non. Ça me donne de la sécurité, de la tendresse. » Un autre encore : « Les femmes, je les trouve belles. Mais je ne veux pas m'exposer à un refus, à un rejet, comme toujours. » Et Jean-Michel, aux Baumettes : « J'ai peur des femmes. Avec elles, je ne sais pas m'y prendre. » Clairement, ils avouent tous : nous nous tournons vers les enfants, car nous ne savons pas aborder les « Grands ». Impossibilité de communiquer. C'est Lewis Carroll, charmeur et volubile avec les petites filles, mais bégayant avec les adultes. Or, tout cela s'apprend. Et quand on sait parler aux femmes et aux hommes de son âge, on ne se réfugie plus vers les petites filles... simplement parce qu'elles ne disent jamais non.

Le traitement des pervers passe aussi par l'éducation sexuelle. Un psychiatre explique : « Il faut remettre les choses en place dans leur tête. Très souvent, le comportement du pédophile s'appuie sur des idées érigées en dogmes, mais complètement fausses. Pour le violeur, ce sera : les femmes aiment ça. Pour le pédophile, ce sera : l'enfant vient vers moi car il m'aime. » Ces arguments reposent souvent sur un manque d'information. Chez le *voleur d'innocence*, il y a une hantise de la femme et une peur panique de son sexe — parfois une ignorance totale — qu'il faut démystifier. Ainsi, un pédophile rencontré à Pinel était persuadé que les vagins... avaient des dents. Un autre parlait de « monstruations » au lieu de « menstruations ». Un psychiatre note : « D'une façon générale, ils sont très peu informés sexuellement sur la femme. » Les cours dispensés aux patients portent donc sur l'anatomie, la physiologie et la psychologie féminine et masculine.

Autre discipline pratiquée à Pinel, la gestion du stress, c'est-à-dire des séances de relaxation. Elles vont permettre au pédophile d'apprendre à surmonter ces périodes de conflit tellement cruciales, puisqu'elles débouchent souvent sur le passage à l'acte — l'agression — en guise de défoulement. Le patient doit également se prêter au Rapport d'activité fantasmatique (RAF), c'est-à-dire à la mise sur ordinateur de ses fantasmes : lesquels et à quelle fréquence ? Ces données entrent dans une véritable grille de lecture et permettent de mieux connaître la personnalité du patient, la nature exacte de sa perversion, la place que sa pédophilie occupe dans sa vie. Jean pense tous les jours à la petite fille blonde qu'il aimerait posséder. Georges a des idées de meurtre, épisodiquement. Laurent fait une fixation sur un petit garçon blond, le fils de son voisin.

Cet exercice permet de suivre l'évolution du patient. D'un mois sur l'autre, d'une année sur l'autre, on constate la persistance ou au contraire le recul de ses fantasmes pervers. Indications précieuses pour le traitement, mais également essentielles à l'heure de la libération du condamné. Elles permettent d'évaluer les risques de récidive. Elles obligent à prendre les mesures appropriées, une fois la liberté retrouvée. Un tel instrument n'aurait-il pas permis, en France, de prévenir un grand nombre d'agressions sexuelles contre des enfants ?

Plus étonnante, la thérapie aversive. Le principe est simple. On expose le patient, le pervers sexuel, à un certain nombre de stimulants érotiques : diapositives ou enregistrements sonores. Et on mesure l'intensité de ses érections. Lorsque celles-ci sont liées à une situation perverse, une lumière rouge s'allume. C'est le signal d'alarme. Le patient sait qu'il y a danger... en l'occurrence, s'il ne parvient pas à contrôler son excitation déviante, il recevra dans le bras une décharge électrique de faible intensité. J'ai demandé à Jean Proulx, criminologue-sexologue, de me faire tester la force de la décharge. L'effet est désagréable, mais tout à fait supportable, se limitant à un bref picotement.

Jean Proulx explique : « Ce n'est pas la recherche du réflexe (conditionné) de Pavlov. C'est l'inverse. Il s'agit d'apprendre à anticiper sur ses pulsions, c'est-à-dire à les maîtriser. Avec ce test, le pervers découvre qu'il y a une troisième voie pour assouvir ses fantasmes. Avant, face à un enfant, il se disait : je satisfais mon désir soit par la masturbation, soit par le viol. Maintenant, il se dit : je peux me retenir. »

Un ami, à qui j'avais décrit ce traitement, se scandalisa du recours à l'électricité. Je le rassurai immédiatement, en soulignant qu'il n'avait retenu que le mot « électricité », mais pas l'intensité : quatorze volts. C'est nettement moins violent et traumatisant que le viol d'un enfant par un adulte. Moins violent aussi que la prison, car c'est bien de cela qu'il s'agit.

On a donné un nom savant à ce test : la pléthysmographie pénienne, soit l'écriture du volume du pénis ! La méthode a été inventée en 1957, me précise-t-on. Là encore, on évalue le patient à son arrivée à l'unité de traitement, puis en cours de soins et enfin à sa sortie, afin de connaître l'évolution réelle de ses fantasmes. On peut juger ainsi de l'efficacité du traitement. Si, après ces séances conjuguées aux autres thérapies, le pédophile est capable de maintenir son érection au-dessous du seuil à risque, si la lumière rouge ne s'allume pas et s'il n'y a pas décharge électrique... la médecine a réussi. Cet homme est capable de contrôler ses pulsions sexuelles déviantes.

Jean Proulx estime que le succès est fonction du degré de motivation du patient. Il situe le taux de réussite à un cas sur deux. Mais, de toute évidence, une telle approche n'est pas suffisante : « C'est un barrage. Parallèlement, il faut dévier le cours de la rivière, sans cela les pulsions vont à nouveau forcer la digue. »

Pour « donner un autre cours à la rivière », les psychiatres vont chercher à développer d'autres fantasmes chez le pervers. Comme le fleuve contrarié, il lui faut en effet un autre lit. Les médecins vont tenter de lui rendre une sexualité dite normale, en l'orientant vers les adultes, femmes ou hommes selon ses attirances, pourvu qu'il ne touche plus aux enfants. Jean Proulx se veut, lui aussi, pragmatique : « La pédophilie ne se guérit pas, elle se soigne, confirme-t-il. On ne fait pas marcher un paraplégique. En revanche, on lui donne un fauteuil roulant et on lui construit une rampe d'accès. Ainsi, il peut vivre en société. De la même manière, on ne transforme pas fondamentalement un pédophile. Mais on l'empêche de retourner vers les enfants, pour lui éviter d'aller en prison et d'envoyer sa victime au cimetière. »

Dans la pratique, la démarche est relativement simple : lors de la masturbation, le patient devra penser à un adulte et non plus à un enfant. Ainsi, il va tenter de substituer un fantasme normal à ses attirances déviantes. Puis on va projeter des films érotiques, avec des femmes et des hommes, afin de l'aider à élaborer de nouveaux fantasmes. Le médecin avoue : « Cela ne fonctionne pas toujours. Le patient aura forcément moins de plaisir avec la femme — ou l'homme — adulte qu'avec l'enfant. Mais au moins, il n'ira pas en prison. Ce peut être une motivation suffisante. A l'inverse, s'il ne parvient à aucun plaisir érotique avec cette méthode, il retournera vers les enfants. » Dans ce cas, il faudra travailler dans d'autres directions, essentiellement la psychothérapie.

Autre passage obligé à l'unité des délinquants sexuels, la séance d'évaluation en cours de traitement. Une véritable mise au point avec le patient.

Sans concessions. On m'a autorisé à assister à l'une de ces réunions. Dix membres de l'équipe sont face au patient : psychiatres, psychologues, criminologues, infirmières, éducateurs. D'abord, M. R. Exception : on ne l'appelle pas par son prénom. Et on le vouvoie. Trop âgé, sans doute, pour les familiarités. Au seuil de sa vie, il devrait s'occuper de ses petits-enfants. Peut-être même de ses arrière-petits-enfants. Mais non. Lui préfère jouer au docteur avec des gamines de six ou sept ans : « C'est tellement bon », dit-il. M. R. en est encore là ! Le staff est découragé. Parfois, on échoue. Alors, comme dit Jocelyn : « On réévalue. »

— Monsieur R., avec vous, nous avons l'impression d'être retournés à la case départ... Vos fantasmes ne vous ont pas quitté... On ne sent pas une volonté de vous en débarrasser.

— Je ne regarde plus les émissions pour enfants.

— Mais, en thérapie aversive, quand on vous présente des photos d'enfants, vous avez des érections de plus en plus fortes... à votre âge ! C'est le contraire qui devrait se passer... Vous vous alimentez avec ces photos, au lieu de corriger votre fantasme.

L'autre baisse la tête. Il hésite. Il a quelque chose à dire, difficile. On le sollicite. Moment de gêne, moment de tension. On n'arrive plus à se parler, à se comprendre. D'un côté, la médecine impuissante face à ce cas-là. De l'autre côté, le patient impuissant face à lui-même, à sa nature. Enfin, il lâche :

— Je veux partir d'ici. Je craque. Ça ne m'intéresse plus... je préfère retourner en prison.

L'échec.

— Votre femme, vous ne voulez pas la voir ? tente un psychiatre.

— Ça ne me dérange pas.

— Qu'avez-vous appris ici ?

— Je suis content d'être venu. J'ai compris plein de choses. Mais ça ne m'intéresse plus... Je vais me contrôler, j'en suis capable. Vous ne me reverrez plus...

— La pédophilie, c'est fort chez vous ?

Il reconnaît :

— Oui, c'est fort.

— On aurait aimé vous aider plus, aller plus loin avec vous... Dehors, ça sera très dur pour vous. Je suis sûr que vous allez récidiver. Les gars comme vous recommencent toujours. Vous êtes trop confiant !

— Oui, je suis sûr de moi... Je ne replongerai pas... Je veux partir. Il me reste trois semaines à faire ici, je préfère la prison. Ça ne m'intéresse plus.

Bernadette, la criminologue :

— Ma responsabilité est de vous dire que nous avons peur. Nous ne partageons pas votre optimisme. Nous sommes très réservés, au contraire. Alors, pas question de vous lâcher. Notre devoir est de vous soigner jusqu'au bout. Nous allons terminer la thérapie. Trois semaines encore. Et nous parlerons à votre femme. Après seulement, vous retournerez en prison.

André, sexologue-criminologue :

— Regardez les choses en face, monsieur R. Dans la vie, vous avez toujours raté vos relations avec les adultes. Il vous reste trois semaines ici. Essayez au moins de réussir cela. C'est notre message.

M. R. n'est pas convaincu. Mais il restera. La médecine a décidé. Question de responsabilité : impensable de lâcher ce type-là dans la nature avec ses fantasmes toujours présents. Commentaire du verdict : « Libérer M. R., ce serait condamner un enfant. » On le renvoie donc à son éducation sexuelle, à sa thérapie comportementale et autres thérapies d'aversion...

Deuxième cas. Christian. Tout le contraire : presque un gamin, légèrement arrogant. Lui aussi donne du fil à retordre. Il se chamaille avec le personnel et avec ses compagnons de détention. Il fait des histoires. Bref, il déstabilise le service. Et puis, on le soupçonne de s'alimenter devant la télévision, où on le voit toujours à l'heure des enfants. Conclusion : le staff envisage d'arrêter le traitement. Mais lui proteste. Pinel, il aime. C'est son slogan. Il veut rester.

Une infirmière ouvre la séance, elle ouvre le feu :

— J'ai retrouvé le Christian d'avant, c'est la régression totale.

Plus direct, André :

— Si tu as changé, je veux bien être pendu.

Le Dr Aubut :

— Tu es d'accord avec cela ?

Non, Christian n'est pas d'accord. Maintenant, dit-il, il est à l'écoute des autres. Il cherche à s'intégrer au groupe... Bien sûr, il a encore des conflits avec ses compagnons de chambre. Mais ce n'est pas à cause de lui. Il pense qu'on le rejette. D'ailleurs, il a surmonté la crise sans agressivité. C'est ce qu'on lui demande, non ? Et puis, il a pensé à ses victimes. C'est important. Ça ne lui était jamais arrivé. A l'entendre, il n'en dort plus. Ce qu'il leur a fait — ses crimes — ce n'était pas bien. C'était moche, vraiment moche. On sent de la douleur chez Christian.

Soudain, la voix de Bernadette Lamoureux :

— Tu te moques de nous !

Christian est interloqué. Rapidement, il scrute le staff. Aucune faille. Son discours ne passe pas. Alors, comme un gamin pris en flagrant délit de mensonge, il admet :

— Je ne sais plus où j'en suis. Je suis perdu.

La crise surmontée, l'absence d'agressivité, les remords de Christian, c'était du cinéma. Moi, le profane, je m'étais laissé prendre. Mais l'équipe de Pinel a vu le piège. Son Christian, elle le connaît. Ici, minute après minute, on suit l'évolution des patients. On les observe. On les écoute. Au cours des séances de thérapie collective, au cours des entretiens individuels, il y a des signes, des attitudes et des mots qui ne trompent pas des professionnels hautement spécialisés. Difficile de tricher, difficile de mentir avec le personnel de Pinel. Des pervers, il en a vu d'autres. Christian pensait s'en sortir à bon compte, en jouant la comédie du repenti, du mea culpa. Là, avec cette séance d'évaluation, à dix contre un, on a remis les pendules à l'heure. Le message est clair :

— Ne nous prends pas pour des imbéciles. Nous savons parfaitement où tu en es. Si tu persistes dans tes enfantillages, nous te renvoyons en prison. Si tu te comportes en adulte, nous t'aidons.

— Aidez-moi.

Bernadette, Jocelyn, Jean, André, Georges et les autres — infirmières, éducateurs, personnel de base — demandent à Christian de sortir un instant. Ils veulent faire le point entre eux, tant la séance d'évaluation les a troublés : Christian est-il récupérable ? Est-il perdu ? On a l'impression qu'il s'est à nouveau réfugié dans son monde, irréel. Et les fantasmes pédophiles sont là. Le diagnostic est noir. Les appréciations impitoyables. Le sort de Christian est entre les mains de cette équipe médicale très soudée, de ces femmes et de ces hommes qui vivent depuis des années parmi les pédophiles, qui consacrent leurs jours et leurs nuits à cette mission, parfaitement conscients de leurs responsabilités. Là encore, échouer avec Christian, c'est condamner un ou plusieurs enfants : car il récidiverait. C'est un non-dit, mais tout le monde a cette menace en tête. Alors, malgré le découragement, malgré la rage peut-être, le jugement tombe :

— On le garde, on essaie encore.

Christian entre à nouveau. Inquiet, visiblement. C'est Jean, le psychologue, qui attaque :

— Tu as perdu l'objectif... Tu es trop centré sur toi-même.

André, toujours direct, selon son tempérament :

— Ta vie est un fiasco. Regarde les choses en face. Ça n'a pas évolué d'un pouce. Tu restes attiré par les enfants. La pulsion te taraude. Mais Bon Dieu ! Tu ne veux pas guérir ! Tu veux passer ton existence à faire souffrir les gosses, à faire honte à ta famille et à retourner en prison ? C'est ça, ton objectif ?

Le patient acquiesce :

— Ma vie est un fiasco.

Le patient pleure :

— Ma vie est un désastre.

Pourtant, il veut plaider sa cause. Il parle à nouveau de ses remords. Il y voit le signe d'une évolution, le début d'une rémission. S'il agresse des enfants, affirme-t-il, c'est qu'il est incapable d'aborder les femmes. Sans cela, comme tout le monde, il irait vers elles. Alors, il défie les médecins :

— C'est à vous de trouver la solution. C'est votre boulot. Vous êtes payés pour cela... Moi, je ne demande qu'une chose : m'en sortir.

Une nouvelle fois, je suis troublé par les mots et les larmes de Christian. Soudain, il m'apparaît désarmé. Victime du destin. Habité par une force maléfique dont il ne parvient pas à se débarrasser... la fameuse pulsion. Elle, toujours et encore. Mais le staff persiste. Il ne croit ni au chagrin ni à la contrition. Et encore moins à la pitié : « Guérison de bureau, il espère nous attendrir », me prévient le Dr Aubut.

Christian proteste :

— Je suis sincère. Je voudrais m'en sortir.

— Alors, cesse de penser aux gamins. Cesse de t'alimenter avec les émissions enfantines.

— Je dis une chose, mais vous entendez le contraire...

— Nous sommes impuissants, Christian.

L'équipe médicale pense que tu te moques d'elle. Et toi, tu as l'impression qu'elle ne te comprend pas. C'est l'impasse. Que faire ?

— C'est votre problème. C'est votre job, répète Christian. Moi, je veux sortir de ce trou où je me suis mis.

— Ecoute, on ne te demande pas d'être parfait. On veut simplement que tu joues le jeu. Si tu n'y crois pas, si tu ne veux pas guérir, ça ne sert à rien d'être ici. Cesse de te réfugier dans ton monde, dans tes fantasmes. La vraie vie, c'est les autres. Les adultes. Va vers eux.

— Qu'allez-vous faire de moi ?

Le sexologue André McKibben hésite. Visiblement, l'attitude de Christian ne lui plaît pas. Pourtant, il confirme le verdict :

— Nous avons pris la décision de te garder. Tu vas retourner aux cours d'éducation sexuelle et à la prévention de la récidive. On va reprendre aussi les habiletés sociales, puisque tu as un vrai problème de communication, d'expression... pour le reste, la vie continue.

— Merci.

— C'est ta dernière chance.

Christian a compris. Pour l'aider, pour le sauver ou le « récupérer » avant qu'il ne sorte de prison, ce sera la mobilisation générale à l'unité de traitement des délinquants sexuels. Les soins vont donc reprendre. Ils vont se conjuguer : psychothérapie, thérapie cognitive — valorisation de soi, approche positive de la vie —, habiletés sociales, éducation sexuelle, prévention de la récidive, gestion du stress, rapport d'activité fantasmatique, thérapie aversive, séances d'évaluation, thérapie familiale. Fastidieux. Epuisant. Décourageant parfois. Mais incontournable. « Mission au long cours », selon l'expression du Dr Aubut. Au total, entre le traitement en interne, ici à Pinel, et le suivi en externe, après le retour à la liberté, il faut compter quatre ans de travail sur chaque pédophile. Et, dans les faits, ces gens-là sont soutenus médicalement jusqu'à la fin de leur vie. Ici, au Québec, on refuse de laisser un pervers seul dans la nature, livré à lui-même.

J'ai envie de dire :

— Contrairement à la France.

Je pense au *voleur d'innocence* qui nous a écrit. La soixantaine, et toujours les mêmes fantasmes. Je pense à Jean-Michel et à sa sortie de prison, en 2005.

Christian a quitté la salle. Le voilà de l'autre côté du sas, avec ses compagnons, ses semblables. La séance d'évaluation a mis en évidence le risque de rechute. Implicitement, Christian l'a avoué : il est en conflit avec le monde des adultes. Il se sent rejeté. Et il compense en se tournant vers les seuls enfants auxquels il a accès : ceux qu'il voit à la télévision. C'est le début du processus. Alors, avec lui, demain, après-demain... tout le temps qu'il faudra, les médecins vont démonter cette mécanique infernale. Ils vont montrer à Christian comment, après un échec, une dispute, un accrochage, il entre en dépression. Et comment, pour compenser, le fantasme pédophile apparaît. Alors, on va lui installer un signal d'alarme. Une petite phrase dans la tête, qui explique : « Dans tes jours de déprime, Christian, tu vas rôder à la sortie des écoles. C'est un enchaînement. Pour t'en sortir, tu dois briser cette chaîne. C'est possible. Tu le peux. » A force de développer ce discours, Christian sera capable de voir arriver le mal et de le prévenir. Alors, il n'ira plus « cruiser » — comme disent les Québécois — (draguer) à la sortie des écoles, attiré par une force invisible.

Pour obtenir ce résultat — immense et dérisoire — rien ne sera laissé au hasard. Aucun effort, aucun moyen ne sera épargné. A Pinel, pour encadrer vingt et un pervers sexuels, on compte trois psychiatres, un psychologue, un criminologue, un sexologue, un coordinateur, des éducateurs spécialisés, auxquels il faut ajouter le personnel de base (infirmières, gardiens...). En permanence, un psychiatre fait le tour des prisons du Québec pour rencontrer les condamnés désireux de suivre le traitement. Une fois encore : c'est le prix à payer.

Qu'il s'agisse de Pinel ou des autres centres spécialisés, la prise en charge médicale du *voleur d'innocence* ne s'arrête pas le jour de sa libération. Son retour dans la société n'est pas une fin. C'est un commencement. L'étape la plus difficile. La confrontation avec la réalité. Au choc habituel de la sortie de prison, s'ajoute celui de l'exposition au risque. Pour la première fois depuis son arrestation, le pédophile libre va rencontrer des enfants. Comme le disent les psychiatres, comme me l'a dit un *voleur d'innocence* conscient du danger, comme nous l'avons dit nous-même : « C'est comme un alcoolique. Le pédophile reste vulnérable et la rechute est toujours possible. » Ça ne se guérit pas comme une grippe. Pas même comme un cancer.

Après Pinel, après la détention, il y a donc un suivi médical, une fois la liberté retrouvée. C'est un entretien à vie : « En cas de danger, on nous appelle et nous gérons la crise », explique le Dr Jocelyn Aubut. Treize ans d'expérience ont démontré qu'on évite ainsi bien des catastrophes. Tous les pervers sexuels remis en liberté sont astreints au traitement en externe. Une fois par semaine, ils doivent participer à une séance de thérapie spécialisée, au Centre de psychiatrie légale de Montréal, à cet endroit même où ils avaient été évalués une première fois, avant leur procès. C'est la phase trois du traitement.

Allons voir...

# X

# PERVERS EN LIBERTÉ

Georges Pinard est psychiatre. Nous entrons avec lui dans l'immeuble du CPLM, le Centre de psychiatrie légale de Montréal, par où notre visite avait débuté. Mais aujourd'hui, il ne s'agit pas d'expertiser, avant leur procès, des pervers sexuels. Nous en sommes à la phase trois du traitement, au stade d'entretien. Les hommes avec qui nous avons rendez-vous ont purgé leurs peines. Ils ont retrouvé une vie normale, parfois une famille, parfois un travail. Ils vivent parmi les autres, avec pour seule différence, pour seule contrainte, ce rendez-vous hebdomadaire avec le Dr Georges Pinard (pas de blouse blanche) et avec « le groupe ». Le mot est important. Il sonne un peu comme le club ou le cercle. On comprend qu'il occupe une bonne place dans l'existence de ses membres, des affiliés un peu spéciaux, il est vrai. La plupart sont en « probation », c'est-à-dire en période de mise à l'épreuve. Le groupe, c'est un peu un sas entre la prison-hôpital qu'était l'Institut Pinel, et la totale liberté, la disparition dans la nature.

Aujourd'hui, ils sont cinq au rendez-vous : Georges, Jean, Robert, Laurent et Pierre. Un jeune homme, deux hommes jeunes et un autre plus âgé, la cinquantaine. Comme toujours, on annonce ma présence. Pas d'objections. Leurs problèmes, ils en parlent sans honte. Cela fait partie de leur vie, d'eux-mêmes. Comme d'autres vous confient leurs rhumatismes. La séance dure généralement une heure. Soixante minutes hebdomadaires pour faire le point, écouter les autres et se raconter. Soixante minutes qui permettent au psychiatre d'évaluer la situation du... comment l'appeler : patient ? pervers ? citoyen ? On ne sait plus très bien. Il a commis un crime, mais il a payé. Il a été soigné. Il se peut qu'il soit guéri.

La réunion débute par un compte rendu de la semaine. A tour de rôle, dans un silence presque religieux, signe que l'on s'intéresse vraiment à l'autre, chaque membre du groupe se raconte. Activité sexuelle, fantasmes, rapports sociaux. Pas de doute possible : la pédophilie reste au centre de leur vie. On ne s'en débarrasse pas facilement. Le psychiatre confirme : « Avec ce type de personnalités, on est souvent sur le fil du rasoir. C'est pourquoi il est important de rester en contact avec eux. En les écoutant, nous savons où ils en sont, quel est leur état d'esprit et le risque éventuel. En cas de crise, nous prenons les mesures nécessaires pour éviter une récidive. »

Point important : en fin de séance, le pervers reçoit par injection un médicament antiandrogénique. Il s'agit d'une molécule qui diminue l'intensité et la fréquence du désir sexuel. En clair : au Canada, après leur détention, les *voleurs d'innocence* sont astreints à un traitement médicamenteux. Celui-ci s'oppose à l'action des hormones mâles à l'origine des pulsions sexuelles. L'efficacité et l'absence d'effets secondaires graves de ce produit sont maintenant reconnues. Pourtant, la médecine et la justice françaises hésitent à sauter le pas. Chez nous, en effet, au nom de la liberté individuelle, on crie à la « castration chimique », expression impropre puisque l'action de ce traitement est réversible. Résultat : dans les faits, on n'oblige personne à se soigner. Comme si la perversion sexuelle, avec les dangers qu'elle suppose, était un droit du citoyen.

Voilà quelques années, des études avaient été engagées en France sur le traitement des pervers par les anti-hormones. Mais elles ont été rapidement arrêtées. Historiquement, il y a en effet une peur que résume, aujourd'hui encore, le Dr Yves Roumajon : « Avec un tel traitement, on risque de tomber dans l'engrenage de l'idéologie hitlérienne sur la castration des débiles mentaux. Certes, la castration chimique fonctionne bien chez les pédophiles. Mais il faut être prudent dans son approche. »

L'avertissement n'est pas inutile. Mais ne sommes-nous pas capables, aujourd'hui, de définir un cadre déontologique clair ? Le Dr Bernard Cordier, de l'hôpital Foch à Suresnes, estime : « En l'état actuel des connaissances, nous pouvons parfaitement concilier efficacité du traitement et éthique médicale. » Il déplore que les médicaments inhibiteurs du comportement sexuel, tels que les anti-hormones utilisées au Canada, ne soient pas reconnus en France pour la prévention de la récidive. Il pose la question : « Si les conditions éthiques et déontologiques sont remplies, pourquoi refuserait-on, à un violeur ou à un pédophile qui le demandent, ce traitement dont les effets sont réversibles, dont l'observance est contrôlable, qui peut enfin alléger la souffrance du patient et éviter celle de ses victimes potentielles ? » Pourquoi en effet ? Comme le dit encore le Dr Cordier : « On devrait pouvoir prescrire un tel médicament, comme on prescrit un coupe-faim à un boulimique. »

Retour à Montréal. En écoutant Georges, Jean, Robert, Laurent et Pierre, ces cinq *voleurs d'inno-*

*cence* qui participent aujourd'hui à la réunion du groupe, on se sent plutôt rassuré à l'idée qu'ils repartiront en ville avec leur « coupe-faim sexuel ». Georges avoue en effet que ses envies de viol ne l'ont pas totalement quitté, même s'il ne passe pas à l'acte. Jean dit qu'il est vraiment très difficile de renoncer aux petits garçons. Robert, style étudiant introverti, parle d'une violence qui monte en lui. Et Pierre sent comme un tourment permanent, terrible, qui le pousse vers les enfants.

Laurent explique : « Cette semaine, un copain est venu me voir et m'a proposé un gamin de neuf ans, si je payais. Mais je n'avais pas d'envie. J'avais eu ma piqûre. J'étais immunisé. J'ai donc refusé. Après coup, je me suis dit que c'était très bien ainsi. Je ne veux pas replonger dans toutes ces saletés. »

Soudain, publiquement, devant le psychiatre, devant les autres membres du groupe et devant moi, Laurent — gros bébé de trente-six ans, façon sergent Garcia, massif et fragile — avoue : « Des gamins, j'en ai peut-être eu deux cents... je n'ai pas compté. Un certain nombre ont évolué comme moi. Si ce n'est pas malheureux ! Et les autres sont complètement déglingués. Toujours à cause de moi. Simplement parce que j'étais incapable de me contrôler. Voilà. J'ai détruit leur vie... aujourd'hui, dans ma tête ça va mieux, parce que je ne suis plus soumis à mon corps. Mais j'ai peur de retomber. Et le soir, quand je me couche, je suis content car je peux me dire : tiens, j'ai réussi à passer une journée sans problème, sans faire de bêtise. »

Laurent, le sergent Garcia émouvant-répugnant, secoue la tête : « Ça tient ou ça casse. Et si ça tient, docteur, c'est grâce à nos séances, au groupe, à nos discussions... mais c'est aussi grâce à votre piqûre. »

La discussion est lancée. C'est le principe du

jeu et l'objectif de cette thérapie hebdomadaire, accompagnement indispensable au traitement médicamenteux. Le corps est une chose, la tête en est une autre. Il faut soigner les deux.

Robert conseille à Laurent d'éviter ce copain qui lui a proposé un gamin :

— Il est dangereux pour toi.

Laurent approuve :

— Je lui ai dit de ne plus jamais me faire un coup pareil. Mais ces gars-là, ils connaissent notre vice. C'est comme des dealers de drogue... Je vais me battre. Mais il y a un problème. Si je veux être capable de me passer des enfants, il me faut autre chose. Il faut meubler ma vie.

Et voilà que le sergent Garcia, voilà que le colosse éclate en sanglots :

— J'avais Clément, un vrai ami. Quand ça n'allait pas, je l'appelais, je lui téléphonais. Et il avait toujours la bonne réponse. Mais il est mort, Clément. Je n'ai plus personne.

Il se tourne vers le psychiatre, vers Georges Pinard qui essaie de ne pas intervenir, qui veut les laisser parler, se répondre, s'épauler les uns les autres. Mais là, comme l'avait fait Christian avec les médecins de Pinel, lors de la séance d'évaluation, Laurent rappelle le psychiatre à son devoir :

— Tu dois m'aider. C'est ton travail. Tu as fait des études de médecine, tu dois avoir la réponse. J'ai trente-six ans et je suis incapable de me défaire du groupe... au bout du compte, ça m'emmerde. Je voudrais qu'il y ait autre chose que le CPLM, dans ma vie.

Avec ses mots, Laurent a parfaitement exprimé ce qu'il vient chercher, toutes les semaines, à cette clinique de consultations externes pour les délinquants sexuels. C'est simple et à la fois un sacré fardeau. Il attend des réponses à tout, des commentaires et des conseils sur tout : sur le pourquoi de son existence, sur ses fréquentations, sur ses fantasmes, sur ses loisirs, sur lui et sur les autres. On retrouve ce sentiment d'infantilisation. Le psychiatre confirme : « Oui, ce sont des enfants. Il faut leur tenir la main. Nous ne les lâchons pas tant qu'il y a danger, tant que la récidive est possible. Il ne suffit pas de pleurer quand un enfant est agressé ou assassiné. Il faut une prévention de tous les instants. »

C'est au tour de Robert de s'exprimer. Aujourd'hui, il fait état d'un nouveau fantasme. Là où il habite, il y a une fillette qu'il trouve très belle. Elle s'appelle Mélodie. Elle a trois ans. Une jolie petite blonde, avec d'adorables mimiques auxquelles il ne peut pas résister. Plusieurs fois, il est allé vers elle. Il lui a parlé. Robert est malheureux de cet amour, mais en même temps il trouve motif à satisfaction : « J'arrive à tenir mes distances. Je me rends compte que c'est possible. Je n'ai jamais touché Mélodie et je ne lui ai jamais montré mon pénis. » Pour un peu, on lui donnerait un bon point. Car on devine combien cet autocontrôle est difficile. Robert raconte alors comment, à chaque fois, il refait le chemin qu'on lui a appris à Pinel. Il analyse son fantasme, pressent le danger, compense avec l'onanisme : « En pensant à une femme, pas à Mélodie... même si ça ne marche pas très bien. »

Le psychiatre n'a pas bronché. Mais il a compris. Avec Robert, il y a danger. Certes, dans la tête du patient, le signal d'alarme a fonctionné. Mais inutile de prendre des risques. Aujourd'hui, la dose antiandrogénique sera augmentée. Et on va prévenir les parents de Mélodie, discrètement. Il ne faut pas tenter le diable. Si le fantasme persistait, on demanderait à Robert de déménager, de s'éloigner de la petite fille, objet de son désir. Comme l'explique le Dr Georges Pinard : « Il n'y a pas de solution miracle, mais nous limitons les dégâts. Nous agissons au cas par cas, en sachant parfaitement où en sont nos patients. Vu de l'extérieur, ce n'est sans doute pas très spectaculaire. Il n'empêche : aujourd'hui, nous avons peut-être sauvé Mélodie, une gamine de trois ans en grand danger. Sans notre suivi en externe, sans ce groupe et nos discussions, personne n'aurait soupçonné cette situation, ni la fillette, ni ses parents, ni la police. Et Robert aurait fantasmé jusqu'au passage à l'acte. »

Avec Jean, l'efficacité de la démarche est encore plus évidente. Lui est en pleine crise. Il le dit, comme un appel à l'aide. Problème de travail, conflit familial, la rage monte en lui. Tout y est. Il le sait. A tel point que ses propres fantasmes lui font peur : « J'ai des pulsions de meurtre, raconte-t-il. Je veux faire l'amour avec un enfant, et puis le tuer. » Aussitôt, Jean sera hospitalisé.

Nouvelles sueurs froides avec Pierre. Voilà qu'il laisse la porte de son appartement ouverte. Comme Robert, il s'est entiché d'un enfant, un gamin de cinq ans qui habite l'immeuble. A l'entendre, cette satanée porte ne ferme pas très bien. Tout le monde éclate de rire : « Arrête ton char, s'esclaffe Laurent. Depuis qu'on se connaît, ta porte ne ferme pas. Tu ne nous parles que de ça. Mais si tu avais voulu, tu aurais pu la réparer depuis longtemps. En réalité, tu sais très bien que tu le fais exprès, pour attirer les gamins. Tu espères qu'un jour le petit garçon de cinq ans va rentrer chez toi. » Tout le monde a compris. Même Pierre. S'il raconte cette histoire, consciemment ou non, c'est pour qu'on ferme cette porte à sa place. C'est pour qu'on la claque, qu'on la cloue. Lui, tout seul, n'en est pas capable. Mais il sait qu'on va l'aider. D'ailleurs le psychiatre n'a pas ri avec les autres : « Nous allons te trouver un autre logement, où il n'y aura pas d'enfants. »

Le médecin se tourne vers moi : « C'est une question de protection de la jeunesse. Un médecin doit porter assistance à tous, aux malades mais aussi aux victimes potentielles. » Cela a un nom qui n'est pas médical : civisme. Et le psychiatre d'ajouter : « Vous savez, on ne réussit pas facilement à changer une personnalité perverse. C'est forcément un processus violent. C'est aussi une question de choix : que doit-on respecter par-dessus tout : la folie d'un homme ou la vie d'un enfant ? »

Phase un, phase deux, phase trois... entre la condamnation du criminel sexuel et sa réinsertion dans la société, trois, quatre ou dix ans se sont écoulés. Ils ont été suivis, épaulés, bousculés ou soutenus à chaque instant. Car il faut toujours être là, vigilants. A chaque étape du traitement, les mêmes mots sont revenus : « Nous travaillons sur la corde raide », « Rien n'est jamais gagné », « Il n'y a pas de filet. » Résultat : les médecins qui croient en cette mission vivent en situation de crise perpétuelle. Prêts à intervenir. Car la rechute est toujours possible. Et, pour éloigner le *voleur d'innocence* des enfants, bien souvent, il faut prendre sa vie en charge : son travail, ses relations, ses loisirs. Mais le bilan avancé par le Dr Aubut, plus fort que tous les arguments, donne un sens à leurs efforts : « Les pervers qui sortent de prison sans avoir été soignés récidivent à cent pour cent. Ceux qui ont tenu six mois à Pinel, récidivent à quatre-vingts pour cent. Mais quand ils ont suivi tout le traitement médical, la récidive n'est que de vingt pour cent. Et encore, ils ne commettent pas l'irréparable. »

Son collègue, Georges Pinard, renchérit : « Quand on met en prison un pervers sexuel sans le soigner, c'est une catastrophe. Au mieux, il est persuadé d'avoir payé sa dette à la société. Il n'a donc aucun remords. Au pire, il se considère comme une victime. Il aura la rage au ventre et il voudra se venger. Dans tous les cas, il va récidiver. »

La nuit tombe sur Montréal. Georges, Jean,

Robert, Laurent et Pierre, cinq pervers ordinaires, ont reçu leur dose d'antiandrogènes. Les voilà « chimiquement castrés »... pour une semaine. Car les effets de ce médicament ne sont pas durables. Jean sera hospitalisé, le temps de désamorcer sa crise. Mais les autres, frères Dalton de la pédophilie, vont se fondre dans la ville. Chacun avec ses rêves, chacun avec ses fantasmes. Moment impressionnant pour le profane. Voir repartir ces types libres, après leurs aveux... on frissonne. Mais, pour l'équipe médicale, ces types-là sont sous contrôle : « On sait ce qu'ils ont en tête. On sait où ils vivent. On connaît leur environnement. Et eux savent où nous sommes. »

Laurent, un sergent Garcia qui devant les enfants se prend pour Zorro, me tend sa lourde main :

— Ça fait du bien de se sentir bien.

Un souffle de bonheur dans cette phrase. Une façon de dire :

— Soyez sans crainte, je ne ferai pas de conneries.

# CONCLUSION

## UN MAL, DES MOTS...

Notre voyage au pays des *voleurs d'innocence* s'achève. Après avoir révélé des situations, tenté d'expliquer un phénomène, dénoncé certaines pratiques ou attitudes indignes d'un pays de droit, nous voulons esquisser des propositions. Certes, sur un tel sujet, il n'y a pas de conclusion définitive. A l'attirance sexuelle, souvent criminelle et dévastatrice, de certains adultes pour les enfants, il n'y a pas de remède miracle. Nous avons vu, à travers la confession de pédophiles, que leur pulsion vient de loin, des profondeurs de la personnalité. Elle y est fortement ancrée. Parfois, ils la revendiquent.

Pourtant, un tel mal mérite plus que des mots. En effet, à ce jour, au défi posé par les *voleurs d'innocence,* notre société n'a trouvé que deux réponses, inadaptées : le silence et la prison. Silence de la gêne ou, plus ambigu, de la banalisation. Prison-parking, prison-bonne conscience. Comme le résume un magistrat : « On ne veut pas que ça se sache, que ça se voie, que ça se comprenne. » Or, nous savons que le « traitement pénal » ne suffit pas, puisque la récidive est la règle. Leur peine purgée, les *voleurs d'innocence* reprennent inéluctablement leur route. Destination : les enfants. Selon leur expression : « Ils repartent à la chasse. » Combien faudra-t-il encore de viols et de meurtres de fillettes ou de petits garçons pour comprendre cette vérité-là ?

En fait, le débat est simple. Il s'agit de savoir qui la société veut protéger en priorité : les enfants (victimes potentielles) ou les pervers (criminels en puissance) ? Il s'agit de dire quel est le droit élémentaire : celui à la vie et à l'intégrité pour le mineur, ou la liberté de réaliser jusqu'au bout ses fantasmes sexuels, quels qu'ils soient, pour l'adulte pervers ?

Ces questions — élémentaires — n'ont jamais été véritablement posées dans notre pays. Elles ont été éludées, ou faussées. Elles ont été biaisées par des considérations idéologiques, qui n'ont rien à voir avec la protection des enfants. Comment, dans ces conditions, espérer de vraies réponses à un vrai problème ?

Résultat : Jean-Michel, ce pédophile multi-récidiviste que nous avons rencontré aux Baumettes, réclame un traitement, du fond de sa cellule. On ne lui répond même pas. Là encore, pour lui et pour ses futures victimes (il dit qu'il recommencera) où est l'éthique, où est la morale ? Dans l'acceptation implicite, programmée, de la récidive ? Ou dans la prise en charge médicale ?

Hélas ! pour certains, il est indécent de suggérer un traitement pour ces « monstres ». On y verrait non pas une mesure de prévention, de sécurité publique, mais plutôt un scandale, une incroyable mansuétude pour des criminels décrétés « irrécupérables ». A l'inverse, d'autres y verraient une atteinte aux libertés individuelles ! Si nous persistons à buter, avant même d'ouvrir le débat, sur les mentalités, aucune solution ne sera trouvée.

Heureusement, notre enquête nous a convaincu qu'il y a des choses à faire. Des garde-fous existent, qui peuvent être rapidement mis en place. Concrètement, quelles sont les mesures à prendre ? Ou plutôt : dans quelles directions devons-nous travailler ? Non pour conclure, mais plutôt pour lancer le débat, voici dix propositions, issues de cette enquête, dont certaines sont déjà appliquées à l'étranger :

1 — Il faut lever l'ambiguïté entretenue, en France, autour de la pédophilie active. Aux yeux de la loi, il s'agit d'un crime. Aux yeux des psychiatres, il s'agit d'une maladie. Dans les faits, elle provoque chez l'enfant-victime des dégâts irrémédiables. Parfois — trop souvent — elle tue. Or, force est de constater qu'elle ne suscite pas, chez nous, une réprobation collective, claire et sans appel. On peut, en France, quasi ouvertement, militer en faveur de la pédophilie. Ce laxisme favorise sans aucun doute le développement de telles pratiques, notamment à travers la constitution de réseaux.

2 — Il faut prendre au sérieux les abus sexuels contre les enfants, quelles que soient la gravité des actes et la personnalité de leurs auteurs. En effet, il y a toujours un risque de dérapage. Bon nombre de criminels sont des pervers déjà connus, laissés en liberté, sans aucun contrôle judiciaire ni suivi médical. Objectivement, par son laxisme, la société est complice de leur récidive. A cet égard, le cas de Christian X. est particulièrement éloquent : tout le monde savait, à tous les niveaux, le danger qu'il représentait. A tel point qu'il fut dénoncé par un membre de sa famille, persuadé que l'assassin d'Ingrid et de Muriel ne pouvait être que lui. Comme si, là encore, il s'agissait de deux morts annoncées.

3 — Il faut développer une véritable politique de prévention par l'intermédiaire de l'information. L'enfant doit connaître les dangers, ainsi que les parents. Ce n'est pas le cas aujourd'hui. A preuve,

ce témoignage d'une mère dont le petit garçon a été violé à l'âge de cinq ans : « Il faisait du vélo sur le parking de notre immeuble, explique-t-elle. Mon mari le surveillait de loin. Il l'a perdu de vue quelques minutes... cela a suffi. Le petit a été enlevé puis violé. Les gendarmes l'ont retrouvé, trois heures plus tard, tout nu et en pleurs sur la route nationale. »

Un père, dont la fillette a été victime d'un pédophile, raconte : « Après ce drame, j'ai proposé que nous organisions une campagne d'information à l'école. Cela m'a été refusé, sous prétexte que les enfants sont trop jeunes pour comprendre. Pourtant, quand ma fille a été violée, à l'âge de six ans, il a bien fallu qu'elle comprenne ! »

4 — Aucune affaire de pédophilie ne devrait échapper à la justice, y compris en cas d'implication de personnalités, politiques ou autres. Or, dans les faits, il existe une immunité non dite qui bénéficie à certains *voleurs d'innocence* pour le seul motif qu'ils sont des notables. Selon quels principes ? Serait-il moins traumatisant, pour un enfant de sept ou huit ans, d'être abusé par quelqu'un de « respectable » ? Certains citoyens, en fonction de leur statut social, seraient-ils au-dessus des lois ?

5 — Le recrutement de tous les professionnels en contact avec l'enfance (éducateurs, enseignants, ...) doit prendre en compte le phénomène de la pédophilie. Une mesure est immédiatement applicable : la présence obligatoire, lors de la « visite médicale d'aptitude », d'un psychiatre. Il serait habilité à déceler les éventuelles tendances pédophiles des candidats à ces professions exposées.

6 — En cas de délit, il faut sanctionner pénalement le professionnel qui a fauté. Aucune protection, aucune pression, aucun passe-droit, aucun tabou ne doit être admis dans les métiers de l'éducation. Force est de constater, aujourd'hui,

que la peur du scandale, voire l'image de marque d'une corporation ou d'une institution, prime sur l'intérêt de l'enfant.

7 — Notre système judiciaire ne doit pas être seulement celui de la sanction. Il doit également prendre en compte la prévention et la réinsertion. Il faut modifier les rapports entre la justice et la médecine, afin qu'elles œuvrent — ensemble — à la prévention de la récidive. Actuellement, ces deux institutions se méfient l'une de l'autre. Le juge reproche au médecin son silence. Le médecin se défend d'être un « flic ». On en oublie le plus élémentaire des civismes : coopérer pour neutraliser des délinquants (sexuels), puis les soigner, afin de leur permettre une vie normale et de sauver des enfants.

8 — Il faut généraliser, en France, la prise en charge médicale des pervers sexuels. L'exemple québécois, avec l'Institut Pinel de Montréal, paraît probant à bon nombre de professionnels. De telles unités, spécialisées dans le traitement des délinquants sexuels, doivent être introduites en France, où rien de semblable n'existe. Cette prise en charge médicale n'est en aucun cas un substitut à la prison et elle ne s'achève pas avec la libération du pervers. Celui-ci doit également être suivi en externe.

9 — Il faut revoir le tabou sur la prescription de médicaments — dite « castration chimique » — dans le traitement de la pédophilie. Certains médecins français y sont désormais favorables, puisqu'elle évite au patient une pulsion sexuelle conduisant au viol ou au meurtre d'enfants. Cette molécule, dont l'efficacité est prouvée et dont l'action est réversible, est couramment utilisée par les thérapeutes nord-américains.

10 — Il faut mettre en place, systématiquement, un suivi psychologique adapté pour les petits garçons victimes de viols et les suivre jusqu'à l'âge adulte. Nous avons vu en effet que, souvent, le

pédophile a été lui-même abusé durant l'enfance. Il faut donc casser le cercle vicieux du violé-violeur.

Nous avons cherché à comprendre un phénomène qui n'a jamais été abordé sereinement dans notre pays. A chacun maintenant de s'interroger et de se déterminer. Aux autorités surtout à agir. Car, si les solutions peuvent être discutées, une chose est certaine : en France, nous ne sommes pas armés pour faire face à ce défi. D'autres pays ont avancé plus vite que nous. Ils se sont posé les bonnes questions. Désormais, ils disposent d'outils, que nous connaissons à peine. Résultat : en France, les *voleurs d'innocence* récidivent à cent pour cent. Au Québec, les pervers sexuels ayant subi un traitement ne récidivent qu'à vingt pour cent. Et encore, ils ne commettent pas l'irréparable. Ce résultat, à lui seul, devrait balayer nos bonnes et nos mauvaises raisons de laisser les choses en l'état. Car, derrière ces chiffres, il y a des enfants, ces petites filles et ces petits garçons que nous aussi nous aimons. Les pédophiles militants verront dans cette argumentation une atteinte à leur liberté, ils parleront de pure folie. D'autres diront, comme si le viol à lui seul n'était pas un crime, qu'il faut faire la différence entre *voleurs d'innocence* et *voleurs de vie*. Certes. La Palice aurait dit : « Avant qu'ils ne tuent, ils ne sont pas des assassins. » Christian X. non plus, avant le meurtre d'Ingrid et de Muriel, n'était pas un tueur. C'était un pédophile ordinaire, plutôt bien noté. Alors, plus que jamais, au moment de conclure, je pense à Jean-Michel, enfant violé, adulte violeur, et à sa terrible prophétie : « En 2005, je sortirai de prison. Si on ne fait rien d'ici là, je recommencerai. »

Si on ne fait rien... un enfant pas encore né est déjà condamné.

# TABLE

Achevé d'imprimer
le 01-09-1993
par Mohndruck Gütersloh
pour France Loisirs

N° d'éditeur: 22860
Dépôt légal: Septembre 1993
Imprimé en Allemagne